Das Buch
Nagasaki, Anfang der Fünfzigerjahre: Die Zerstörungen des Krieges sind in der Stadt immer noch zu sehen, doch zwischen den Ruinen entstehen bereits neue, moderne Hochhäuser. In einem von diesen lebt Etsuko, zusammen mit ihrem Mann Jiro. Während dieser verbittert versucht, Karriere zu machen, kümmert sich Etsuko um den Haushalt. Unterhaltung hat sie wenig, oft steht sie am Fenster und beobachtet, wie sich die Welt um sie herum verändert. Eines Tages zieht eine Frau in einer Holzhütte unten am Fluss ein, zusammen mit ihrer Tochter. Etsuko freundet sich mit den beiden an und muss bald feststellen, wie ihre Nachbarin über dem Traum vom Glück mit einem amerikanischen Soldaten mehr und mehr ihr Kind vergisst.

Der Autor
Kazuo Ishiguro, geboren 1954 in Nagasaki, kam 1960 nach London, wo er Englisch und Philosophie studierte. 1989 erhielt er für den Weltbestseller *Was vom Tage übrigblieb,* der von James Ivory verfilmt wurde, den Booker Prize. Kazuo Ishiguros Werk wurde bisher in 28 Sprachen übersetzt. Sein Roman *Alles, was wir geben mussten* wurde mit Keira Knightley in der Hauptrolle verfilmt. Kazuo Ishiguro lebt in London.

Kazuo Ishiguro bei Heyne:
Der Maler der fließenden Welt
Was vom Tage übrigblieb
Die Ungetrösteten
Als wir Waisen waren
Alles, was wir geben mussten
Bei Anbruch der Nacht
Der begrabene Riese

KAZUO ISHIGURO

Damals in Nagasaki

Roman

WILHELM HEYNE VERLAG
MÜNCHEN

FSC
www.fsc.org
MIX
Papier aus verantwortungsvollen Quellen
FSC® C014496

Verlagsgruppe Random House FSC® N001967

2. Auflage
Vollständige deutsche Taschenbuchneuausgabe 12/2016

Die Originalausgabe erschien 1982 unter dem Titel *A Pale View of Hills*
bei Faber and Faber Ltd., London

Die deutschsprachige Ausgabe erschien unter demselben Titel
zuvor 1984 beim Arche Verlag AG, Zürich–Hamburg und 2001 beim
btb Verlag in der Verlagsgruppe Random House GmbH, München
Umschlaggestaltung: Kornelia Rumberg,
Büro für sichtbare Anglegenheiten, 82340 Feldafing
Umschlagmotiv: © Arcangel/Danilo Piccioni
Satz: Leingärtner, Nabburg
Druck und Bindung: GGP Media GmbH, Pößneck

Printed in Germany

ISBN 978-3-453-42157-8
www.heyne.de
Dieses Buch ist auch als E-Book lieferbar.

TEIL I

1. KAPITEL

Niki, der Name, den wir meiner jüngeren Tochter schließlich gaben, ist keine Abkürzung. Es war ein Kompromiss, den ich mit ihrem Vater schloss. Denn seltsamerweise war er es, der ihr einen japanischen Namen geben wollte, während ich – vielleicht aus dem eigennützigen Wunsch, nicht an die Vergangenheit erinnert zu werden – auf einem englischen bestand. Er war schließlich einverstanden mit Niki, weil er fand, dieser Name habe irgendwie einen östlichen Klang.

Sie besuchte mich Anfang des Jahres, im April, als die Tage noch kalt und feucht waren. Vielleicht hatte sie länger bleiben wollen, ich weiß es nicht. Aber mein Landhaus und die Stille hier machten sie nervös, und ich merkte bald, dass sie sich nach ihrem Londoner Leben zurücksehnte. Ungeduldig hörte sie sich meine klassischen Schallplatten an und blätterte Zeitschriften durch. Sie wurde oft angerufen. Dann schritt sie, die schmächtige Gestalt in enge Kleider gezwängt, über den Teppich und schloss sorgsam die Tür hinter sich, damit ich das Gespräch nicht mithören konnte. Nach fünf Tagen reiste sie ab.

Sie erwähnte Keiko erst am zweiten Tag. Es war ein grauer, windiger Morgen, und wir hatten die Sessel näher ans Fenster gerückt, um zuzusehen, wie draußen im Garten der Regen fiel.

»Hattest du erwartet, dass ich dort sein würde?«, fragte sie. »Bei der Beerdigung, meine ich.«

»Nein, ich glaube nicht. Ich habe nicht gedacht, du würdest kommen.«

»Ich war ganz durcheinander, als ich es hörte. Ich wäre fast gekommen.«

»Ich habe nie erwartet, dass du kommen würdest.«

»Die Leute wussten gar nicht, was mit mir los war«, sagte sie. »Ich habe es keinem erzählt. Ich glaube, es war mir peinlich. Sie hätten es nicht verstanden, sie hätten nicht begriffen, wie mir dabei zumute war. Schwestern, meint man immer, stehen sich nahe, nicht wahr. Auch wenn man sich nicht besonders mag, steht man sich nahe. Aber so war es ja nicht bei uns. Ich kann mich nicht mal erinnern, wie sie jetzt aussah.«

»Ja, es ist lange her, seit du sie gesehen hast.«

»Ich kann mich nur erinnern, dass ich mich in ihrer Gegenwart immer unglücklich fühlte. An mehr kann ich mich nicht erinnern. Aber ich war trotzdem traurig, als ich es hörte.«

Vielleicht war es nicht nur die Stille, die meine Tochter nach London zurückzog. Denn wenn wir auch nie lange bei Keikos Tod verweilten, so war er uns doch stets gegenwärtig, wann immer wir miteinander sprachen.

Anders als Niki hatte Keiko nur japanisches Blut in den Adern, und mehr als eine Zeitung griff diese Tatsache prompt auf. Die Engländer sind vernarrt in die Vorstellung, wir Japaner hätten eine Neigung zum Selbstmord, als mache das jede weitere Erklärung überflüssig. Denn das war alles, was sie berichteten: Dass sie Japanerin war und sich in ihrem Zimmer erhängt hatte.

***

Am selben Abend stand ich am Fenster und sah ins Dunkel hinaus, als ich Niki hinter mir sagen hörte: »Woran denkst du gerade, Mutter?« Sie saß drüben auf der Couch, mit einem Taschenbuch auf den Knien.

»Ich dachte an jemanden, den ich einst kannte. Eine Frau, die ich einst kannte.«

»An jemanden, den du kanntest, als du – bevor du nach England kamst?«

»Ich kannte sie, als ich in Nagasaki lebte, falls du das meinst.« Sie sah mich unverwandt an, deshalb fügte ich hinzu: »Vor langer Zeit. Lange bevor ich deinen Vater kennenlernte.«

Sie schien zufrieden und wandte sich mit einer vagen Bemerkung wieder ihrem Buch zu. Niki ist ein anhängliches Kind, was sie auf mancherlei Art beweist. Sie war nicht nur gekommen, um zu sehen, wie ich mit der Nachricht von Keikos Tod fertig geworden war. Es gab noch einen anderen Grund für sie. In den letzten Jahren hatte sie gewisse Seiten meiner Vergangenheit schätzen gelernt, und sie wollte mir letztlich sagen, dass sich nichts verändert habe, dass ich die Wahl, die ich damals traf, nicht bereuen solle. Kurz, sie wollte mir versichern, dass ich keine Schuld an Keikos Tod trage.

Ich habe keine große Lust, jetzt lange bei Keiko zu verweilen. Es bringt mir wenig Trost. Ich erwähne sie hier nur, weil dies die Begleitumstände von Nikis Besuch im April waren und weil ich mich während dieses Besuches nach all den Jahren wieder an Sachiko erinnerte. Ich habe Sachiko nie gut gekannt. Unsere Freundschaft dauerte eigentlich nicht mehr als ein paar Wochen, in einem Sommer vor vielen Jahren.

* * *

Die schlimmste Zeit war schon vorbei damals. Die amerikanischen Soldaten waren so zahlreich wie immer – denn es war Krieg in Korea –, aber in Nagasaki waren dies, nach dem, was vorangegangen war, Tage der Ruhe und der Erleichterung. Die Welt war in einem Zustand der Veränderung.

Mein Mann und ich wohnten im Osten der Stadt, eine kurze Straßenbahnfahrt vom Stadtzentrum entfernt. In unserer Nähe floss ein Fluss, und ich hatte einmal gehört, dass vor dem Krieg am Flussufer ein kleines Dorf gestanden hatte. Aber dann war die Bombe gefallen, und danach blieben nur noch verkohlte Ruinen übrig. Der Wiederaufbau hatte begonnen, und mit der Zeit waren vier Betongebäude errichtet worden, jedes mit ungefähr vierzig Wohnungen. Unser Block war als letzter gebaut worden und markierte den Punkt, an dem das Wiederaufbauprogramm zum Stillstand gekommen war. Zwischen uns und dem Fluss lag unbebautes Gelände, etliche Morgen trockenen Lehms und Abzugsgräben. Viele Leute klagten, das sei gesundheitsschädlich, und die Entwässerungsanlage war in der Tat widerwärtig. Das ganze Jahr hindurch waren dort kraterförmige Löcher mit abgestandenem Wasser gefüllt, und in den Sommermonaten wurden die Moskitos unerträglich. Von Zeit zu Zeit sah man Beamte Messungen vornehmen oder sich Notizen machen, aber die Monate vergingen, und nichts geschah.

Die Bewohner der Häuserblocks waren meist junge Ehepaare wie wir, die Männer hatten gute Stellungen bei expandierenden Firmen. Viele der Wohnungen gehörten den Firmen, die sie zu einem annehmbaren Preis an ihre Angestellten vermieteten. Alle Wohnungen waren gleich: Die Fußböden waren mit Tatamis ausgelegt, die Badezimmer und Küchen nach westlichem Muster eingerichtet. Die Räume waren klein und in den warmen Monaten schwer kühl zu halten, doch im Großen und Ganzen machten die Bewohner einen zufriedenen Eindruck. Und doch erinnere ich mich an eine unverkennbare Atmosphäre der Flüchtigkeit, als warteten wir alle auf den Tag, an dem wir in eine bessere Bleibe umziehen könnten.

Eine einzige Holzhütte hatte sowohl die Verheerungen des Krieges als auch die Planierraupen der Regierung überlebt. Ich konnte sie von unserem Fenster aus sehen, sie stand einsam am Rand des unbebauten Geländes, fast am Flussufer. Es war eine Hütte, wie man sie häufig auf dem Land findet, mit einem fast bis zur Erde reichenden Ziegeldach. Wenn ich nichts zu tun hatte, stand ich oft am Fenster und blickte hinüber.

Nach der Aufmerksamkeit zu urteilen, die Sachikos Ankunft erregte, war ich nicht die Einzige, die zu der Hütte hinüberblickte. Man rätselte viel darüber, ob die zwei Männer, die man dort eines Tages arbeiten sah, von der Regierung waren oder nicht. Später erzählte man sich, dass eine Frau mit ihrer kleinen Tochter dort wohne, und ich sah sie selbst mehrmals, wenn sie sich ihren Weg über das von Gräben durchzogene Gelände bahnten.

Es war Anfang des Sommers – ich war damals im dritten oder vierten Monat schwanger –, als ich zum erstenmal den großen amerikanischen Wagen sah, der, weiß und zerbeult, über das unbebaute Gelände auf den Fluss zurumpelte. Es war schon Abend, und die Sonne, die hinter der Hütte versank, leuchtete einen Augenblick auf dem Metall auf.

Eines Nachmittags dann hörte ich an der Straßenbahnhaltestelle zwei Frauen über die Frau reden, die in das baufällige Häuschen am Fluss gezogen war. Die eine erzählte ihrer Bekannten, wie sie die Frau am Morgen angesprochen und eine eindeutige Abfuhr erfahren habe. Ihre Begleiterin stimmte ihr darin zu, dass die Neue einen unfreundlichen Eindruck mache – wahrscheinlich sei sie eingebildet. Sie müsse bestenfalls dreißig sein, meinten sie, denn das Kind sei mindestens zehn. Die erste Frau sagte, die Fremde habe mit Tokioter Dialekt gesprochen und sei gewiss nicht aus Nagasaki. Sie unterhielten sich eine Weile über »ihren amerikanischen Freund«, dann sprach die eine Frau wieder davon, wie unfreundlich die Fremde am Morgen zu ihr gewesen sei.

Heute zweifle ich nicht daran, dass unter den Frauen, mit denen ich damals zusammen lebte, etliche waren, die viel gelitten und traurige, schreckliche Erinnerungen hatten. Aber als ich täglich beobachtete, wie eifrig sie mit ihren Ehemännern und Kindern beschäftigt waren, fiel es mir schwer zu glauben, dass sie die Tragödien und Albträume des Krieges erlebt hatten. Es war nie meine Absicht, unfreundlich zu erscheinen, aber es stimmt vermutlich, dass ich mir keine besondere Mühe gab, anders zu wirken. Denn zu jener Zeit wünschte ich noch, in Ruhe gelassen zu werden.

Interessiert hörte ich den Frauen zu, die von Sachiko sprachen. Ich erinnere mich sehr lebhaft an diesen Nachmittag an der Straßenbahnhaltestelle. Es war einer der ersten strahlenden Sonnentage nach der Regenzeit im Juni, und die Ziegel-

und Betonflächen um uns herum trockneten langsam. Wir standen auf einer Eisenbahnbrücke, und auf der einen Seite der Schienen, am Fuß des Hügels, sah man einen Haufen Dächer, als seien die Häuser den Abhang hinuntergepurzelt. Hinter den Häusern, ein Stückchen weiter weg, standen unsere Wohnblocks wie vier Betonsäulen. Ich hatte damals Mitleid mit Sachiko und meinte die Reserviertheit zu verstehen, die ich an ihr bemerkt hatte, wenn ich sie von Weitem beobachtete.

In jenem Sommer wurden wir Freundinnen, und ich genoss, wenigstens für kurze Zeit, ihr Vertrauen. Ich weiß heute nicht mehr, wie unsere erste Begegnung war. Ich erinnere mich aber, dass ich ihre Gestalt eines Nachmittags vor mir auf dem Weg erblickte, der aus dem Wohnbezirk hinausführte. Ich beeilte mich, aber Sachiko schritt kräftig aus. Damals mussten wir uns schon gut gekannt haben, denn ich erinnere mich, dass ich ihren Namen rief, als ich näher kam.

Sachiko drehte sich um und wartete auf mich. »Was gibt's?«, fragte sie.

»Gut, dass ich Sie gefunden habe«, sagte ich ein wenig außer Atem. »Ihre Tochter, sie hat sich geprügelt, gerade als ich herauskam. Hinten bei den Gräben.«

»Geprügelt?«

»Ja, mit zwei anderen Kindern. Eins war ein Junge. Es sah wie eine böse Prügelei aus.«

»Ich verstehe.« Sachiko setzte sich wieder in Bewegung. Ich ging neben ihr her.

»Ich möchte Sie nicht beunruhigen«, sagte ich, »aber es sah wie eine ziemlich böse Prügelei aus. Ich glaube, Ihre Tochter hatte einen Kratzer auf der Wange.«

»Ich verstehe.«

»Es war da hinten, am Rand des freien Feldes.«

»Und Sie meinen, sie prügeln sich immer noch?« Sie ging weiter den Hügel hinauf.

»Das wohl nicht. Ich sah, wie Ihre Tochter fortlief.«

Sachiko blickte mich an und lächelte. »Sie sind wohl nicht den Anblick zankender Kinder gewohnt?«

»Nun ja, Kinder müssen sich zanken, nehme ich an. Aber ich dachte, ich sollte es Ihnen sagen. Und wissen Sie, ich glaube nicht, dass sie auf dem Weg zur Schule ist. Die anderen Kinder sind zur Schule weitergegangen, aber Ihre Tochter lief zum Fluss zurück.«

Sachiko gab keine Antwort und ging weiter den Hügel hinauf.

»Übrigens«, fuhr ich fort, »was ich Ihnen schon immer sagen wollte. Ich habe Ihre Tochter in letzter Zeit ziemlich oft gesehen. Ich frage mich, ob sie nicht vielleicht ab und zu schwänzt.«

Oben auf dem Hügel gabelte sich der Weg. Sachiko blieb stehen.

»Es ist sehr lieb von Ihnen, dass Sie so besorgt sind, Etsuko«, sagte sie. »Wirklich, sehr liebenswürdig. Sie werden bestimmt eine wunderbare Mutter.«

Ich hatte zuvor – wie die Frauen an der Straßenbahnhaltestelle – angenommen, dass Sachiko ungefähr dreißig sei. Aber ihre jugendliche Figur muss mich getäuscht haben, denn sie hatte das Gesicht einer älteren Frau. Sie sah mich mit einem etwas amüsierten Gesichtsausdruck an, und irgendetwas daran machte mich verlegen lachen.

»Ich bin Ihnen sehr verbunden, dass Sie hinter mir hergelaufen sind«, fuhr sie fort. »Aber wie Sie sehen, bin ich in ziemlicher Eile. Ich muss nach Nagasaki.«

»Ich verstehe. Ich dachte nur, dass ich es Ihnen am besten gleich erzähle.«

Sie sah mich noch einen Moment amüsiert an, dann sagte sie: »Sie sind sehr liebenswürdig. Jetzt entschuldigen Sie mich bitte. Ich muss in die Stadt.« Sie verbeugte sich und wandte sich dem Weg zu, der zur Straßenbahnhaltestelle führte.

»Es ist bloß, weil sie einen Kratzer im Gesicht hatte«, sagte ich mit leicht erhobener Stimme. »Und der Fluss ist stellenweise sehr gefährlich. Ich hielt es für das Beste, es Ihnen gleich zu erzählen.«

Sie drehte sich noch einmal um und sah mich an. »Wenn Sie nichts anderes zu tun haben, Etsuko«, sagte sie, »könnten Sie sich doch heute vielleicht ein bisschen um meine Tochter kümmern. Ich bin am Nachmittag zurück. Sie kommen bestimmt gut mit ihr aus.«

»Gern, wenn Sie es wünschen. Ich muss sagen, Ihre Tochter scheint mir recht jung, um sich den ganzen Tag selbst überlassen zu sein.«

»Sie sind sehr liebenswürdig«, wiederholte Sachiko. Dann lächelte sie abermals. »Ja, Sie werden bestimmt eine wunderbare Mutter.«

Nachdem ich mich von Sachiko getrennt hatte, ging ich den Hügel hinunter und durch den Wohnbezirk. Bald war ich hinter unserem Wohnblock und blickte über das freie Feld. Da ich kein Zeichen von dem Mädchen sah, wollte ich schon in die Hütte gehen, aber da nahm ich eine Bewegung am Ufer des Flusses wahr. Mariko hatte sich wohl dort hingekauert, denn jetzt konnte ich ihre kleine Gestalt ganz deutlich jenseits des schlammigen Grundes sehen. Zuerst hätte ich das Ganze am liebsten vergessen und wäre zu meiner Hausarbeit zurückgekehrt. Doch schließlich ging ich auf das Mädchen zu und achtete sorgsam darauf, den Gräben auszuweichen.

Soweit ich mich erinnere, war dies das erste Mal, dass ich mit Mariko sprach. Wahrscheinlich war ihr Benehmen an diesem Morgen gar nicht so ungewöhnlich, denn schließlich war ich für das Kind eine Fremde, und sie hatte allen Grund, mich mit Misstrauen zu betrachten. Und wenn ich damals tatsächlich ein seltsam unbehagliches Gefühl hatte, war das vermutlich nichts anderes als eine natürliche Reaktion auf Marikos Verhalten.

Der Fluss hatte an jenem Morgen nach der Regenzeit vor ein paar Wochen ziemliches Hochwasser und eine starke Strömung. Die Erde fiel steil zum Ufer ab, und der schlammige Boden unten am Abhang, wo das kleine Mädchen stand, sah ungleich nasser aus als sonst. Mariko trug ein schlichtes Baumwollkleid, das ihr nur bis zu den Knien reichte, und ihr kurz geschnittenes Haar ließ ihr Gesicht jungenhaft erscheinen. Sie blickte nach oben, ohne zu lächeln, dorthin, wo ich auf dem matschigen Abhang stand.

»Guten Tag«, sagte ich. »Ich habe eben mit deiner Mutter gesprochen. Du musst Mariko-San sein.«

Das kleine Mädchen starrte weiter zu mir hinauf, ohne etwas zu sagen. Was ich zuvor für eine Wunde auf ihrer Wange gehalten hatte, entpuppte sich als ein Schmutzfleck.

»Müsstest du nicht in der Schule sein?«, fragte ich. Sie schwieg einen Augenblick. Dann sagte sie: »Ich gehe nicht in die Schule.«

»Aber alle Kinder müssen zur Schule gehen. Magst du sie nicht?‹

»Ich gehe nicht in die Schule.«

»Schickt deine Mutter dich denn nicht hier zur Schule?«

Mariko antwortete nicht. Stattdessen trat sie einen Schritt zurück.

»Vorsicht«, sagte ich. »Sonst fällst du noch ins Wasser. Es ist sehr rutschig.«

Sie starrte weiterhin vom Fuß des Abhangs zu mir hinauf. Ich sah ihre kleinen Schuhe neben ihr im Schlamm liegen. Ihre nackten Füße waren, wie ihre Schuhe, mit Schlamm bedeckt.

Ich habe eben mit deiner Mutter gesprochen«, wiederholte ich und lächelte ihr begütigend zu. »Sie hat gesagt, du kannst ruhig mit mir kommen und bei mir auf sie warten. Es ist das Haus gleich da drüben. Du kannst ein paar Kekse probieren, die ich gestern gebacken habe. Hättest du Lust dazu, Mariko-San? Und du könntest mir ein bisschen von dir erzählen.«

Mariko musterte mich weiterhin sehr genau. Dann bückte sie sich, ohne mich aus den Augen zu lassen, und hob ihre Schuhe auf. Zuerst hielt ich das für ein Zeichen, dass sie mit mir gehen wolle. Aber als sie weiter zu mir hinaufstarrte, begriff ich, dass sie ihre Schuhe in der Hand hielt, um schnell weglaufen zu können.

»Ich tue dir nichts«, sagte ich mit einem nervösen Lachen. »Ich bin eine Freundin deiner Mutter.«

Soweit ich mich erinnere, war das alles, was sich an jenem Morgen zwischen uns abspielte. Ich wollte das Kind nicht noch mehr ängstigen und wandte mich bald darauf um und ging über das freie Feld zurück. Es ist wahr, die Reaktion des Kindes hatte mich etwas beunruhigt, denn in jenen Tagen waren solche Kleinigkeiten geeignet, alle möglichen Ängste vor der Mutterschaft in mir zu wecken. Ich sagte mir, der Vorfall sei bedeutungslos, und in den nächsten Tagen werde sich sicher noch genügend Gelegenheit ergeben, mit dem kleinen Mädchen Freundschaft zu schließen. Aber es fügte sich, dass ich erst etwa vierzehn Tage später wieder mit Mariko sprach.

* * *

Vor jenem Nachmittag war ich noch nie in der Hütte gewesen, und ich war ziemlich überrascht, als Sachiko mich hereinbat. Ich hatte sogleich gespürt, dass sie damit eine bestimmte Absicht verband, und wie sich zeigte, hatte ich mich nicht geirrt.

Die Hütte war sauber und ordentlich, aber ich erinnere mich an eine irgendwie totale Ärmlichkeit. Die Holzbalken an der Decke sahen alt und morsch aus, und über allem hing ein schwacher Dunst von Feuchtigkeit. Die Schiebewände vorn an der Hütte standen weit offen, um über die Veranda das Sonnenlicht hereinzulassen. Trotzdem blieb ein großer Teil des Häuschens im Schatten.

Mariko lag in der Ecke, die am weitesten vom Sonnenlicht entfernt war. Ich sah, wie sich neben ihr im Schatten etwas bewegte, und als ich näher kam, sah ich eine große Katze zusammengerollt auf der Tatami liegen.

»Guten Tag, Mariko-San«, sagte ich. »Kennst du mich noch?«

Sie hörte auf, die Katze zu streicheln, und blickte hoch.

»Wir sind uns neulich begegnet«, fuhr ich fort. »Erinnerst du dich? Du warst am Fluss.«

Das kleine Mädchen gab kein Zeichen des Wiedererkennens. Sie sah mich eine Weile an, dann begann sie wieder, ihre Katze zu streicheln. Hinter mir hörte ich Sachiko an dem Ofen, der mitten im Raum stand, den Tee bereiten. Ich wollte gerade zu ihr gehen, als Mariko plötzlich sagte: »Sie bekommt Junge.«

»So? Wie nett.«

»Möchten Sie ein Kätzchen?«

»Das ist sehr lieb von dir, Mariko-San. Vielleicht. Aber ich bin sicher, dass sie alle in gute Hände kommen.«

»Warum nehmen Sie kein Kätzchen?«, fragte das Kind. »Die andere Frau hat gesagt, sie nimmt eins.«

»Warten wir's ab, Mariko-San. Was war das für eine andere Dame?«

»Die andere Frau. Die Frau vom anderen Flussufer. Sie hat gesagt, sie nimmt eins.«

»Aber ich glaube nicht, dass da drüben jemand wohnt, Mariko-San. Dort sind nur Bäume und Büsche.«

»Sie hat gesagt, sie nimmt mich mit zu sich nach Hause. Sie wohnt drüben am Fluss. Ich bin nicht mitgegangen.«

Ich sah das Kind einen Moment an. Dann kam mir ein Gedanke, und ich lachte.

»Aber das war ich, Mariko-San. Erinnerst du dich nicht mehr? Ich habe dich eingeladen, mit mir zu kommen, als deine Mutter in der Stadt war.«

Mariko sah wieder zu mir hoch. »Nicht Sie«, sagte sie. »Die andere Frau. Die Frau von drüben am Fluss. Sie war gestern abend hier. Als Mutter weg war.«

»Gestern abend? Als deine Mutter weg war?«

»Sie hat gesagt, sie nimmt mich mit zu sich, aber ich bin nicht mitgegangen. Weil es dunkel war. Sie hat gesagt, wir können die Laterne mitnehmen«, sie wies auf eine Laterne, die an der Wand hing, »aber ich bin nicht mitgegangen. Weil es dunkel war.«

Hinter mir hatte sich Sachiko erhoben und sah ihre Tochter an. Mariko verstummte, wandte sich ab und begann wieder, ihre Katze zu streicheln.

»Gehen wir auf die Veranda hinaus«, sagte Sachiko zu mir. Sie hielt ein Tablett mit dem Tee und Geschirr in den Händen. »Draußen ist es kühler.«

Wir gingen hinaus und ließen Mariko in ihrer Ecke. Von der Veranda aus war der Fluss selbst dem Blick verborgen, aber ich konnte sehen, wo der Boden abfiel und der Schlamm nasser wurde, je näher er dem Wasser kam. Sachiko ließ sich auf ein Kissen nieder und schenkte den Tee ein.

»Hier wimmelt es von streunenden Katzen«, sagte sie. »Ich bin nicht sehr zuversichtlich, was diese Kätzchen betrifft.«

»Ja, es gibt so viele herrenlose Tiere«, sagte ich. »Es ist wirklich ein Jammer. Hat Mariko ihre Katze hier irgendwo gefunden?«

»Nein, wir haben das Tier mitgebracht. Ich hätte sie lieber zurückgelassen, aber Mariko wollte nichts davon wissen.«

»Sie haben sie den ganzen Weg von Tokio hierher mitgebracht?«

»O nein. Wir leben jetzt schon fast ein Jahr in Nagasaki. Wir haben auf der anderen Seite der Stadt gewohnt.«

»Tatsächlich? Das habe ich nicht gewusst. Haben Sie dort bei – Freunden gewohnt?«

Sachiko hielt mit Einschenken inne und sah mich, die Teekanne in beiden Händen haltend, an. In ihrem Blick sah ich etwas von jener Amüsiertheit, mit der sie mich schon früher einmal betrachtet hatte.

»Weit gefehlt, fürchte ich, Etsuko«, sagte sie schließlich. Dann fuhr sie fort, Tee einzuschenken. »Wir haben bei meinem Onkel gewohnt.«

»Ich versichere Ihnen, ich wollte bloß …«

»Ja, natürlich. Kein Grund, verlegen zu werden, nicht wahr?« Sie lachte und reichte mir meine Teetasse. »Verzeihen Sie, Etsuko, ich wollte mich nicht über Sie lustig machen. Übrigens, ich möchte Sie um etwas bitten. Eine kleine Gefälligkeit.« Sachiko schenkte sich selbst Tee ein, und während sie das tat, wurde sie etwas ernster. Sie stellte die Teekanne hin und sah mich an. »Wissen Sie, Etsuko, bestimmte Pläne, die ich gemacht habe, entwickeln sich nicht so wie erwartet. Infolgedessen befinde ich mich in Geldschwierigkeiten. Nicht in großen, verstehen Sie. Nur eine kleine Summe.«

»Ich verstehe«, sagte ich mit gesenkter Stimme. »Sie haben es sicher sehr schwer, wo Sie auch noch für Mariko-San sorgen müssen.«

»Etsuko, darf ich Sie um einen Gefallen bitten?«

Ich verbeugte mich. »Ich habe ein paar eigene Ersparnisse«, sagte ich beinahe flüsternd. »Es würde mich freuen, wenn ich Ihnen behilflich sein könnte.«

Zu meinem Erstaunen lachte Sachiko laut auf. »Sie sind sehr liebenswürdig«, sagte sie. »Aber ich wollte mir wahrhaftig kein Geld von Ihnen leihen. Ich dachte an etwas anderes. Sie erwähnten neulich eine Freundin, die ein Nudelrestaurant hat.«

»Frau Fujiwara meinen Sie?«

»Sie sagten, sie könnte eine Hilfe brauchen. Eine solche kleine Beschäftigung käme mir gerade recht.«

»Ja«, meinte ich unsicher, »ich könnte mich erkundigen, wenn Sie es wünschen.«

»Das wäre sehr liebenswürdig.« Sachiko sah mich einen Moment an. »Aber es scheint Ihnen ziemlich ungewiss, Etsuko.«

»Aber nein. Ich erkundige mich, wenn ich sie das nächste

Mal sehe. Ich habe mich nur gefragt«, wieder senkte ich die Stimme, »wer sich tagsüber um Ihre Tochter kümmern würde.«

»Mariko? Sie könnte im Nudelrestaurant helfen. Sie kann sich ganz gut nützlich machen.«

»Davon bin ich überzeugt. Aber sehen Sie, ich weiß nicht, wie Frau Fujiwara darüber denkt. Außerdem sollte Mariko eigentlich tagsüber in der Schule sein.«

»Ich versichere Ihnen, Etsuko, Mariko wäre überhaupt kein Problem. Außerdem schließen die Schulen nächste Woche. Ich passe bestimmt auf, dass sie nicht stört, da können Sie sicher sein.«

Ich verbeugte mich wieder. »Ich werde fragen, wenn ich sie das nächste Mal sehe.«

»Ich bin Ihnen sehr dankbar.« Sachiko trank einen Schluck aus ihrer Teetasse. »Vielleicht darf ich Sie bitten, Ihre Freundin in den nächsten Tagen aufzusuchen?«

»Ich werde mich bemühen.«

»Sie sind zu liebenswürdig.«

Wir schwiegen einen Augenblick. Zuvor schon war mir Sachikos Teekanne aufgefallen, offenbar ein edles kunsthandwerkliches Stück aus hellem Porzellan. Die Teetasse, die ich jetzt in der Hand hielt, war aus demselben feinen Material. Als wir dasaßen und Tee tranken, wunderte ich mich nicht zum ersten Mal über den merkwürdigen Gegensatz zwischen dem Teeservice und der Ärmlichkeit der Hütte mit dem matschigen Boden unterhalb der Veranda. Als ich aufblickte, merkte ich, dass Sachiko mich beobachtet hatte.

»Ich bin gutes Geschirr gewöhnt, Etsuko«, sagte sie. »Sie müssen wissen, ich lebe nicht immer so«, sie wies mit einer Hand auf die Hütte, »wie hier. Natürlich macht es mir nichts aus, wenn es ein bisschen an Komfort fehlt. Aber bei bestimmten Sachen bin ich ziemlich anspruchsvoll.«

Ich verbeugte mich, sagte aber nichts. Sachiko betrachtete nun ebenfalls ihre Teetasse. Sie besah sie sich sehr genau und drehte sie vorsichtig in ihren Händen. Plötzlich sagte sie: »Ich nehme an, man kann mit Recht behaupten, dass ich dieses Teeservice gestohlen habe. Doch ich glaube nicht, dass mein Onkel es sehr vermisst.«

Ich sah sie erstaunt an. Sachiko stellte die Teetasse vor sich hin und verscheuchte ein paar Fliegen.

»Sie haben bei Ihrem Onkel gelebt, sagen Sie?«, fragte ich.

Sie nickte langsam. »Ein wunderschönes Haus. Mit einem Teich im Garten. Ganz anders als die Umgebung hier.«

Einen Moment lang blickten wir beide in die Hütte hinein. Mariko lag in ihrer Ecke, genau so wie wir sie verlassen hatten, mit dem Rücken zu uns. Sie schien leise mit ihrer Katze zu sprechen.

»Ich wusste gar nicht«, sagte ich, nachdem wir beide einige Zeit geschwiegen hatten, »dass auf der anderen Seite des Flusses jemand wohnt.«

Sachiko drehte sich um und sah zu den Bäumen am anderen Ufer hinüber. »Ich habe niemanden dort gesehen.«

»Aber Ihr Babysitter – Mariko hat gesagt, sie käme von drüben.«

»Ich habe keinen Babysitter, Etsuko. Ich kenne hier niemanden.«

»Mariko erzählte mir von einer Dame …«

»Bitte, schenken Sie dem keine Beachtung.«

»Sie meinen, sie hat es sich nur ausgedacht?«

Einen Augenblick wirkte Sachiko nachdenklich. Dann sagte sie: »Ja. Sie hat es sich nur ausgedacht.«

»Nun ja, ich nehme an, so etwas tun Kinder oft.« Sachiko nickte. »Wenn Sie Mutter werden, Etsuko«, sagte sie lächelnd, »werden Sie sich an derlei gewöhnen müssen.«

Daraufhin gingen wir zu anderen Themen über. Es war die erste Zeit unserer Freundschaft, und wir sprachen vornehmlich von Kleinigkeiten. Erst einige Wochen später hörte ich Mariko eines Morgens wieder von einer Frau sprechen, die sich ihr genähert habe.

2. KAPITEL

Wenn ich in jenen Tagen in den Stadtteil Nakagawa zurückkam, rief das in mir immer noch ein Gefühl der Trauer und der Freude hervor. Es ist eine hügelige Gegend, und jedesmal, wenn ich die steilen, engen Straßen zwischen den zusammengedrängten Häusern hinaufstieg, ergriff mich ein starkes Gefühl der Verlassenheit. Zwar ging ich nie spontan dorthin, aber ich konnte auch nie lange fortbleiben. Der Besuch bei Frau Fujiwara erweckte in mir dieselbe Mischung von Gefühlen, denn sie hatte zu den engsten Freundinnen meiner Mutter gehört. Frau Fujiwara war eine gütige Frau, deren Haar allmählich grau wurde. Ihr Nudelrestaurant lag in einer belebten Nebenstraße. Es hatte einen betonierten Vorplatz unter einem vorspringenden Dach, und dort, an hölzernen Tischen mit Bänken, aßen ihre Gäste. Während der Mittagspause machte sie ein gutes Geschäft mit Büroangestellten, und dann noch einmal, wenn diese nach Hause gingen, aber zu anderen Tageszeiten war die Kundschaft spärlich.

Ich war ein wenig aufgeregt an diesem Nachmittag, denn es war das erstemal, dass ich das Restaurant aufsuchte, seit Sachiko dort arbeitete. Ich war – der beiden wegen – besorgt, zumal ich nicht sicher war, wie dringend Frau Fujiwara eine Hilfe gesucht hatte. Es war ein heißer Tag, und die kleine

Nebenstraße war voller Menschen. Ich war froh, als ich in den Schatten trat.

Frau Fujiwara freute sich, mich zu sehen. Sie hieß mich an einem Tisch Platz nehmen und ging Tee holen. An diesem Nachmittag waren nur wenige Gäste da – vielleicht gar keine, ich weiß es nicht mehr –, und Sachiko war nicht zu sehen. Als Frau Fujiwara zurückkam, fragte ich sie: »Was macht meine Freundin? Kommt sie gut zurecht?«

»Deine Freundin?« Frau Fujiwara blickte über die Schulter zur Küchentür. »Sie hat gerade Garnelen ausgepult. Ich denke, sie wird bald herauskommen.« Dann, als besinne sie sich eines andern, stand sie auf und ging ein paar Schritte auf die Küchentür zu. »Sachiko-San«, rief sie. »Etsuko ist da.« Ich hörte von drinnen eine Stimme antworten.

Als sie sich wieder hinsetzte, strich mir Frau Fujiwara über den Bauch. »Man sieht es schon«, sagte sie. »Von nun an musst du dich schonen.«

»Ich tue ohnehin nicht viel«, sagte ich. »Ich führe ein sehr geruhsames Leben.«

»Das ist gut. Ich weiß noch, als ich das erste Mal schwanger war, gab es ein Erdbeben, ein ziemlich starkes. Ich erwartete damals Kazuo. Er kam aber trotzdem heil und gesund auf die Welt. Du musst versuchen, dir nicht zu viele Sorgen zu machen.«

»Ich bemühe mich.« Ich blickte zur Küchentür. »Fühlt meine Freundin sich hier wohl?«

Frau Fujiwara folgte meinem Blick zur Küche. Dann wandte sie sich mir wieder zu und sagte: »Ich denke schon. Ihr seid gute Freundinnen, nicht wahr?«

»Ja. Ich habe dort, wo wir wohnen, nicht viele Freundinnen gefunden. Ich bin sehr froh, dass ich Sachiko kennengelernt habe.«

»Ja. Das war ein Glück.« Sie blickte mich ein paar Sekunden an. »Etsuko, du siehst heute ziemlich müde aus.«

»Das glaube ich gern.«Ich lachte leise. »Das ist wohl nicht anders zu erwarten.«

»Ja, natürlich.« Frau Fujiwara sah mir unverwandt ins Gesicht. »Aber ich meine, du siehst ein bisschen – elend aus.«

»Elend? Ich fühle mich aber gar nicht elend. Ich bin nur ein bisschen müde, aber sonst bin ich so glücklich wie noch nie.«

»Das ist gut. Du musst jetzt an glückliche Dinge denken. An dein Kind. Und an die Zukunft.«

»Ja, das will ich. Der Gedanke an das Kind macht mich froh.«

»Fein.« Sie nickte, den Blick immer noch auf mich gerichtet. »Es kommt nur auf deine Einstellung an. Eine Mutter kann sich noch so sehr körperlich schonen, sie braucht eine positive innere Einstellung, um ein Kind aufzuziehen.«

»Oh, ich freue mich schon sehr darauf«, sagte ich lachend. Ein Geräusch ließ mich wieder zur Küche blicken, aber Sachiko war noch nicht zu sehen.

»Ich begegne jede Woche einer jungen Frau«, fuhr Frau Fujiwara fort. »Sie muss jetzt im sechsten oder siebten Monat sein. Ich sehe sie immer, wenn ich auf den Friedhof gehe. Ich habe nie mit ihr gesprochen, aber sie sieht so traurig aus, wenn sie mit ihrem Mann dort steht. Es ist ein Jammer, dass eine Schwangere und ihr Mann die Sonntage im Gedenken an die Toten verbringen. Ich weiß, sie erweisen ihnen ihre Ehrerbietung, aber es ist trotzdem ein Jammer. Sie sollten an die Zukunft denken.«

»Es fällt ihr wohl schwer zu vergessen.«

»Das nehme ich auch an. Sie tut mir leid. Aber sie sollten

jetzt nach vorn denken. Das ist doch keine Art, ein Kind zur Welt zu bringen, wenn man jede Woche auf den Friedhof geht.«

»Mag sein.«

»Friedhöfe sind kein Ort für junge Menschen. Kazuo kommt manchmal mit, aber ich bestehe nie darauf. Es wird Zeit, dass auch er nach vorn schaut.«

»Wie geht es Kazuo?«, fragte ich. »Kommt er mit seiner Arbeit gut voran?«

»Mit seiner Arbeit geht es gut. Er hofft, nächsten Monat befördert zu werden. Aber er muss auch ein wenig an andere Dinge denken. Er bleibt nicht ewig jung.«

In diesem Moment fiel mein Blick auf eine kleine Gestalt, die im Sonnenlicht zwischen den vorüberhastenden Passanten stand.

»Ist das nicht Mariko?«, fragte ich.

Frau Fujiwara wandte sich um. »Mariko-San«, rief sie. »Wo bist du gewesen?«

Mariko blieb noch einen Augenblick auf der Straße stehen. Dann trat sie in den Schatten des Vorplatzes, ging an uns vorbei und setzte sich an einen freien Tisch.

Frau Fujiwara betrachtete das kleine Mädchen und warf mir dann einen besorgten Blick zu. Sie schien etwas sagen zu wollen, aber dann stand sie auf und ging zu der Kleinen hinüber.

»Mariko-San, wo bist du gewesen?« Frau Fujiwara hatte die Stimme gesenkt, doch ich konnte sie trotzdem hören. »Du darfst doch nicht einfach so weglaufen. Deine Mutter ist sehr böse auf dich.«

Mariko betrachtete ihre Hände. Sie sah Frau Fujiwara nicht an.

»Und, bitte, Mariko, du darfst nie wieder so mit Gästen sprechen. Weißt du nicht, dass das sehr unhöflich ist? Deine Mutter ist sehr böse auf dich.«

Mariko betrachtete weiterhin ihre Hände. Hinter ihr erschien Sachiko in der Küchentür. Als ich Sachiko an diesem Morgen sah, war ich wiederum betroffen darüber, dass sie tatsächlich älter war, als ich anfangs angenommen hatte. Da ihr langes Haar von einem Taschentuch verhüllt war, fiel die müde Haut um Augen und Mund besonders stark auf.

»Da ist deine Mutter«, sagte Frau Fujiwara. »Ich glaube, sie ist sehr böse mit dir.«

Das kleine Mädchen war mit dem Rücken zur Mutter sitzen geblieben. Sachiko warf Mariko einen raschen Blick zu, dann wandte sie sich lächelnd an mich.

»Guten Tag, Etsuko«, sagte sie mit einer eleganten Verbeugung. »Welch angenehme Überraschung.«

Am anderen Ende des Vorplatzes setzten sich zwei Frauen in Bürokleidung an einen Tisch. Frau Fujiwara winkte zu ihnen hinüber und wandte sich noch einmal an Mariko.

»Warum gehst du nicht ein Weilchen in die Küche«, sagte sie leise. »Deine Mutter wird dir zeigen, was zu tun ist. Es ist ganz leicht. Ein tüchtiges Mädchen wie du schafft das bestimmt.«

Mariko gab kein Zeichen, dass sie verstanden hatte. Frau Fujiwara sah zu Sachiko hinüber, und einen Moment lang glaubte ich zu sehen, dass sie kalte Blicke tauschten. Dann wandte Frau Fujiwara sich ab und ging zu ihren Gästen. Sie kannte sie offenbar, denn während sie über den Vorplatz ging, begrüßte sie sie herzlich.

Sachiko kam zu mir und setzte sich auf die Tischkante. »Ist das heiß in der Küche!«, sagte sie.

»Wie gefällt es Ihnen hier?«, fragte ich.

»Wie es mir gefällt? Na ja, Etsuko, es ist bestimmt ein amüsantes Erlebnis, in einem Nudelrestaurant zu arbeiten. Ich muss sagen, ich hätte nie gedacht, dass ich eines Tages in so einem Laden Tische scheuern würde. Trotzdem«, sie lachte kurz auf, »es ist ganz amüsant.«

»Ich verstehe. Und Mariko, lebt sie sich ein?«

Wir sahen zu Marikos Tisch hinüber; das Kind betrachtete immer noch seine Hände.

»O ja, Mariko geht's gut«, sagte Sachiko. »Sie ist natürlich manchmal ziemlich unruhig. Aber das ist unter diesen Umständen wohl kaum anders zu erwarten. Es ist bedauerlich, Etsuko, aber wie Sie sehen, hat meine Tochter nicht meinen Sinn für Humor geerbt. Sie findet es hier nicht ganz so amüsant.« Sachiko lächelte und blickte wieder zu Mariko hinüber. Dann stand sie auf und ging zu ihr.

Sie fragte leise: »Ist es wahr, was Frau Fujiwara mir erzählt hat?«

Das kleine Mädchen blieb stumm.

»Sie sagt, du bist wieder unfreundlich zu den Gästen gewesen. Ist das wahr?«

Mariko gab keine Antwort.

»Ist es wahr, was sie mir erzählt hat? Mariko, antworte, bitte, wenn man mit dir spricht.«

»Die Frau ist wiedergekommen«. sagte Mariko. »Gestern abend. Als du weg warst.«

Sachiko sah ihre Tochter ein paar Sekunden an. Dann sagte sie: »Ich denke, du solltest jetzt hineingehen. Geh, ich zeige dir, was du zu tun hast.«

»Sie ist gestern abend wiedergekommen. Sie hat gesagt, sie nimmt mich mit zu sich nach Hause.«

»Geh, Mariko, geh in die Küche und warte auf mich.«

»Sie will mir zeigen, wo sie wohnt.«

»Mariko, geh hinein.«

Auf der anderen Seite des Vorplatzes lachten Frau Fujiwara und die beiden Frauen laut über etwas. Mariko starrte ununterbrochen auf ihre Handteller. Sachiko wandte sich ab und kam wieder an meinen Tisch.

»Entschuldigen Sie mich einen Augenblick, Etsuko«, sagte sie. »Aber ich habe etwas auf dem Herd. Ich bin gleich wieder da.« Mit gesenkter Stimme fügte sie hinzu: »Man kann kaum erwarten, dass sie von einem Ort wie diesem begeistert ist, nicht wahr?« Sie lächelte und ging zur Küche. Auf der Schwelle drehte sie sich noch einmal zu ihrer Tochter um.

»Komm jetzt, Mariko, komm herein.«

Mariko rührte sich nicht. Sachiko zuckte die Achseln und verschwand in der Küche.

* * *

Um dieselbe Zeit, im Frühsommer, besuchte uns Ogata-San. Es war sein erster Besuch, seit er Anfang des Jahres aus Nagasaki weggezogen war. Er war der Vater meines Mannes, und es mag seltsam scheinen, dass ich ihn in Gedanken immer »Ogata-San« nannte, sogar damals, als ich diesen Namen ebenfalls trug. Aber ich hatte ihn schon so lange Zeit als »Ogata-San« gekannt – lange bevor ich Jiro kennenlernte –, dass ich mich nie daran gewöhnen konnte, ihn in Gedanken »Vater« zu nennen.

Zwischen Ogata-San und meinem Mann bestand kaum eine Familienähnlichkeit. Wenn ich mir Jiro heute in Erinnerung rufe, sehe ich einen kleinen, untersetzten Mann mit ernstem Gesicht. Mein Mann war immer sehr penibel mit seinem Äußeren und trug sogar zu Hause oft Hemd und Krawatte. Ich sehe ihn noch, wie ich ihn so oft gesehen habe, vorgebeugt auf der Tatami in unserem Wohnzimmer vor seinem Frühstück oder Abendbrot hocken. Ich erinnere mich, dass er dazu neigte, sich nach vorn zu beugen – ähnlich wie ein Boxer –, auch wenn er stand oder ging. Dagegen saß sein Vater stets aufrecht da, mit geraden Schultern, und er war ungezwungen und großzügig. Als er uns in jenem Sommer besuchte, war Ogata-San noch bei bester Gesundheit, von ansehnlicher Gestalt und der Robustheit eines weit jüngeren Mannes. Ich erinnere mich an den Morgen, als er Shigeo Matsuda zum erstenmal erwähnte. Er war seit ein paar Tagen bei uns; offenbar fand er das kleine, quadratische Zimmer behaglich genug für einen ausgedehnten Aufenthalt. Es war ein strahlender Morgen, und wir drei saßen noch beim Frühstück, bevor Jiro ins Büro musste.

»Dieses Klassentreffen«, sagte er zu Jiro, »das ist doch heute abend, nicht?«

»Nein, morgen abend.«

»Wirst du Shigeo Matsuda sehen?«

»Shigeo? Nein, ich glaube nicht. Er kommt selten zu solchen Treffen. Es tut mir leid, dass ich dich allein lassen muss, Vater. Ich würde gern darauf verzichten, aber das könnte man mir übelnehmen.«

»Keine Sorge. Etsuko-San wird sich schon um mich kümmern. Solche Treffen sind wichtig.«

»Ich würde mir ein paar Tage freinehmen«, sagte Jiro, »aber gerade jetzt haben wir so viel zu tun. Wie gesagt, dieser Auftrag ging genau an dem Tag ein, als du ankamst. Wirklich ärgerlich.«

»Überhaupt nicht«, sagte sein Vater. »Ich verstehe vollkommen. Es ist noch gar nicht so lange her, da steckte ich selbst bis obenhin in Arbeit. So alt bin ich noch nicht, weißt du.«

»Nein, natürlich nicht.«

Wir aßen eine Weile schweigend. Dann sagte Ogata-San: »Du glaubst also nicht, dass du Shigeo Matsuda triffst. Aber du siehst ihn doch noch ab und zu?«

»Jetzt nicht mehr so oft. Seit wir älter sind, haben sich unsere Wege getrennt.«

»Ja, so ist das nun mal. Die Schüler gehen alle getrennte Wege, und es ist schwierig für sie, in Verbindung zu bleiben. Deshalb sind solche Treffen sehr wichtig. Man sollte alte Freundschaften nicht so schnell vergessen. Und man sollte ab und zu einen Blick zurückwerfen, das hilft, die Dinge im richtigen Verhältnis zu sehen. Ja, ich finde, du solltest morgen unbedingt hingehen.«

»Vielleicht ist Vater ja am Sonntag noch bei uns«, sagte mein Mann. »Dann könnten wir vielleicht einen Ausflug machen.«

»Ja, das ist eine glänzende Idee. Aber wenn du zu arbeiten hast, macht das gar nichts aus.«

»Nein, ich denke, ich kann mir den Sonntag frei halten. Es tut mir leid, dass ich im Augenblick so viel zu tun habe.«

»Habt ihr jemanden von euren alten Lehrern für morgen eingeladen?«, fragte Ogata-San.

»Nicht, dass ich wüsste.«

»Schade, dass die Lehrer nicht öfter zu solchen Treffen eingeladen werden. Mich hat man von Zeit zu Zeit eingeladen. Und als ich jünger war, haben wir stets darauf bestanden, unsere Lehrer einzuladen. Ich finde, das gehört sich so. Es gibt dem Lehrer Gelegenheit, die Früchte seiner Arbeit zu sehen, und den Schülern, ihm ihre Dankbarkeit auszudrücken. Ich finde, es gehört sich einfach, dass die Lehrer dabei sind.«

»Ja, das hat vielleicht etwas für sich.«

»Die Menschen vergessen heute so leicht, wem sie ihre Bildung verdanken.«

»Ja, du hast ganz recht.«

Mein Mann war mit Essen fertig und legte seine Stäbchen hin. Ich goss ihm Tee ein.

»Dieser Tage habe ich etwas Komisches erlebt«, sagte Ogata-San. »Im Nachhinein finde ich es recht amüsant. Ich war in der Bibliothek in Nagasaki und stieß auf diese Zeitschrift – eine Zeitschrift für Lehrer. Ich hatte nie davon gehört, zu meiner Zeit hat es sie noch nicht gegeben. Wenn man die liest, könnte man meinen, alle Lehrer in Japan seien heute Kommunisten.«

»Der Kommunismus im Land nimmt offensichtlich zu«, sagte mein Mann.

»Dein Freund Shigeo Matsuda hat in dieser Zeitschrift einen Artikel geschrieben. Stell dir meine Überraschung vor, als ich meinen Namen darin erwähnt fand. Ich hätte nicht geglaubt, dass ich heute noch so bemerkenswert sei.«

»Ich bin überzeugt, dass Vater in Nagasaki noch in guter Erinnerung ist«, warf ich ein.

»Es war sehr außergewöhnlich. Er schrieb über Dr. Endo und mich, über unsere Pensionierung. Wenn ich ihn richtig verstanden habe, deutete er an, dass die Lehrerschaft uns nun glücklich los sei. Er ging sogar so weit zu behaupten, wir hätten gleich nach dem Krieg entlassen werden müssen. Sehr außergewöhnlich.«

Bist du sicher, dass es derselbe Shigeo Matsuda ist?«, fragte Jiro.

»Genau der. Vom Kuriyama-Gymnasium. Außergewöhnlich. Ich weiß noch, wie er immer zu uns nach Hause kam und mit dir spielte. Deine Mutter hat ihn richtig verwöhnt. Ich habe die Bibliothekarin gefragt, ob ich ein Exemplar kaufen könne. Sie sagte, sie würde mir eins bestellen. Dann zeige ich es dir.«

»Ich finde das sehr illoyal«, sagte ich.

»Ich war so überrascht«, sagte Ogata-San, zu mir gewandt. »Dabei war ich es, der ihn mit dem Direktor am Kuriyama-Gymnasium bekannt gemacht hat.«

Jiro trank seinen Tee aus und wischte sich mit der Serviette den Mund ab. »Das ist sehr bedauerlich. Wie gesagt, ich habe Shigeo schon eine ganze Weile nicht mehr gesehen. Es tut mir leid, Vater, aber du musst mich jetzt entschuldigen, sonst komme ich zu spät.«

»Aber natürlich. Ich wünsche dir einen guten Arbeitstag.«

Jiro ging in den Flur und zog sich seine Schuhe an. Ich sagte zu Ogata-San: »Jemand, der es so weit gebracht hat wie du, Vater, muss mit Kritik rechnen. Das ist doch ganz natürlich.«

»Sicher«, sagte er und brach in Lachen aus. »Nun mach du dir deswegen bloß keine Sorgen, Etsuko. Ich hatte es schon fast vergessen. Es fiel mir nur zufällig wieder ein, weil Jiro zu diesem Klassentreffen geht. Ich wüsste gern, ob Endo den Artikel gelesen hat.«

»Ich hoffe, du hast einen schönen Tag, Vater«, rief Jiro vom Eingang her. »Ich versuche, ein bisschen früher zurückzukommen, wenn ich kann.«

»Unsinn, mach doch nicht so ein Getue. Deine Arbeit geht vor.«

* * *

Ein wenig später an diesem Morgen kam Ogata-San mit Jackett und Krawatte aus seinem Zimmer.

»Gehst du aus, Vater?«, fragte ich.

»Ich denke, ich statte Dr. Endo mal einen Besuch ab.«

»Dr. Endo?«

»Ja, ich denke, ich schaue mal nach, was er jetzt so macht.«

»Aber du gehst doch nicht vor dem Mittagessen, oder?«

»Ich denke, ich gehe lieber gleich«, sagte er mit einem Blick auf seine Uhr. »Endo wohnt jetzt etwas außerhalb von Nagasaki. Ich muss den Zug nehmen.«

»Gut, dann packe ich dir einen Imbiss ein – es dauert nur eine Minute.«

»Danke, Etsuko. Dafür warte ich gern noch ein paar Minuten. Ehrlich gesagt, ich hatte gehofft, dass du mir anbieten würdest, mir einen Imbiss einzupacken.«

»Dann hättest du doch fragen sollen«, sagte ich und stand auf. »Du bekommst nicht immer, was du möchtest, indem du es nur andeutest, Vater.«

»Aber ich wusste, dass du mich richtig verstehen würdest, Etsuko. Ich habe Vertrauen zu dir.«

Ich ging auf die Küche zu, zog mir Sandalen an und betrat den gekachelten Fußboden. Ein paar Minuten später glitt die Trennwand auf, und Ogata-San erschien in der Öffnung. Er setzte sich auf die Schwelle und sah mir bei der Arbeit zu.

»Was kochst du denn da für mich?«

»Nichts Besonderes. Bloß Reste von gestern abend. Wenn du so spät Bescheid sagst, hast du nichts Besseres verdient.«

»Bestimmt zauberst du mir etwas Leckeres daraus, davon bin ich überzeugt. Was machst du mit dem Ei? Das ist doch kein Rest?«

»Ich mache noch ein Omelett dazu. Du hast Glück, Vater, ich bin in Geberlaube.«

»Ein Omelett. Du musst mir zeigen, wie man das macht. Ist es schwer?«

»Sehr schwer. Es wäre hoffnungslos, wenn du es jetzt noch lernen wolltest.«

»Aber ich bin sehr lernbegierig. Und was meinst du mit ›jetzt noch‹? Ich bin noch jung genug, um eine Menge zu lernen.«

»Möchtest du etwa Koch werden, Vater?«

»Da gibt es nichts zu lachen. Ich habe das Kochen im Laufe der Jahre schätzen gelernt. Es ist eine Kunst, wie die Malerei oder die Dichtung, davon bin ich überzeugt. Sie wird nur deshalb nicht geschätzt, weil das Ergebnis so schnell verschwindet.«

»Bleib du nur bei der Malerei, Vater. Die liegt dir viel besser.«

»Die Malerei.« Er stieß einen Seufzer aus. »Sie gibt mir nicht mehr die Befriedigung wie früher. Nein, ich denke, ich sollte lernen, so gute Omeletts zu machen wie du, Etsuko. Du musst es mir zeigen, bevor ich nach Fukuoka zurückfahre.«

»Du würdest es nicht mehr für eine so große Kunst halten, wenn du erst gelernt hättest, wie es gemacht wird. Vielleicht sollten Frauen diese Dinge geheim halten.«

Er lachte in sich hinein und sah mir weiter schweigend zu.

»Was wünschst du dir, Etsuko?«, fragte er schließlich. »Einen Jungen oder ein Mädchen?«

»Das ist mir ganz egal. Wenn es ein Junge wird, könnten wir ihn nach dir nennen.«

»Wirklich? Ist das ein Versprechen?«

»Wenn ich es mir genau überlege, dann weiß ich es nicht

so recht. Ich hatte vergessen, wie Vaters Vorname lautet. Seiji – das ist ein ziemlich hässlicher Name.«

»Aber das ist nur, weil du mich hässlich findest, Etsuko. Eine meiner Schulklassen fand, ich sähe aus wie ein Nilpferd. Aber du solltest dich nicht von solchen Äußerlichkeiten beirren lassen.«

»Das ist wahr. Nun, wir müssen sehen, was Jiro dazu meint.«

»Ja.«

»Aber ich würde meinen Sohn gern nach dir nennen, Vater.«

»Das würde mich sehr glücklich machen.« Er lächelte und verbeugte sich leicht vor mir. »Aber ich weiß auch, wie lästig es ist, wenn Verwandte darauf bestehen, dass die Kinder nach ihnen genannt werden. Ich erinnere mich noch daran, wie meine Frau und ich darüber stritten, welchen Namen wir Jiro geben sollten. Ich wollte ihn nach einem Onkel von mir nennen, aber meine Frau hatte etwas gegen den Brauch, Kinder nach Verwandten zu nennen. Sie hat sich natürlich durchgesetzt. Gegen Keiko war schwer anzukommen.«

»Keiko ist ein hübscher Name. Wenn es ein Mädchen wird, können wir sie vielleicht Keiko nennen.«

»Du solltest solche Versprechungen nicht so voreilig machen. Du wirst einen alten Mann sehr enttäuschen, wenn du sie nicht hältst.«

»Verzeih, ich habe nur laut gedacht.«

»Und außerdem gibt es bestimmt andere, Etsuko, nach denen du dein Kind lieber nennen würdest. Andere, die dir näherstehen.«

»Vielleicht. Aber wenn es ein Junge wird, möchte ich gern, dass er nach dir genannt wird. Du warst immer wie ein Vater zu mir.«

»Bin ich jetzt nicht mehr wie ein Vater zu dir?«

»Doch, natürlich. Aber es ist anders.«

»Jiro ist hoffentlich ein guter Ehemann.«

»Natürlich. Ich könnte gar nicht glücklicher sein.«

»Und das Kind wird euch glücklich machen.«

»Ja. Es hätte zu keiner günstigeren Zeit kommen können. Wir haben uns inzwischen gut hier eingelebt, und Jiro kommt mit seiner Arbeit gut voran.«

»Du bist also glücklich?«

»Ja, ich bin sehr glücklich.«

»Fein. Das freut mich für euch beide.«

»Hier, es ist alles fertig.« Ich reichte ihm die Lackschachtel mit dem Imbiss.

»Ach ja, die Reste«, sagte er und nahm die Schachtel mit einer übertriebenen Verbeugung entgegen. Er hob den Deckel ein wenig an. »Das sieht aber köstlich aus.«

Als ich schließlich ins Wohnzimmer zurückkehrte, zog sich Ogata-San gerade im Flur die Schuhe an.

»Sag mal, Etsuko«, sagte er, ohne von seinen Schnürsenkeln aufzublicken. »Kennst du diesen Shigeo Matsuda?«

»Ich bin ihm ein- oder zweimal begegnet. Er hat uns ein paarmal besucht, nachdem wir geheiratet hatten.«

»Aber er und Jiro sind nicht mehr so eng befreundet?«

»Kaum. Wir schreiben uns Glückwunschkarten, aber das ist auch alles.«

»Ich werde Jiro vorschlagen, er soll an seinen Freund schreiben. Shigeo soll sich entschuldigen. Sonst muss ich darauf bestehen, dass Jiro sich von dem jungen Mann distanziert.«

»Ich verstehe.«

»Ich wollte es ihm schon vorschlagen, als wir vorhin beim

Frühstück darüber sprachen. Aber mit solchen Gesprächen wartet man besser bis zum Abend.«

»Vermutlich hast du recht.«

Ogata-San dankte mir noch einmal für den Imbiss, bevor er aufbrach.

* * *

An diesem Abend kam das Thema jedoch nicht zur Sprache. Beide Männer wirkten müde, als sie heimkamen. Sie verbrachten den größten Teil des Abends mit Zeitunglesen und sprachen wenig. Und Ogata-San erwähnte Dr. Endo nur ein einziges Mal. Das war beim Abendessen, und er sagte lediglich: »Endo scheint es ganz gut zu gehen. Aber seine Arbeit fehlt ihm. Der Mann hat schließlich dafür gelebt.«

Im Bett sagte ich vor dem Einschlafen zu Jiro: »Ich hoffe, Vater ist zufrieden mit der Art, wie wir ihn bewirten.«

»Was kann er anderes erwarten?«, meinte mein Mann. »Geh doch mal mit ihm aus, wenn du so besorgt bist.«

»Arbeitest du Samstagnachmittag?«

»Ich kann mir nicht leisten, nicht zu arbeiten. Ich bin sowieso schon im Rückstand. Vater hat sich für seinen Besuch die schlimmste Zeit ausgesucht. Das ist wirklich bedauerlich.«

»Aber Sonntag können wir doch etwas unternehmen, nicht wahr?«

Ich glaube mich zu erinnern, dass ich darauf keine Antwort erhielt, obwohl ich dalag und ins Dunkel blickte und wartete. Jiro war nach des Tages Arbeit oft müde und nicht zu Gesprächen aufgelegt.

Jedenfalls scheint es, dass ich mir wegen Ogata-San unnötig Sorgen machte, denn sein Besuch in jenem Sommer sollte sich als einer seiner längsten erweisen. Er war noch an dem Abend bei uns, als Sachiko an unsere Wohnungstür klopfte.

* * *

Sie trug ein Kleid, das ich noch nie gesehen hatte, und dazu einen Schal um die Schultern. Ihr Gesicht war sorgfältig geschminkt, aber eine dünne Haarsträhne hatte sich gelöst und hing ihr über die Wange.

»Entschuldigen Sie, wenn ich störe, Etsuko«, sagte sie lächelnd, »ich wollte nur fragen, ob Mariko hier ist.«

»Mariko? Nein.«

»So, na ja. Und Sie haben sie nirgends gesehen?«

»Leider nein. Ist sie nicht da?«

»Kein Grund, so ein Gesicht zu machen«, sagte sie und lachte. »Sie war bloß nicht in der Hütte, als ich zurückkam, das ist alles. Ich werde sie bestimmt bald finden.«

Wir sprachen im Flur miteinander, und ich merkte, dass Jiro und Ogata-San zu uns herübersahen. Ich stellte Sachiko vor, und alle verbeugten sich.

»Das ist beunruhigend«, meinte Ogata-San. »Vielleicht sollten wir die Polizei verständigen.«

»Nicht nötig«, sagte Sachiko. »Ich finde sie bestimmt.«

»Aber vielleicht sollte man doch lieber anrufen, nur zur Sicherheit.«

»Wirklich«, eine Spur von Verärgerung lag in Sachikos Stimme, »das ist nicht nötig. Ich werde sie ganz bestimmt finden.«

»Ich helfe Ihnen suchen«, sagte ich und zog meine Jacke an.

Mein Mann sah mich mißbilligend an. Er schien etwas

sagen zu wollen, hielt aber inne. Schließlich sagte er: »Es ist schon fast dunkel.«

»Wirklich, Etsuko, es besteht kein Grund zur Aufregung«, sagte Sachiko. »Aber wenn Sie vielleicht einen Moment mit hinauskommen würden, wäre ich Ihnen sehr verbunden.«

»Sei vorsichtig, Etsuko«, sagte Ogata-San. »Und ruf die Polizei an, wenn ihr das Kind nicht bald findet.«

Wir gingen die Treppe hinunter. Es war noch warm draußen, die Sonne hinter dem freien Feld stand schon sehr tief und ließ die schlammigen Rinnen aufleuchten.

»Haben Sie im Wohnviertel nachgesehen?«, fragte ich.

»Nein, noch nicht.«

»Dann sehen wir dort nach.« Ich beschleunigte den Schritt. »Hat Mariko Freundinnen, bei denen sie sein könnte?«

»Ich glaube nicht. Wirklich, Etsuko«, Sachiko lachte und legte eine Hand auf meinen Arm, »es besteht kein Grund, sich zu ängstigen. Ihr ist bestimmt nichts passiert. Eigentlich bin ich nur gekommen, um Ihnen eine Neuigkeit zu erzählen. Stellen Sie sich vor, endlich ist alles geregelt. Wir reisen in den nächsten Tagen nach Amerika.«

»Nach Amerika?« Vielleicht war es Sachikos Hand auf meinem Arm, vielleicht pure Überraschung, dass ich stehen blieb.

»Ja, nach Amerika. Sie haben doch bestimmt schon von einem solchen Land gehört.« Meine Verblüffung schien sie zu freuen.

Ich ging weiter. Unser Wohnviertel war eine betonierte Fläche, gelegentlich unterbrochen von dünnen, jungen Bäumen, die gepflanzt worden waren, als man die Häuser baute. Die meisten Fenster über uns waren erleuchtet.

»Wollen Sie denn gar nichts weiter von mir wissen?«, sagte Sachiko, mich einholend. »Wollen Sie mich nicht fragen, warum ich fortgehe? Und mit wem?«

»Es freut mich sehr, wenn Sie erreicht haben, was Sie wollten«, sagte ich. »Aber vielleicht sollten wir zuerst Ihre Tochter suchen.«

»Etsuko, Sie müssen wissen, es gibt nichts, dessen ich mich schäme. Nichts, was ich vor irgendjemandem verheimlichen müsste. Bitte, fragen Sie mich, was Sie wollen, ich schäme mich nicht.«

»Ich denke, wir sollten zuerst einmal Ihre Tochter suchen. Reden können wir später.«

»Also gut, Etsuko«, sagte sie lachend. »Suchen wir zuerst Mariko.«

Wir suchten die Spielplätze ab und gingen um jeden Wohnblock herum. Bald waren wir wieder dort, wo wir angefangen hatten. Da entdeckte ich zwei Frauen, die sich am Eingang eines Wohnblocks unterhielten.

»Vielleicht können die Damen dort drüben uns helfen«, sagte ich.

Sachiko rührte sich nicht. Sie blickte zu den beiden Frauen hinüber und meinte dann: »Das glaube ich nicht.«

»Aber sie haben sie vielleicht gesehen. Vielleicht haben sie Ihre Tochter gesehen.«

Sachiko sah immer noch zu den Frauen hinüber. Dann lachte sie kurz auf und zuckte die Achseln. »Also gut«, sagte sie. »Geben wir ihnen etwas, worüber sie klatschen können. Was kümmert es mich.«

Wir gingen zu ihnen hinüber, und Sachiko erkundigte sich höflich und ruhig. Die Frauen tauschten besorgte Blicke, aber keine hatte das kleine Mädchen gesehen. Sachiko versicherte ihnen, dass kein Grund zur Aufregung bestehe, und wir entfernten uns.

»Das war bestimmt ein gefundenes Fressen für sie«, sagte

Sachiko zu mir. »Jetzt haben sie etwas, worüber sie reden können.«

»Ich bin sicher, sie haben keine gehässigen Gedanken gehabt. Sie schienen beide ehrlich besorgt.«

»Sie sind so lieb, Etsuko, aber Sie brauchen mich wirklich nicht davon zu überzeugen. Wissen Sie, ich habe mir noch nie etwas daraus gemacht, was die Leute reden, und jetzt ist es mir erst recht egal.«

Wir blieben stehen. Ich blickte mich um und sah zu den Fenstern hinauf. »Wo könnte sie sonst noch sein?«, fragte ich.

»Sie müssen wissen, Etsuko, es gibt nichts, dessen ich mich schämen müsste. Ich habe nichts vor Ihnen zu verheimlichen. Und vor diesen Frauen auch nicht.«

»Meinen Sie, wir sollten am Fluss suchen?«

»Am Fluss? Ach, da habe ich schon nachgesehen.«

»Und auf der anderen Seite? Vielleicht ist sie drüben auf der anderen Seite.«

»Das glaube ich nicht, Etsuko. Wie ich meine Tochter kenne, wird sie jetzt sicher schon wieder in der Hütte sein. Vermutlich freut sie sich, weil sie diese ganze Aufregung verursacht hat.«

»Gut, gehen wir nachsehen.«

Als wir wieder am Rand des freien Geländes waren, verschwand die Sonne gerade hinter dem Fluss, sodass die Weiden am Ufer sich nur als Schattenrisse abzeichneten.

»Sie brauchen nicht mitzukommen«, sagte Sachiko. »Ich werde sie bestimmt bald finden.«

»Ich komme mit Ihnen.«

»Na gut. Kommen Sie mit.«

Wir schlugen den Weg zur Hütte ein. Ich hatte Sandalen an, und das Gehen auf dem unebenen Boden fiel mir schwer.

»Wie lange waren Sie fort?«, fragte ich. Sachiko war ein, zwei Schritte vor mir. Sie antwortete zunächst nicht, und ich dachte, sie hätte mich vielleicht nicht gehört. »Wie lange waren Sie fort?«, wiederholte ich.

»Ach, nicht lange.«

»Wie lange? Eine halbe Stunde? Oder länger?«

»Etwa drei oder vier Stunden, schätze ich.«

»Ich verstehe.«

Wir setzten unseren Weg über den morastigen Boden fort und bemühten uns, so gut es ging, den Pfützen auszuweichen. Als wir uns der Hütte näherten, sagte ich: »Vielleicht sollten wir doch auf der anderen Seite nachsehen, nur für alle Fälle.«

»Im Wald? Meine Tochter ist bestimmt nicht dort drüben. Schauen wir in der Hütte nach. Machen Sie nicht ein so bekümmertes Gesicht, Etsuko.« Sie lachte wieder, aber ich fand, dass ihre Stimme dabei ein wenig zitterte.

Die Hütte, in der es kein elektrisches Licht gab, lag im Dunkel. Ich wartete am Eingang, während Sachiko auf die Tatami trat. Sie rief den Namen ihrer Tochter und schob die Trennwände zu den zwei kleineren Zimmern auf, die an den größeren Raum grenzten. Ich stand da und lauschte, wie sie im Dunkeln umherging, dann kam sie zum Eingang zurück.

»Vielleicht haben Sie recht«, sagte sie. »Wir sollten am anderen Ufer nachsehen.«

Die Luft am Fluss war voller Insekten. Wir gingen schweigend ein Stück flussabwärts zu der kleinen Holzbrücke. Am anderen Ufer war der Wald, den Sachiko gerade erwähnt hatte.

Während wir die Brücke überquerten, wandte sich Sachiko zu mir und sagte hastig: »Zum Schluß waren wir in einer Bar. Wir wollten ins Kino gehen, in einen Film mit Gary Cooper, aber dort war eine lange Schlange. Die Stadt war voller Menschen, und viele waren betrunken. Wir gingen schließlich in eine Bar, und man gab uns eine kleine Nische für uns allein.«

»Ich verstehe.«

»Sie gehen vermutlich nie in eine Bar, Etsuko?«

»Nein.«

Es war das erste Mal, dass ich den Fluss überquerte. Der Boden unter meinen Füßen fühlte sich weich an, fast sumpfig. Vielleicht ist es nur Einbildung, dass ich dort am anderen Ufer einen kalten Hauch von Unbehagen spürte, ein Gefühl, das fast einer Vorahnung glich, was mich mit erneuter Eile auf das Dunkel der Bäume vor uns zutrieb. Sachiko hielt mich am Arm zurück. Ich folgte ihrem Blick und sah ein Stückchen vor uns, dicht am Ufer, etwas wie ein Bündel im Gras liegen. Es war in der Finsternis kaum zu unterscheiden, nur um wenige Schattierungen dunkler als der Boden. Mein erster Impuls war, darauf zuzulaufen, aber dann nahm ich wahr, dass Sachiko völlig reglos dastand und zu dem Gegenstand hinüberstarrte.

»Was ist das?«, fragte ich ziemlich töricht.

»Es ist Mariko«, sagte sie ruhig. Und als sie sich mir zuwandte, hatte sie einen seltsamen Ausdruck in den Augen.

3. KAPITEL

Es ist möglich, dass meine Erinnerung an diese Ereignisse sich mit der Zeit getrübt hat, dass sich nicht alles so abspielte, wie ich es heute sehe. Aber ich erinnere mich mit ziemlicher Klarheit an den unheimlichen Bann, der uns beide befiel, als wir dort in der hereinbrechenden Dunkelheit standen und zu dem Schatten unten am Ufer blickten. Dann brach der Bann, und wir fingen beide an zu laufen. Als wir näher kamen, sah ich Mariko zusammengekrümmt auf der Seite liegen, die Knie angezogen, den Rücken uns zugewandt. Sachiko erreichte sie ein wenig vor mir, da ich wegen meiner Schwangerschaft nicht so schnell laufen konnte, und stand über das Kind gebeugt, als ich bei ihr anlangte. Mariko hatte die Augen offen, und ich dachte zuerst, sie sei tot. Aber dann sah ich, wie sich die Augen bewegten und merkwürdig ausdruckslos zu uns hinaufstarrten.

Sachiko ließ sich auf ein Knie nieder und hob den Kopf des Kindes. Mariko sah uns weiterhin mit starrem Blick an.

»Mariko-San, was ist mit dir?«, fragte ich, ein wenig außer Atem.

Sie antwortete nicht. Auch Sachiko schwieg. Sie untersuchte ihre Tochter, hielt und wendete sie in ihren Armen wie eine zerbrechliche, aber gefühllose Puppe. Ich bemerkte Blut auf Sachikos Ärmel und sah, dass es von Mariko war.

»Wir sollten lieber jemanden rufen«, meinte ich.

»Es ist nichts Ernstes«, sagte Sachiko. »Nur eine Schramme. Schauen Sie, es ist nur ein kleiner Kratzer.«

Mariko hatte in einer Pfütze gelegen, und die eine Seite ihres kurzen Kleidchens war von schmutzigem Wasser durchtränkt. Das Blut kam aus einer Wunde an der Innenseite ihres Schenkels.

»Was ist passiert?«, fragte Sachiko ihre Tochter. »Was ist mit dir passiert?«

Mariko sah ihre Mutter unverwandt an.

»Sie hat vermutlich einen Schock«, sagte ich. »Vielleicht sollte man sie jetzt besser nicht fragen.«

Sachiko half Mariko auf die Beine.

»Wir haben uns Sorgen um dich gemacht, Mariko-San«, sagte ich. Das kleine Mädchen sah mich misstrauisch an, dann wandte sie sich zum Gehen. Sie ging ziemlich sicher. Die Wunde an ihrem Bein schien sie nicht sonderlich zu behindern.

Wir gingen über die Brücke zurück und ein Stück am Fluss entlang. Die beiden gingen, ohne zu sprechen, vor mir her. Als wir bei der Hütte ankamen, war es völlig dunkel.

Sachiko brachte Mariko ins Bad. Ich machte in dem Ofen, der mitten im Zimmer stand, Feuer, um Tee zu kochen. Außer dem Ofen war eine alte Hängelampe, die Sachiko angezündet hatte, die einzige Lichtquelle, und große Teile des Raums blieben im Schatten. In einer Ecke wurden ein paar kleine Kätzchen, die durch unsere Ankunft aufgestört worden waren, unruhig. Ihre Krallen machten ein kratzendes Geräusch auf der Tatami.

Als Mutter und Tochter wieder erschienen, hatten beide einen Kimono an. Sie gingen in eines der angrenzenden kleinen Zimmer, und ich wartete ein Weilchen. Sachikos Stimme drang durch die Trennwand.

Schließlich kam Sachiko allein heraus. »Es ist immer noch sehr heiß«, bemerkte sie. Sie ging durch das Zimmer und schob die Trennwände, die auf die Veranda führten, auseinander.

»Wie geht es ihr?«, fragte ich.

»Gut. Der Kratzer ist nicht von Belang.« Sachiko setzte sich in den Durchzug, zwischen die Trennwände.

»Sollen wir es der Polizei melden?«

»Der Polizei? Aber was gibt es da zu melden? Mariko sagt, sie ist auf einen Baum geklettert und gestürzt. Daher hat sie den Kratzer.«

»Dann war sie heute abend mit niemandem zusammen?«

»Nein. Mit wem hätte sie denn zusammen sein sollen?«

»Und was ist mit dieser Frau?«, sagte ich. »Welche Frau?«

»Diese Frau, von der Mariko immer spricht. Sind Sie immer noch überzeugt, dass es nur Einbildung ist?«

Sachiko seufzte. »Es ist nicht ganz Einbildung, nehme ich an«, sagte sie. »Es ist wohl eine Frau, die Mariko einmal gesehen hat. Damals, als sie noch viel kleiner war.«

»Aber glauben Sie, diese Frau könnte heute abend hier gewesen sein?«

Sachiko lachte. »Nein, Etsuko, das ist ganz unmöglich. Die Frau ist nämlich tot. Glauben Sie mir, Etsuko, die ganze Geschichte mit dieser Frau ist nur ein Spielchen, das Mariko gern treibt, wenn sie ihre schwierigen Phasen hat. Ich bin schon an diese Spielchen gewöhnt.«

»Aber warum erzählt sie solche Geschichten?«

»Warum?« Sachiko zuckte mit den Schultern. »Kinder sind

eben so. Wenn Sie erst Mutter sind, Etsuko, werden Sie sich daran gewöhnen müssen.«

»Sind Sie sicher, dass sie heute abend mit niemandem zusammen war?«

»Absolut sicher. Ich kenne meine Tochter.«

Wir schwiegen eine Weile. Moskitos summten in der Luft. Sachiko gähnte und hielt sich die Hand vor den Mund.

»Etsuko«, sagte sie, »ich werde Japan sehr bald verlassen. Das scheint Sie nicht sonderlich zu beeindrucken.«

»Doch, natürlich. Und es freut mich sehr für Sie. Aber wird es da nicht – gewisse Schwierigkeiten geben?«

»Schwierigkeiten?«

»Ich meine, wenn Sie in ein anderes Land gehen, mit einer anderen Sprache und fremden Sitten.«

»Ich verstehe Ihre Besorgnis, Etsuko. Aber ich glaube nicht, dass ich mir darum große Sorgen machen muss. Wissen Sie, ich habe so viel von Amerika gehört, es wird kein ganz fremdes Land für mich sein. Und was die Sprache betrifft, die spreche ich schon einigermaßen. Frank-San und ich unterhalten uns immer auf Englisch. Wenn ich erst eine Zeit lang in Amerika bin, werde ich wie eine Amerikanerin sprechen. Ich sehe wirklich keinen Grund, warum ich mir Sorgen machen sollte. Ich weiß, dass ich es schaffen werde.«

Ich machte eine leichte Verbeugung, sagte aber nichts. Zwei der Kätzchen kamen auf Sachiko zu. Sie beobachtete sie einen Moment, und dann sagte sie lachend: »Natürlich frage ich mich manchmal, wie das alles enden wird. Aber eigentlich«, sie lächelte mich an, »weiß ich, dass ich es schaffen werde.«

»Ich dachte auch mehr an Mariko«, sagte ich. »Was wird aus ihr?«

»Mariko? Oh, sie wird gut zurechtkommen. Sie wissen ja, wie Kinder sind. Es fällt ihnen wesentlich leichter, sich an eine neue Umgebung zu gewöhnen.«

»Aber es ist eine gewaltige Veränderung für sie. Ist sie darauf vorbereitet?«

Sachiko seufzte unwillig. »Wirklich, Etsuko, haben Sie geglaubt, ich hätte das alles nicht bedacht? Haben Sie angenommen, ich hätte beschlossen, das Land zu verlassen, ohne zuvor gründlich über das Wohl meiner Tochter nachzudenken?«

»Natürlich werden Sie gründlich darüber nachgedacht haben«, sagte ich.

»Das Wohl meiner Tochter ist für mich von größter Wichtigkeit, Etsuko. Ich würde keinen Entschluss fassen, durch den ihre Zukunft aufs Spiel gesetzt würde. Ich habe mir die ganze Sache genau überlegt und habe alles mit Frank besprochen. Ich versichere Ihnen, Mariko wird gut zurechtkommen. Da gibt es keine Probleme.«

»Aber ihre Ausbildung, wie ist es damit?«

Sachiko lachte wieder. »Etsuko, ich gehe nicht in den Dschungel. In Amerika gibt es so etwas wie Schulen. Und Sie müssen wissen, meine Tochter ist ein sehr kluges Kind. Ihr Vater war ein gebildeter Mann, und auch in meiner Familie sind höchst angesehene Leute. Sie dürfen nicht annehmen, Etsuko, nur weil Sie sie in dieser – in der Umgebung hier gesehen haben, dass sie ein Bauernkind ist.«

»Natürlich nicht. Ich habe nicht einen Moment …«

»Sie ist ein sehr kluges Kind. Sie haben sie nicht gesehen, wie sie wirklich ist, Etsuko. In einer solchen Umgebung wie hier muss man damit rechnen, dass ein Kind zuweilen ein wenig schwierig ist. Aber wenn Sie sie gesehen hätten, als wir bei meinem Onkel lebten, dann hätten Sie ihre wirklichen Fähigkeiten kennengelernt. Wenn ein Erwachsener mit ihr sprach, gab sie klare und intelligente Antworten, nichts von dem Gekicher und schüchternen Getue wie bei den meisten anderen Kindern. Und von kleinen Spielchen war damals nichts zu merken. Sie ging zur Schule und war mit Kindern aus den besten Familien befreundet. Und wir hatten einen Privatlehrer für sie, der sie sehr gelobt hat. Es war erstaunlich, wie rasch sie aufholte.«

»Aufholte?«

»Ja«, Sachiko zuckte die Schultern, »leider musste Marikos Unterricht von Zeit zu Zeit unterbrochen werden. Da war dieses und jenes, und wir sind so oft umgezogen. Aber wir haben schwierige Zeiten hinter uns, Etsuko. Wenn der Krieg nicht gewesen wäre, wenn mein Mann noch lebte, dann hätte Mariko die Erziehung, die einer Familie von unserer Stellung angemessen ist.«

»Ja, sicher«, sagte ich.

Vielleicht war Sachiko an meinem Tonfall etwas aufgefallen. Sie blickte auf und sah mich an, und als sie weitersprach, hatte ihre Stimme einen eindringlichen Klang.

»Ich hätte Tokio nicht zu verlassen brauchen, Etsuko«, sagte sie. »Aber ich tat es wegen Mariko. Ich habe mich auf den weiten Weg hierher gemacht, um bei meinem Onkel zu wohnen, weil ich dachte, das sei das Beste für meine Tochter. Ich hätte es nicht tun müssen, ich brauchte Tokio nicht zu verlassen.«

Ich machte eine Verbeugung. Sachiko sah mich einen Moment an, dann wandte sie sich um und blickte durch die geöffneten Trennwände in die Dunkelheit hinaus.

»Aber dann haben Sie Ihren Onkel verlassen«, sagte ich. »Und nun wollen Sie Japan verlassen.«

Sachiko sah mich ärgerlich an. »Warum sprechen Sie so mit mir, Etsuko? Warum können Sie mir nicht alles Gute wünschen? Liegt es daran, dass Sie einfach neidisch sind?«

»Aber ich wünsche Ihnen wirklich alles Gute. Und ich versichere Ihnen ...«

»Mariko wird es gut haben in Amerika – warum wollen Sie das nicht glauben? Es ist ein besseres Land für ein heranwachsendes Kind. Und sie wird dort viel mehr Möglichkeiten haben; das Leben in Amerika ist für eine Frau viel besser.«

»Ich versichere Ihnen, ich freue mich für Sie. Und was mich betrifft, ich könnte gar nicht glücklicher sein, als ich es jetzt bin. Jiro kommt so gut voran mit der Arbeit, und das Kind kommt genau zur rechten Zeit ...«

»Sie könnte Geschäftsfrau werden, oder sogar Filmschauspielerin. So ist Amerika, Etsuko, dort ist vieles möglich. Frank sagt, ich könnte ebenfalls Geschäftsfrau werden. So etwas ist dort möglich.«

»Ich bin überzeugt davon. Es ist nur so, dass ich persönlich mit meinem Leben hier sehr glücklich bin.«

Sachiko blickte auf die beiden Kätzchen, die sich neben ihr in die Tatami krallten. Wir schwiegen ein paar Minuten.

»Ich muss zurück«, sagte ich schließlich. »Sie machen sich bestimmt schon Sorgen um mich.« Ich stand auf, aber Sachiko wandte die Augen nicht von den Kätzchen. »Wann brechen Sie auf?«, fragte ich.

»In den nächsten Tagen. Frank holt uns mit seinem Auto ab. Gegen Ende der Woche sind wir schon auf dem Schiff.«

»Dann darf ich wohl annehmen, dass Sie Frau Fujiwara nicht länger helfen werden.«

Sachiko blickte mit einem kurzen, ungläubigen Lachen zu

mir auf. »Etsuko, ich gehe nach Amerika. Ich habe es nicht mehr nötig, in einem Nudelrestaurant zu arbeiten.«

»Ich verstehe.«

»Ach ja, Etsuko, vielleicht könnten Sie Frau Fujiwara erzählen, was sich bei mir ereignet hat. Ich denke nicht, dass ich sie noch einmal sehe.«

»Wollen Sie es ihr nicht selbst sagen?«

Sie seufzte unwillig. »Etsuko, können Sie sich nicht vorstellen, wie widerwärtig es für jemanden wie mich war, täglich in einem Nudelrestaurant zu arbeiten? Ich habe mich nicht beklagt und habe getan, was von mir verlangt wurde. Aber das ist jetzt vorbei, und ich habe nicht den Wunsch, das Lokal noch einmal zu sehen.« Ein Kätzchen hatte sich am Ärmel von Sachikos Kimono festgekrallt. Sie versetzte ihm einen festen Klaps mit dem Handrücken, und das Tierchen huschte über die Tatami davon. »Grüßen Sie Frau Fujiwara bitte von mir«, sagte sie, »und richten Sie ihr meine besten Wünsche für ihr Geschäft aus.«

»Gut. Jetzt entschuldigen Sie mich bitte, ich muss gehen.«

Diesmal stand Sachiko auf und begleitete mich zum Eingang.

»Ich komme noch und verabschiede mich, bevor wir abreisen«, sagte sie, während ich meine Sandalen anzog.

★ ★ ★

Zuerst war es ein ganz harmloser Traum. Ich hatte nur von etwas geträumt, was ich am Tage zuvor gesehen hatte – von dem kleinen Mädchen, das wir im Park spielen sahen. Aber in der nächsten Nacht kehrte der Traum wieder. Tatsächlich hatte ich den Traum mehrmals in den letzten Monaten.

Niki und ich sahen das Mädchen an dem Nachmittag, als wir ins Dorf gingen, auf der Schaukel spielen. Es war am dritten Tag von Nikis Besuch. Der Regen hatte nachgelassen, und es nieselte nur noch. Ich war ein paar Tage nicht aus dem Haus gewesen und genoß die frische Luft, als wir den gewundenen Feldweg betraten.

Niki ging ziemlich schnell, ihre engen Lederstiefel knarzten bei jedem Schritt. Obgleich es mir nicht schwerfiel mitzuhalten, wäre mir ein gemächlicheres Tempo lieber gewesen. Niki muss die Freuden des Wanderns um des Wanderns willen wohl erst noch lernen. Sie hat anscheinend auch keinen Sinn für die Landschaft, obwohl sie hier aufgewachsen ist. Ich sprach sie während unseres Spaziergangs darauf an, und sie erwiderte, wir seien hier gar nicht richtig auf dem Land, dies sei nur eine ländliche Wohngegend für wohlhabende Leute. Ich muss ihr darin recht geben. Ich war nie im bäuerlichen Norden von England, wo ich, wie Niki behauptet, das wirkliche Land fände. Dennoch strahlen diese Wege eine Stille und einen Frieden aus, die ich im Laufe der Jahre schätzen gelernt habe.

Im Dorf angekommen, ging ich mit Niki in die Teestube, die ich manchmal aufsuche. Das Dorf ist klein, es gibt nur ein paar Gasthäuser und Geschäfte. Die Teestube liegt an einer Ecke über einer Bäckerei. An jenem Nachmittag saßen Niki und ich an einem Tisch am Fenster, und von dort beobachteten wir das kleine Mädchen, das unten im Park spielte. Es kletterte auf eine Schaukel und rief zwei Frauen etwas zu, die auf einer Bank in der Nähe saßen. Es war ein fröhliches kleines Mädchen in einem grünen Regenmantel und Gummistiefeln.

»Vielleicht wirst du bald heiraten und Kinder haben«, sagte ich. »Ich sehne mich nach kleinen Kindern.«

»Ich kann mir nichts denken, wozu ich weniger Lust hätte«, sagte Niki.

»Na ja, du bist wohl noch zu jung.«

»Es hat nichts damit zu tun, wie jung oder wie alt ich bin. Ich habe einfach keine Lust auf einen Haufen plärrender Kinder.«

»Keine Angst, Niki«, sagte ich lachend. »Ich wollte dich nicht dazu drängen, auf der Stelle Mutter zu werden. Ich hatte nur gerade eben den flüchtigen Wunsch, Großmutter zu sein, das ist alles. Ich dachte, vielleicht würdest du mir den Gefallen tun, aber das hat Zeit.«

Das kleine Mädchen stand auf dem Sitz der Schaukel und zog heftig an den Ketten, aber es bekam die Schaukel nicht recht in Schwung. Es lächelte trotzdem und rief wieder etwas zu den Frauen hinüber.

»Eine Freundin von mir hat gerade ein Baby bekommen«, sagte Niki. »Sie ist richtig froh. Ich weiß gar nicht, warum. Einen gräßlichen Schreihals hat sie sich da angeschafft.«

»Nun, wenigstens ist sie glücklich. Wie alt ist deine Freundin?«

»Neunzehn.«

»Neunzehn? Sie ist ja sogar jünger als du. Ist sie verheiratet?«

»Nein. Was spielt das für eine Rolle?«

»Aber dann kann sie doch bestimmt nicht glücklich sein.«

»Warum nicht? Bloß weil sie nicht verheiratet ist?«

»Ja, deshalb. Und weil sie erst neunzehn ist. Ich kann mir nicht vorstellen, dass sie sich über das Kind gefreut hat.«

»Was spielt es für eine Rolle, ob sie verheiratet ist? Sie wollte es, sie hat es genau geplant und alles.«

»Hat sie dir das erzählt?«

»Aber, Mutter, ich kenne sie, sie ist meine Freundin. Ich weiß, dass sie es wollte.«

Die Frauen auf der Bank standen auf. Die eine rief nach dem kleinen Mädchen. Es sprang von der Schaukel und lief zu den Frauen.

»Und der Vater?«, fragte ich.

»Der war auch glücklich darüber. Als es feststand, haben wir alle mit ihnen gefeiert.«

»Die Menschen geben immer vor, sich zu freuen. Wie in dem Film, den wir gestern abend im Fernsehen gesehen haben.«

»Welcher Film?«

»Ich glaube, du hast nicht hingesehen. Du hast deine Zeitschrift gelesen.«

»Ach der. Der war gräßlich.«

»Ja, das war er. Aber genau das meine ich. Ich bin überzeugt, dass kein Mensch die Nachricht, dass ein Baby unterwegs ist, so aufnimmt wie die Leute in diesen Filmen.«

»Ehrlich, Mutter, ich weiß nicht, wie du da sitzen und dir so einen Quatsch angucken kannst. Früher hast du fast nie ferngesehen. Ich erinnere mich, dass du mich immer ausgeschimpft hast, weil ich zu viel guckte.«

Ich lachte. »Siehst du, wir tauschen allmählich die Rollen, Niki. Du tust mir bestimmt sehr gut. Du musst mich davon abhalten, meine Zeit so zu verschwenden.«

★ ★ ★

Als wir von der Teestube zurückkehrten, hatte sich der Himmel bedrohlich bewölkt, und der Nieselregen war stärker geworden. Wir waren gerade an dem kleinen Bahnhof vorbeigegangen, als eine Stimme hinter uns rief: »Mrs. Sheringham! Mrs. Sheringham!«

Ich drehte mich um und sah eine kleine Frau im Mantel die Straße entlangeilen.

»Ich dachte mir, dass Sie es sind«, sagte sie, als sie uns eingeholt hatte. »Wie geht es Ihnen denn so?« Sie lächelte mich fröhlich an.

»Tag, Mrs. Waters«, sagte ich. »Nett, Sie mal wieder zu sehen.«

»Scheint wieder schlechter zu werden, das Wetter, was? Ach, Tag, Keiko«, sie berührte Niki am Ärme, »ich hab dich gar nicht erkannt.«

»Nein«, sagte ich rasch, »das ist Niki.«

»Niki, natürlich. Meine Güte, du bist ja richtig erwachsen geworden, Kind. Darum habe ich euch verwechselt. Du bist richtig erwachsen.«

»Guten Tag, Mrs. Waters«, sagte Niki, als sie sich wieder gefasst hatte.

Mrs. Waters wohnt nicht weit von mir. Ich sehe sie in letzter Zeit nur sehr selten, aber vor mehreren Jahren hat sie meinen beiden Töchtern Klavierstunden gegeben. Sie hat Keiko einige Jahre unterrichtet, und dann Niki ungefähr ein Jahr, als sie noch ein Kind war. Es hatte nicht lange gedauert, bis ich merkte, dass Mrs. Waters keine besonders fähige Pianistin war, und ihre Auffassung von Musik ganz allgemein hatte mich oft irritiert. Zum Beispiel bezeichnete sie Werke von Chopin und Tschaikowsky als »zauberhafte Melodien«. Aber sie war eine liebenswerte Frau, und ich brachte es nie übers Herz, sie durch eine andere zu ersetzen.

»Und was machst du denn so, mein Kind?«, fragte sie Niki.

»Ich? Ach, ich lebe in London.«

»So? Und was tust du dort? Studierst du?«

»Ich tue eigentlich gar nichts. Ich lebe bloß dort.«

»Ah, ich verstehe. Aber du fühlst dich wohl dort, ja? Das ist die Hauptsache, nicht wahr.«

»Ja, ich bin ganz zufrieden.«

»Fein, das ist die Hauptsache, nicht? Und was macht Keiko?« Mrs. Waters wandte sich an mich. »Wie geht es denn Keiko jetzt?«

»Keiko? Sie ist nach Manchester gezogen.«

»Ach ja? Eine hübsche Stadt, soviel ich gehört habe. Und gefällt es ihr dort?«

»Ich habe in letzter Zeit nichts von ihr gehört.«

»Ach so. Keine Nachricht, gute Nachricht. Und spielt Keiko noch Klavier?«

»Ich denke, ja. Ich habe in letzter Zeit nichts von ihr gehört.«

Endlich schien ihr meine Teilnahmslosigkeit aufzugehen, und sie ließ das Thema mit verlegenem Lachen fallen. Solche Beharrlichkeit ihrerseits war kennzeichnend für unsere Begegnungen in den Jahren, seit Keiko von zu Hause weggegangen war. Weder mein sichtliches Widerstreben, über Keiko zu sprechen, noch die Tatsache, dass ich ihr bis zu jenem Nachmittag nichts über den Verbleib meiner Tochter erzählen konnte, hatten einen nachhaltigen Eindruck auf sie gemacht. Wahrscheinlich wird sie sich auch weiterhin unbekümmert nach meiner Tochter erkundigen, wann immer wir uns begegnen. Als wir nach Hause kamen, regnete es stark. »Ich habe dich wohl blamiert, oder?«, meinte Niki. Wir saßen wieder in unseren Sesseln und blickten in den Garten hinaus.

»Wie kommst du darauf?«

»Ich hätte ihr sagen sollen, dass ich vorhabe, auf die Uni zu gehen, oder so was.«

»Es ist mir ganz egal, was du von dir erzählst. Ich schäme mich nicht deinetwegen.«

»Nein, das wohl nicht.«

»Aber ich fand, du warst ziemlich kurz angebunden. Du hast diese Frau nie besonders gemocht, nicht?«

»Mrs. Waters? Na ja, ihre Klavierstunden habe ich gehasst. Es war die reine Langeweile. Ich fing einfach an zu träumen, und dann und wann hörte ich diese leise Stimme, die mir sagte, ich solle meinen Finger hierhin oder dorthin legen. War das deine Idee, dass ich Klavierstunden nehmen sollte?«

»Hauptsächlich ja. Siehst du, ich hatte mal große Pläne mit dir.«

Niki lachte. »Tut mir leid, dass ich so eine Niete bin. Aber daran bist du selbst schuld. Ich bin kein bisschen musikalisch. Bei uns im Haus ist ein Mädchen, das Gitarre spielt. Sie hat versucht, mir ein paar Griffe beizubringen, aber nicht mal dazu konnte ich mich bequemen. Ich glaube, Mrs. Waters hat mir die Musik für immer verleidet.«

»Vielleicht kommst du eines Tages mal darauf zurück, und dann bist du froh, dass du Klavierstunden hattest.«

»Aber ich habe längst alles verlernt.«

»Alles hast du bestimmt nicht vergessen. Nichts, was man in diesem Alter lernt, geht völlig verloren.«

»War trotzdem Zeitverschwendung«, brummte Niki. Sie sah eine Zeit lang aus dem Fenster. Dann drehte sie sich zu mir um und sagte: »Es fällt dir sicher sehr schwer, es den Leuten zu erzählen. Das mit Keiko, meine ich.«

»Es schien mir das Einfachste zu sagen, was ich gesagt habe«, erwiderte ich. »Ihre Frage kam ziemlich überraschend.«

»Ja, das kann ich mir denken.« Niki blickte wieder mit ausdrucksloser Miene aus dem Fenster. »Keiko ist nicht zu Papas Beerdigung gekommen, nicht wahr?«, sagte sie schließlich.

»Du weißt doch ganz genau, dass sie nicht da war. Warum fragst du dann?«

»Ich habe es bloß festgestellt.«

»Du meinst, du bist nicht zu ihrer Beerdigung gekommen, weil sie nicht bei der Beerdigung deines Vaters war? Sei doch nicht so kindisch, Niki.«

»Ich bin nicht kindisch. Ich sage bloß, dass es so war. Sie hat nie an unserem Leben teilgenommen – jedenfalls weder an Papas noch an meinem. Ich hatte nie damit gerechnet, dass sie zu seiner Beerdigung kommen würde.«

Ich antwortete nicht, und wir saßen schweigend in unseren Sesseln.

Dann sagte Niki: »Das war komisch eben mit Mrs. Waters. Fast so, als hätte es dir Spaß gemacht.

»Was?«

»So zu tun, als ob Keiko noch lebte.«

»Es macht mir keinen Spaß, Leute zu täuschen.« Vielleicht war ich ein wenig aufbrausend, denn Niki machte ein verwirrtes Gesicht.

»Nein, sicher nicht«, sagte sie matt.

Es regnete die ganze Nacht, und am nächsten Tag – dem vierten Tag von Nikis Besuch – regnete es immer noch ununterbrochen.

»Hast du etwas dagegen, wenn ich heute nacht das Zimmer wechsle?«, fragte Niki. »Ich könnte in das unbenutzte Schlafzimmer ziehen.« Wir waren in der Küche und wuschen das Frühstücksgeschirr ab.

»Das unbenutzte Schlafzimmer?« Ich lachte auf. »Die Schlafzimmer sind jetzt alle unbenutzt. Nein, ich habe nichts dagegen, wenn du umziehst. Gefällt dir dein altes Zimmer nicht mehr?«

»Ich habe so ein unbehagliches Gefühl, wenn ich da schlafe.«

»Wie lieblos von dir, Niki. Ich hatte gehofft, du würdest dich dort noch zu Hause fühlen.«

»Tue ich ja«, sagte sie hastig. »Es ist nicht so, dass es mir nicht gefiele.« Sie verstummte und trocknete ein paar Messer mit dem Geschirrtuch ab. Schließlich sagte sie: »Es ist das andere Zimmer. Ihr Zimmer. Ich hab ein unbehagliches Gefühl, weil das Zimmer direkt gegenüber ist.«

Ich hielt in meinem Tun inne und sah sie unfreundlich an.

»Ich kann nichts dafür, Mutter. Ich habe einfach ein merkwürdiges Gefühl, wenn ich an das gegenüberliegende Zimmer denke.«

»Nimm meinetwegen das unbenutzte Zimmer«, sagte ich kühl. »Aber du musst erst das Bett beziehen.«

Obwohl ich wegen Nikis Wunsch, das Zimmer zu wechseln, ein ziemliches Theater gemacht hatte, wollte ich ihr den Umzug nicht erschweren. Denn auch ich hatte wegen des Zimmers gegenüber ein beklommenes Gefühl gehabt. Es ist das hübscheste Zimmer im Haus mit einem herrlichen Blick auf den Obstgarten. Aber es war so lange Keikos fanatisch gehütetes Reich gewesen, und selbst jetzt, sechs Jahre nach ihrem Auszug, schien noch ein seltsamer Bann darüber zu liegen – ein Bann, der nun, da Keiko tot war, noch stärker wurde.

In den zwei oder drei Jahren, bevor sie uns schließlich verließ, hatte sich Keiko in dieses Schlafzimmer zurückgezogen und uns aus ihrem Leben ausgeschlossen. Sie kam selten heraus, aber ich hörte sie manchmal im Haus umhergehen, wenn wir alle zu Bett gegangen waren. Ich vermutete, dass sie ihre Zeit mit Zeitschriftenlesen und Radiohören verbrachte. Sie hatte keine Freundinnen, und uns Übrigen war es verboten, ihr Zimmer zu betreten. Zu den Mahlzeiten ließ ich ihren Teller in der Küche stehen, und sie kam dann herunter, um ihn zu holen, und schloss sich wieder ein. Das Zimmer war in einem schrecklichen Zustand. Es drang ein Geruch nach abgestandenem Parfum und schmutziger Wäsche heraus, und wenn ich gelegentlich einen Blick hineinwarf, sah ich zahllose Illustrierte zwischen Bergen von Kleidungsstücken auf dem Boden liegen. Ich musste Keiko überreden, ihre schmutzige Wäsche herauszulegen, und wenigstens hierin erreichten wir eine Einigung: Alle paar Wochen fand ich vor ihrer Tür einen Sack mit Wäsche, die ich wusch und wieder dorthin legte. Schließlich gewöhnten wir uns an ihre Art, und wenn Keiko sich aus irgendeinem Impuls heraus in unser Wohnzimmer hinunterwagte, spürten wir alle eine starke Spannung. Solche Ausflüge endeten stets damit, dass Keiko sich mit Niki oder meinem Mann stritt, und bald darauf war sie wieder in ihrem Zimmer.

Ich habe Keikos Zimmer in Manchester, das Zimmer, in dem sie starb, nie gesehen. Es mag grausig klingen, dass eine Mutter solche Gedanken hat, aber als ich von ihrem Selbstmord erfuhr, war mein erster Gedanke, wie lange sie wohl dort gewesen sein mochte, bevor man sie fand. Sie hatte sich, als sie bei uns lebte, in ihrer eigenen Familie schon tagelang nicht sehen lassen. Da bestand wenig Hoffnung, dass sie in einer fremden Stadt, wo sie niemand kannte, schnell entdeckt würde. Der Leichenbeschauer sagte später, sie sei »einige Tage« dort gewesen. Die Hauswirtin hatte schließlich die Tür geöffnet, weil sie dachte, Keiko sei ausgezogen, ohne die Miete zu bezahlen.

Ständig ging mir das Bild im Kopf herum, wie meine Tochter tagelang in ihrem Zimmer hing. Die Schrecklichkeit dieser Vorstellung hat nie nachgelassen, aber grausig ist sie längst nicht mehr; man kann, wie mit einer Wunde am eigenen Körper, auch mit den beunruhigendsten Dingen vertraut werden.

»In dem unbenutzten Zimmer ist es vielleicht auch wärmer«, meinte Niki.

»Wenn dir nachts kalt ist, Niki, brauchst du doch nur die Heizung anzudrehen.«

»Stimmt schon.« Sie seufzte. »Ich schlafe in letzter Zeit nicht gut. Ich glaube, ich träume schlecht, aber ich kann mich beim Aufwachen nie richtig daran erinnern.«

»Ich hatte heute nacht einen Trauen«, sagte ich.

»Ich glaube, es hängt mit der Stille hier zusammen. Ich bin es nicht gewohnt, dass es nachts so still ist.«

»Ich habe von dem kleinen Mädchen geträumt, das wir gestern gesehen haben. Von dem kleinen Mädchen im Park.«

»Bei Straßenlärm kann ich durchschlafen, aber ich habe verlernt, bei Ruhe zu schlafen.« Niki zuckte die Schultern und warf ein paar Besteckteile in die Schublade. »Vielleicht schlafe ich in dem unbenutzten Zimmer besser.«

Dass ich den Traum, als ich ihn zum erstenmal hatte, Niki gegenüber erwähnte, lässt vielleicht darauf schließen, dass ich schon damals an seiner Harmlosigkeit zweifelte. Ich muss von vornherein vermutet haben – ohne genau zu wissen, warum –, dass der Traum nicht so sehr mit dem kleinen Mädchen zusammenhing, das wir beobachtet hatten, sondern damit, dass ich mich zwei Tage zuvor an Sachiko erinnert hatte.

4. KAPITEL

29.3.18

Als ich eines Nachmittags, bevor mein Mann von der Arbeit nach Hause kam, in der Küche das Abendessen vorbereitete, hörte ich aus dem Wohnzimmer ein merkwürdiges Geräusch. Ich hielt inne und lauschte. Da war es wieder – es klang wie eine sehr schlecht gespielte Geige. Nach einer Weile brachen die Töne ab.

Als ich schließlich ins Wohnzimmer ging, fand ich Ogata-San über ein Schachbrett gebeugt. Die Spätnachmittagssonne flutete herein, und trotz der Ventilatoren hatte sich überall in der Wohnung Feuchtigkeit festgesetzt. Ich machte die Fenster etwas weiter auf.

»Habt ihr gestern abend nicht zu Ende gespielt?«, fragte ich, als ich zu Ogata-San hinüberging.

»Nein, Jiro behauptete, er sei zu müde. Das war bestimmt ein Trick von ihm. Siehst du, ich habe ihn hier ganz schön in die Enge getrieben.«

»Ja.«

»Er baut darauf, dass mein Gedächtnis neuerdings so getrübt ist. Deshalb nehme ich mir meine Züge jetzt noch einmal vor.«

»Sehr raffiniert, Vater. Aber ich bezweifle, dass Jiro solche hinterlistigen Gedanken hat.«

»Vielleicht nicht. Ich darf wohl annehmen, dass du ihn inzwischen besser kennst als ich.« Ogata-San betrachtete das Brett noch ein paar Minuten, dann blickte er auf und lachte. »Das muss dir doch komisch vorkommen. Jiro schwitzt in seinem Büro, und ich bereite hier ein Schachspiel für seine Heimkehr vor. Ich komme mir vor wie ein kleines Kind, das auf seinen Vater wartet.«

»Mir ist es lieber, wenn du dich mit Schach beschäftigst. Dein musikalisches Solo vorhin war fürchterlich.«

»Wie respektlos. Und ich dachte, du wärst gerührt, Etsuko.«

Die Geige lag neben ihm auf dem Boden, aber schon wieder in ihrem Kasten. Ogata-San beobachtete mich, als ich den Kasten öffnete.

»Ich habe sie oben auf dem Regal gesehen«, sagte er. »Und ich habe mir erlaubt, sie herunterzunehmen. Mach nicht so ein ängstliches Gesicht, Etsuko. Ich habe sie sehr vorsichtig behandelt.«

»Da bin ich mir nicht so sicher. Wie du selbst sagst, ist Vater heute wie ein kleines Kind.« Ich hielt die Geige in die Höhe und untersuchte sie. »Nur dass kleine Kinder nicht an hohe Regale herankönnen.«

Ich hob das Instrument unters Kinn. Ogata-San beobachtete mich immer noch.

»Spiel mir etwas vor«, bat er. »Du kannst es sicher besser als ich.«

»Das bestimmt.« Ich hielt die Geige auf Armeslänge von mir. »Aber es ist so lange her.«

»Du meinst, du hast nicht geübt? Das ist aber schade, Etsuko. Du hast doch so an dem Instrument gehangen.«

»Ja, früher. Aber jetzt rühre ich es kaum noch an.«

»Wirklich ein Jammer, Etsuko. Und du hast so gern gespielt. Ich weiß noch, wie du mitten in der Nacht das ganze Haus aufgeweckt hast.«

»Das Haus aufgeweckt? Wann habe ich das getan?«

»Ja, ich erinnere mich genau. Als du zum erstenmal bei uns warst.« Ogata-San lachte. »Schau nicht so bekümmert, Etsuko. Wir haben dir alle verziehen. Warte mal, wer war noch der Komponist, den du so verehrt hast? War es Mendelssohn?«

»Ist das wahr? Ich habe das Haus aufgeweckt?«

»Schau nicht so bekümmert, Etsuko. Das ist Jahre her. Spiel mir etwas von Mendelssohn.«

»Aber warum habt ihr mich nicht daran gehindert?«

»Es war ja nur in den ersten Nächten. Und außerdem hatten wir nichts dagegen.«

Ich zupfte die Saiten ein wenig. Die Geige war verstimmt.

»Ich muss euch damals eine ziemliche Last gewesen sein«, sagte ich leise.

»Unsinn.«

»Aber die anderen. Sie müssen mich für verrückt gehalten haben.«

»Sie können nicht allzu schlecht von dir gedacht haben. Immerhin endete es damit, dass du Jiro geheiratet hast. Nun komm, Etsuko, genug davon. Spiel mir etwas vor.«

»Wie war ich damals, Vater? War ich wie eine Geisteskranke?«

»Du warst zutiefst erschüttert, was nur zu erwarten war. Wir waren alle erschüttert, wir, die wir übrig geblieben sind. Jetzt lass uns diese Dinge vergessen, Etsuko. Es tut mir leid, dass ich davon angefangen habe.«

Wieder hob ich das Instrument ans Kinn. »Ah«, sagte Ogata-San. »Mendelssohn.« Ich verharrte ein paar Sekunden so, die Geige unter dem Kinn. Dann legte ich sie in meinen Schoß und seufzte. »Ich spiele es jetzt kaum noch«, sagte ich.

»Entschuldige, Etsuko.« Ogata-Sans Stimme war ernst geworden. »Vielleicht hätte ich sie nicht anrühren sollen.«

Ich sah ihn an und lächelte. »Aha«, sagte ich, »das kleine Kind hat Gewissensbisse.«

»Ich habe sie nur da oben gesehen und mich an früher erinnert.«

»Ich spiele dir ein andermal etwas vor. Wenn ich ein wenig geübt habe.«

Er machte eine leichte Verbeugung, und das Lächeln kehrte in seine Augen zurück.

»Ich werde dich an dein Versprechen erinnern, Etsuko. Und vielleicht kannst du es mir ein bisschen beibringen.«

»Ich kann dir nicht alles beibringen, Vater. Du hast gesagt, du wolltest kochen lernen.«

»Ach ja. Das auch.«

»Ich spiele dir etwas vor, wenn du das nächste Mal zu uns kommst.«

»Ich werde dich an dein Versprechen erinnern«, sagte er.

* * *

Nach dem Abendessen ließen sich Jiro und sein Vater zu ihrem Schachspiel nieder. Ich räumte das Geschirr ab und setzte mich mit einer Näharbeit hin. Im Laufe des Spiels sagte Ogata-San einmal: »Ich habe gerade etwas gemerkt. Wenn du nichts dagegen hast, möchte ich den Zug gern zurücknehmen.«

»Selbstverständlich«, sagte Jiro.

»Aber das wäre dir gegenüber ziemlich ungerecht. Besonders, weil ich gerade besser stehe als du.«

»Nein, überhaupt nicht. Bitte, nimm den Zug zurück.«

»Du hast nichts dagegen?«

»Überhaupt nicht.«

Sie spielten schweigend weiter.

»Jiro«, sagte Ogata-San ein paar Minuten später, »mir fällt eben etwas ein. Hast du den Brief schon geschrieben? An Shigeo Matsuda?«

Ich blickte von meiner Näharbeit auf. Jiro schien vertieft in sein Spiel und antwortete nicht, ehe er seine Figur verrückt hatte. »Shigeo? Nein, noch nicht. Ich hatte es vor. Aber ich habe ausgerechnet jetzt soviel zu tun.«

»Natürlich. Das verstehe ich vollkommen. Es war mir nur gerade eingefallen.«

»Ich hatte in den letzten Tagen nicht viel Zeit.«

»Natürlich. Es eilt nicht. Ich will dir damit nicht auf die Nerven gehen. Ich meine nur, es wäre vielleicht angebracht, wenn er recht bald von dir hören würde. Es ist schon ein paar Wochen her, seit sein Artikel erschienen ist.«

»Ja, sicher. Du hast ganz recht.«

Sie wandten sich wieder ihrem Spiel zu. Ein paar Minuten sprach keiner von beiden. Dann sagte Ogata-San: »Was meinst du, wie er reagieren wird?«

»Shigeo? Ich weiß nicht. Ich bin, wie gesagt, nicht mehr viel mit ihm zusammen.«

»Er ist in die Kommunistische Partei eingetreten, sagst du?«

»Ich bin nicht sicher. Er hat jedenfalls mit ihr sympathisiert, als ich ihn das letzte Mal sah.«

»Wirklich ein Jammer. Aber heute gibt es ja so vieles in Japan, was einen jungen Menschen ins Schwanken bringen kann.«

»Ja, zweifellos.«

»So viele junge Menschen lassen sich heutzutage von Ideen und Theorien mitreißen. Aber vielleicht nimmt er es zurück und entschuldigt sich. Nichts ist besser, als jemanden rechtzeitig an seine persönlichen Verpflichtungen zu erinnern. Weißt du, ich glaube, Shigeo hat sich überhaupt nicht überlegt, was er tat. Ich stelle mir vor, er hat den Artikel geschrieben mit einem Stift in der einen Hand und seinen Büchern über den Kommunismus in der anderen. Es kann gut sein, dass er es zurücknimmt.«

»Schon möglich. Ich hatte nur in letzter Zeit soviel Arbeit.«

»Natürlich, natürlich. Deine Arbeit geht vor. Bitte, mach dir deswegen keine Gedanken. So, bin ich am Zug?«

Sie setzten ihr Spiel fort und sprachen wenig. Einmal hörte ich Ogata-San sagen: »Du spielst genau, wie ich vorausgesehen habe. Du musst es sehr schlau anstellen, wenn du aus dieser Ecke herauskommen willst.«

Sie hatten eine Weile gespielt, als es an der Tür klopfte. Jiro warf mir einen Blick zu. Ich legte meine Näharbeit hin und stand auf.

Als ich öffnete, stand ich zwei grinsenden und sich vor mir verbeugenden Männern gegenüber. Es war schon sehr spät, und ich dachte zuerst, sie hätten sich in der Wohnung geirrt. Aber dann erkannte ich, dass es zwei Kollegen von Jiro waren, und bat sie hereinzukommen. Sie standen im Flur und kicherten vor sich hin. Einer war klein und rundlich und hatte ein stark gerötetes Gesicht. Sein Begleiter war dünner, sein blasser Teint ähnelte dem eines Europäers, aber anscheinend hatte auch er getrunken, denn auf seinen Wangen zeigten sich rosige Flecke. Sie trugen beide Krawatten, unordentlich gelockert, und hielten ihre Jacken über dem Arm.

Jiro schien erfreut, sie zu sehen, und forderte sie auf, Platz zu nehmen. Aber sie blieben kichernd im Flur stehen.

»Ach, Ogata«, sagte der Mann mit dem blassen Gesicht zu Jiro, »vielleicht kommen wir ungelegen.«

»Aber nein. Was macht ihr überhaupt in dieser Gegend?«

»Wir waren bei Murasakis Bruder. Wir sind noch gar nicht zu Hause gewesen.«

»Wir belästigen dich, weil wir Angst haben, nach Hause zu gehen«, erklärte der rundliche Mann. »Wir haben unseren Frauen nicht gesagt, dass wir später kommen würden.«

»Ihr seid mir vielleicht Strolche, ihr zwei«, sagte Jiro. »Wollt ihr nicht eure Schuhe ausziehen und hereinkommen?«

»Wir kommen ungelegen«, wiederholte der Mann mit dem blassen Gesicht. »Ich sehe, du hast Besuch.« Er grinste und verbeugte sich vor Ogata-San.

»Das ist mein Vater, aber wie soll ich euch vorstellen, wenn ihr nicht hereinkommt?«

Die Besucher zogen ihre Schuhe aus und setzten sich. Jiro stellte sie seinem Vater vor, und wieder fingen sie an, sich zu verbeugen und zu kichern.

»Sind die Herren von Jiros Firma?«, fragte Ogata-San.

»Jawohl«, erwiderte der Rundliche. »Das ist eine große Ehre für uns, auch wenn er uns das Leben schwermacht. Im Büro nennen wir Ihren Sohn ›Pharao‹, weil er uns alle schindet wie die Sklaven, während er selbst auf der faulen Haut liegt.«

»So ein Unsinn«, sagte mein Mann.

»Es stimmt. Er kommandiert uns herum, als wären wir seine Dienstboten. Dann setzt er sich hin und liest Zeitung.«

Ogata-San schien etwas verwirrt, aber als er die anderen lachen sah, stimmte er mit ein.

»Und was ist das hier?« Der Mann mit dem blassen Gesicht

deutete auf das Schachbrett. »Siehst du, ich hab doch gewusst, dass wir bei irgendwas stören.«

»Wir haben Schach gespielt, nur so zum Zeitvertreib«, sagte Jiro.

»Dann spielt weiter. Lasst euch nicht von Nichtsnutzen wie uns stören.«

»Seid nicht albern. Als ob ich mich konzentrieren könnte, wenn ich solche Dummköpfe wie euch um mich habe.« Jiro schob das Schachbrett weg. Ein, zwei Figuren fielen um, und er stellte sie wieder auf, ohne auf die Felder zu achten. »So. Ihr habt Murasakis Bruder besucht. Etsuko, bring Tee für die Herren.« Mein Mann sagte das, obwohl ich schon auf dem Weg zur Küche war. Aber da wehrte der Rundliche heftig ab.

»Gnädige Frau, behalten Sie doch, bitte, Platz. Wir gehen gleich wieder. Bitte, nehmen Sie Platz.«

»Es macht gar keine Umstände«, sagte ich lächelnd.

»Nein, gnädige Frau, ich bitte Sie«, er hatte angefangen, ziemlich laut zu reden, »wir sind ja nur Strolche, wie Ihr Gatte sagt. Bitte, machen Sie keine Umstände, bitte, nehmen Sie Platz.«

Ich wollte ihm schon gehorchen, aber da warf Jiro mir einen ärgerlichen Blick zu.

»Trinken Sie doch wenigstens eine Tasse Tee mit uns«, sagte ich. »Es macht wirklich keine Umstände.«

»Wenn ihr schon mal sitzt, könnt ihr auch ein bisschen bleiben«, sagte mein Mann zu den Besuchern. »Ich würde ohnehin gern etwas über Murasakis Bruder hören. Ist er wirklich so verrückt, wie alle sagen?«

»Er ist ganz in Ordnung«, sagte der Rundliche lachend. »Wir waren durchaus nicht enttäuscht. Hast du gehört, was man sich von seiner Frau erzählt?«

Ich verbeugte mich und begab mich unbemerkt in die Küche. Ich brachte Tee und legte ein paar Kekse, die ich an diesem Tag gebacken hatte, auf einen Teller. Ich hörte Gelächter aus dem Wohnzimmer, darunter die Stimme meines Mannes. Einer der Besucher nannte ihn wieder laut und vernehmlich »Pharao«. Als ich ins Wohnzimmer zurückkehrte, waren Jiro und seine Besucher bester Laune. Der Rundliche gab eine Anekdote über die Begegnung eines Ministers mit General MacArthur zum Besten. Ich stellte die Kekse vor sie hin, goss ihnen Tee ein und setzte mich neben Ogata-San. Jiros Freunde machten noch etliche Witze über Politiker, dann spielte der Mann mit dem blassen Gesicht den Beleidigten, weil sein Begleiter verächtlich von einer Persönlichkeit gesprochen hatte, die er bewunderte. Er verzog keine Miene, während die anderen ihn auslachten.

»Übrigens, Hanada«, sagte mein Mann zu ihm. »Ich habe neulich im Büro eine interessante Geschichte gehört. Du sollst bei den letzten Wahlen deiner Frau mit einem Golfschläger gedroht haben, weil sie nicht so wählen wollte wie du.«

»Wer hat dir denn den Quatsch erzählt?«

»Ich habe es aus zuverlässigen Quellen.«

»Das stimmt«, sagte der Rundliche. »Und deine Frau wollte die Polizei holen, um dich wegen politischer Nötigung anzuzeigen.«

»So ein Quatsch. Übrigens, ich habe gar keine Golfschläger mehr. Ich habe sie voriges Jahr alle verkauft.«

»Aber das Siebenereisen hast du noch«, sagte der Rundliche. »Ich habe es vorige Woche in deiner Wohnung gesehen. Vielleicht hast du das genommen.«

»Du kannst es doch nicht abstreiten, nicht wahr, Hanada?«, sagte Jiro.

»Das mit dem Golfschläger ist Unsinn.«

»Aber es stimmt, dass du sie nicht rumkriegen konntest.«

Der Mann mit dem blassen Gesicht zuckte die Schultern. »Es ist schließlich ihr gutes Recht zu wählen, was sie will.«

»Aber warum hast du sie dann bedroht?«, fragte sein Freund.

»Ich habe natürlich versucht, ihr die Augen zu öffnen. Meine Frau wählt Yoshida, bloß weil er ihrem Onkel ähnlich sieht. Typisch Frau. Sie verstehen nichts von Politik. Sie meinen, sie könnten die Führer des Landes genauso wählen, wie sie ihre Kleider auswählen.«

»Und deshalb bist du mit dem Siebenereisen auf sie losgegangen«, sagte Jiro.

»Ist das wirklich wahr?«, fragte Ogata-San. Er hatte kein Wort gesagt, seit ich mit dem Tee hereingekommen war. Die drei hörten auf zu lachen, und der Mann mit dem blassen Gesicht sah Ogata-San erstaunt an.

»Ach, nein.« Er wurde plötzlich förmlich und machte eine leichte Verbeugung. »Ich habe sie nicht richtig geschlagen.«

»Nein, nein«, sagte Ogata-San. »Ich meine, Ihre Frau und Sie – Sie haben verschiedene Parteien gewählt?«

»Nun ja.« Er zuckte mit den Schultern, kicherte dann verlegen. »Was hätte ich tun sollen?«

»Verzeihung. Ich wollte nicht aufdringlich sein.« Ogata-San machte eine tiefe Verbeugung, die der Mann mit dem blassen Gesicht erwiderte. Als sei das Verbeugen ein Signal, fingen die drei jüngeren Männer wieder an zu lachen und sich zu unterhalten. Sie ließen die Politik fallen und redeten über verschiedene Angehörige ihrer Firma. Als ich Tee nachschenkte, sah ich, dass die Kekse fast alle vertilgt waren, obwohl ich eine ordentliche Portion hingestellt hatte. Ich füllte die Teetassen nach und setzte mich wieder zu Ogata-San.

* * *

Die Besucher blieben etwa eine Stunde. Jiro begleitete sie zur Tür und setzte sich dann mit einem Seufzer wieder hin. »Es ist spät geworden«, sagte er. »Ich muss bald ins Bett.«

Ogata-San betrachtete das Schachbrett. »Ich glaube, die Figuren sind ein bisschen verrutscht«, sagte er. »Ich bin sicher, der Springer stand auf diesem Feld, nicht auf dem dort.«

»Gut möglich.«

»Dann stelle ich ihn hierhin. Einverstanden?«

»Ja, ja, du hast sicher recht. Wir müssen das Spiel ein andermal beenden, Vater. Ich muss mich bald zurückziehen.«

»Lass uns nur noch ein paar Züge spielen. Kann sein, dass es dann ohnehin zu Ende ist.«

»Wirklich, lieber nicht. Ich bin sehr müde.«

»Natürlich.« Ich räumte die Näharbeit weg, mit der ich mich früher am Abend beschäftigt hatte, und wartete darauf, dass die anderen sich zurückzögen. Jiro griff jedoch zu einer Zeitung und las die Rückseite. Dann nahm er den letzten Keks vom Teller und begann, unbekümmert zu essen.

Nach ein paar Sekunden sagte Ogata-San: »Vielleicht sollten wir es doch jetzt gleich zu Ende spielen. Es sind nur noch ein paar Züge.«

»Vater, ich bin wirklich müde. Ich muss morgen zur Arbeit.«

»Ja, natürlich.«

Jiro wandte sich wieder seiner Zeitung zu. Er aß den Keks zu Ende, und ich sah ein paar Krümel auf die Tatami fallen. Ogata-San betrachtete weiterhin das Schachbrett.

»Sehr außergewöhnlich«, meinte er schließlich, »was dein Freund da gesagt hat.«

»So? Was denn?« Jiro blickte nicht von seiner Zeitung auf.

»Dass er und seine Frau verschiedene Parteien gewählt haben. Das wäre vor ein paar Jahren undenkbar gewesen.«

»Zweifellos.«

»Sehr außergewöhnliche Dinge, die heutzutage geschehen. Aber das versteht man wohl unter Demokratie.« Ogata-San stieß einen Seufzer aus.

»Was wir so eifrig von den Amerikanern übernommen haben, ist nicht immer zu unserm Besten.«

»Nein, wahrhaftig nicht.«

»Du siehst, was dabei herauskommt. Mann und Frau wählen verschiedene Parteien. Es ist traurig um uns bestellt, wenn man sich in solchen Angelegenheiten nicht mehr auf seine Frau verlassen kann.«

Jiro las weiter seine Zeitung. »Ja, das ist bedauerlich«, sagte er.

»Heutzutage fühlt eine Frau keine Loyalität mehr zu ihrer Familie. Sie tut, was ihr gefällt, wählt eine andere Partei, wenn ihr danach zumute ist. Das ist bezeichnend für das, was in Japan vorgeht. Im Namen der Demokratie vernachlässigen die Menschen ihre Pflichten.«

Jiro sah seinen Vater kurz an und wandte den Blick dann wieder seiner Zeitung zu. »Du hast zweifellos recht«, sagte er. »Aber die Amerikaner haben uns sicher nicht nur Schlechtes gebracht.«

»Die Amerikaner haben die japanische Lebensweise nie verstanden. Nicht einen einzigen Augenblick. Ihre Art zu leben mag für Amerikaner gut sein, aber in Japan liegen die Dinge anders, völlig anders.« Ogata-San seufzte wieder. »Disziplin, Loyalität, diese Dinge haben Japan einst zusammengehalten. Das hört sich vielleicht rückständig an, aber es ist wahr. Die Menschen waren von Pflichtbewusstsein bestimmt.

Gegenüber der Familie, gegenüber den Vorgesetzten, gegenüber dem Land. Stattdessen gibt es jetzt nur noch all das Gerede von Demokratie. Das hört man immer, wenn Menschen egoistisch sein wollen, wenn sie ihre Verpflichtungen vergessen wollen.«

»Ja, du hast zweifellos recht.« Jiro gähnte und kratzte sich im Gesicht.

»Sieh dir zum Beispiel an, was in meinem Beruf geschehen ist. Wir haben über die Jahre hin ein System gehabt, das wir schätzten und in Ehren hielten. Dann kamen die Amerikaner und schafften es ab, beseitigten es, ohne einen Gedanken daran zu verschwenden. Sie beschlossen, unsere Schulen müssten wie amerikanische Schulen sein, die Kinder sollten lernen, was amerikanische Kinder lernen. Und die Japaner haben das alles begrüßt. Sie begrüßten es mit tönendem Gerede von Demokratie.« Er schüttelte den Kopf. »In unseren Schulen wurde viel Gutes zerstört.«

»Ja, das ist sicher wahr.« Jiro blickte wieder auf. »Aber das alte System hatte bestimmt auch Fehler, in den Schulen ebenso wie anderswo.«

»Jiro, was soll das? Hast du das irgendwo gelesen?«

»Es ist nur meine Meinung.«

»Hast du das in deiner Zeitung gelesen? Ich habe mein ganzes Leben dem Unterricht der Jugend gewidmet. Und dann sah ich, wie die Amerikaner das alles beiseite fegten. Sehr außergewöhnlich, was jetzt in den Schulen vorgeht, wie heute den Kindern beigebracht wird, wie sie sich verhalten müssen. Außergewöhnlich. Und so vieles wird einfach nicht mehr unterrichtet. Weißt du, dass die Kinder heutzutage von der Schule abgehen, ohne etwas von der Geschichte ihres Landes gelernt zu haben?«

»Zugegeben, das ist bedauerlich. Aber ich erinnere mich auch an einige merkwürdige Dinge aus der Schulzeit. Man hat mir zum Beispiel beigebracht, dass Japan von den Göttern geschaffen worden sei. Dass wir als Nation göttlich und erhaben seien. Wir mussten das Lehrbuch Wort für Wort auswendig lernen. Manches ist vielleicht gar kein so großer Verlust.«

»Aber Jiro, so einfach ist das alles nicht. Du verstehst offenbar nicht, worum es geht. Es ist längst nicht so einfach, wie du annimmst. Wir sorgten dafür, dass die guten Eigenschaften weitergegeben wurden, dass die Kinder mit der richtigen Einstellung zu ihrem Land, zu ihren Mitmenschen aufwuchsen. Es gab einst einen Geist in Japan, der uns alle zusammenhielt. Stell dir vor, was es heute heißt, ein junger Mensch zu sein. In der Schule werden ihm keine Werte beigebracht – außer vielleicht, dass er selbstsüchtig verlangen soll, was immer er sich vom Leben wünscht. Er kommt nach Hause, wo seine Eltern sich streiten, weil seine Mutter sich weigert, die Partei seines Vaters zu wählen. Welch ein Zustand.«

»Ja, ich verstehe, was du meinst. Und jetzt entschuldige mich, Vater, aber ich muss ins Bett.«

»Wir haben unser Bestes getan, Männer wie Endo und ich. Wir haben unser Bestes getan, um das Gute im Land zu erhalten. Viel Gutes ist zerstört worden.«

»Es ist sehr bedauerlich.« Mein Mann erhob sich. »Entschuldige, Vater, aber ich muss schlafen gehen. Ich habe einen schweren Tag vor mir.«

Ogata-San blickte zu seinem Sohn auf, mit einem etwas verwunderten Gesichtsausdruck. »Aber ja, natürlich. Wie rücksichtslos von mir, dich so lange aufzuhalten.« Er machte eine leichte Verbeugung.

»Aber nein. Es tut mir leid, dass wir uns nicht länger unterhalten können, aber ich brauche jetzt wirklich ein bisschen Schlaf.«

»Ja, natürlich.«

Jiro wünschte seinem Vater eine gute Nacht und verließ das Zimmer. Ogata-San blickte ein paar Sekunden auf die Tür, durch die Jiro verschwunden war, als erwarte er, dass sein Sohn jeden Moment zurückkäme. Dann wandte er sich mit verstörter Miene mir zu.

»Ich habe gar nicht gemerkt, dass es schon so spät ist«, sagte er. »Ich wollte Jiro nicht aufhalten.«

5. KAPITEL

»Weg? Und er hat in seinem Hotel keine Nachricht für Sie hinterlassen?«

Sachiko lachte. »Sie machen so ein erstauntes Gesicht, Etsuko«, sagte sie. »Nein, er hat nichts hinterlassen. Er ist gestern morgen ausgezogen, das ist alles, was man weiß. Ehrlich gesagt, ich habe halbwegs damit gerechnet.«

Ich merkte, dass ich das Tablett noch in den Händen hielt. Ich stellte es vorsichtig ab und setzte mich Sachiko gegenüber auf ein Kissen. Ein angenehmes Lüftchen wehte an diesem Morgen durch die Wohnung.

»Aber wie schrecklich für Sie«, sagte ich. »Und Sie hatten schon alles fertig gepackt.«

»Das ist mir nichts Neues, Etsuko. Damals in Tokio – dort habe ich ihn kennengelernt –, in Tokio war es genau dasselbe. Ich habe gelernt, mit so etwas zu rechnen.«

»Und Sie sagen, Sie wollen heute abend wieder in die Stadt? Ganz allein?«

»Machen Sie doch nicht ein so erschrockenes Gesicht, Etsuko. Nach Tokio kommt mir Nagasaki wie eine biedere Kleinstadt vor. Wenn er noch in Nagasaki ist, werde ich ihn heute abend finden. Er mag das Hotel wechseln, aber seine Gewohnheiten wird er nicht gewechselt haben.«

»Aber das ist alles so betrüblich. Wenn Sie wollen, bleibe ich bei Mariko, bis Sie zurückkommen.«

»Wie lieb von Ihnen. Mariko kann zwar ganz gut sich selbst überlassen bleiben, aber wenn Sie heute abend ein paar Stunden bei ihr verbringen möchten, wäre das sehr nett. Ich bin sicher, die Sache wird sich aufklären, Etsuko. Wissen Sie, wenn man all das durchgemacht hat, was ich durchgemacht habe, lässt man sich von solchen Rückschlägen nicht mehr aus der Ruhe bringen.

»Aber wenn er ... ich meine, was ist, wenn er gar nicht mehr in Nagasaki ist?«

»Ach, er kann nicht weit sein, Etsuko. Außerdem, wenn er mich wirklich verlassen wollte, hätte er doch wohl irgendeine Nachricht hinterlassen, nicht wahr? Nein, er kann nicht weit sein. Er weiß, ich werde ihn suchen und finden.«

Sachiko sah mich an und lächelte. Ich wusste nicht, was ich antworten sollte.

»Und übrigens, Etsuko«, fuhr sie fort, »er ist doch hergekommen, den ganzen langen Weg. Er hat sich auf den weiten Weg von Tokio nach Nagasaki gemacht, um mich bei meinem Onkel aufzusuchen. Warum hätte er das tun sollen, wenn er sein Versprechen nicht ernst meinte? Sehen Sie, Etsuko, es ist sein größter Wunsch, mich mit nach Amerika zu nehmen. Daran hat sich nichts geändert, es ist nur eine kurze Verzögerung eingetreten.« Sie lachte kurz auf. »Wissen Sie, er ist manchmal wie ein kleines Kind.«

»Aber was, meinen Sie, hat es zu bedeuten, wenn Ihr Freund einfach verschwindet? Ich verstehe das nicht.«

»Es gibt nichts zu verstehen, Etsuko, es hat nichts zu bedeuten. Es ist sein Wunsch, mich mit nach Amerika zu nehmen und dort ein anständiges Leben zu führen. Das ist es, was er wirklich will. Sonst wäre er doch nicht hierher gekommen, den ganzen langen Weg, um mich bei meinem Onkel aufzusuchen. Sie sehen, Etsuko, es gibt keinen Grund, sich Sorgen zu machen.«

»Nein, sicher nicht.«

Sachiko schien noch etwas sagen zu wollen, besann sich dann aber eines anderen. Sie sah auf das Tablett mit dem Teegeschirr hinab. »Also dann, Etsuko«, sagte sie lächelnd, »schenken wir den Tee ein.«

Sie sah mir schweigend beim Eingießen zu. Als ich ihr einen schnellen Blick zuwarf, lächelte sie, als wolle sie mich ermuntern. Ich goß die Tassen voll, und wir saßen beide einen Moment schweigend da.

»Übrigens, Etsuko«, sagte Sachiko. »Ich nehme an, Sie haben mit Frau Fujiwara gesprochen und ihr meine Situation erklärt.«

»Ja. Ich war vorgestern bei ihr.«

»Sie hat sich sicher gefragt, was mit mir los ist.«

»Ich habe ihr erklärt, dass Sie plötzlich nach Amerika müssen. Sie zeigte vollstes Verständnis.«

»Wissen Sie, Etsuko«, sagte Sachiko, »ich befinde mich jetzt in einer schwierigen Situation.«

»Ja, das kann ich mir denken.«

»Was meine finanzielle Lage betrifft, und auch sonst.«

»Ja, ich verstehe«, sagte ich mit einer leichten Verbeugung. »Wenn Sie wollen, kann ich noch einmal mit Frau Fujiwara sprechen. Ich bin überzeugt, unter diesen Umständen wird sie gern …«

»Nein, nein, Etsuko«, Sachiko lachte, »ich habe nicht den Wunsch, in ihr kleines Nudelrestaurant zurückzukehren. Ich rechne fest damit, in naher Zukunft nach Amerika zu reisen. Es hat sich lediglich ein wenig verzögert, das ist alles. Aber in der Zwischenzeit brauche ich etwas Geld. Und mir fiel soeben ein, dass Sie mir einmal in dieser Beziehung Ihre Hilfe angeboten hatten, Etsuko.« Sie sah mich mit einem freundlichen Lächeln an.

Ich erwiderte ihren Blick ein paar Sekunden, dann verbeugte ich mich und sagte: »Ich habe ein paar eigene Ersparnisse. Es ist nicht viel, aber was ich tun kann, tue ich gern.«

Sachiko verbeugte sich anmutig, dann hob sie ihre Teetasse. »Ich möchte Sie nicht in Verlegenheit bringen«, sagte sie, »indem ich eine bestimmte Summe nenne. Das bleibt selbstverständlich Ihnen überlassen. Ich nehme dankbar an, was immer Sie für angemessen halten. Natürlich bekommen Sie die Summe so bald wie möglich zurück, da können Sie ganz beruhigt sein, Etsuko.«

»Natürlich«, sagte ich leise. »Das bezweifle ich nicht.« Sachiko sah mich immer noch lächelnd an. Ich entschuldigte mich und verließ das Zimmer.

Die Sonne flutete ins Schlafzimmer und machte den Staub in der Luft sichtbar. Ich kniete mich vor die Schubladen am Fuß unseres Kleiderschrankes. Aus der untersten Schublade nahm ich verschiedene Gegenstände – Fotoalben, Ansichtskarten, eine Mappe mit Aquarellen, die meine Mutter gemalt hatte – und legte sie behutsam neben mich auf den Boden. Unten in der Schublade war die schwarz lackierte Geschenkschachtel. Ich nahm den Deckel ab. In der Schachtel lagen die paar Briefe, die ich aufgehoben hatte – mein Mann wusste nichts davon –, und zwei oder drei kleine Fotografien. Darunter zog ich den Umschlag mit meinem Geld hervor. Ich räumte alles sorgfältig zurück und schloss die Schublade. Bevor ich das Zimmer verließ, nahm ich einen Seidenschal mit einem unauffälligen Muster aus dem Schrank und wickelte ihn um den Umschlag.

Als ich ins Wohnzimmer zurückkam, füllte Sachiko gerade ihre Teetasse aufs Neue. Sie blickte nicht hoch, und als ich den zusammengefalteten Schal neben sie auf den Boden legte, schenkte sie weiter Tee ein, ohne ihn anzusehen. Sie nickte mir zu, als ich mich setzte, und nahm dann einen Schluck aus ihrer Tasse. Nur einmal, als sie die Tasse absetzte, warf sie einen schnellen Seitenblick auf das Päckchen neben ihrem Kissen.

»Das ist etwas, was Sie anscheinend nicht verstehen, Etsuko«, sagte sie. »Sehen Sie, ich bin weder beschämt noch verlegen wegen irgendetwas, was ich getan habe. Sie können mich gern alles fragen, was Sie wollen.«

»Ja, natürlich.«

»Warum fragen Sie mich zum Beispiel nie etwas über meinen ›Freund‹, wie Sie ihn beharrlich nennen, Etsuko? Sie brauchen wirklich nicht verlegen zu werden. Aber Etsuko, Sie werden ja schon wieder rot.«

»Ich versichere Ihnen, ich bin nicht verlegen. Eigentlich …«

»Doch, Sie sind verlegen, Etsuko, das sehe ich Ihnen an.« Sachiko lachte und klatschte in die Hände. »Warum können Sie nicht verstehen, dass ich nichts zu verbergen habe, dass ich mich nicht zu schämen brauche? Warum werden Sie rot? Nur weil ich Frank erwähnt habe?«

»Aber ich bin nicht verlegen. Und ich versichere Ihnen, ich habe nie angenommen, dass …«

»Warum fragen Sie mich nie nach ihm, Etsuko? Sie möchten doch bestimmt alles Mögliche wissen. Warum stellen Sie dann keine Fragen? Immerhin scheinen alle anderen in der Nachbarschaft daran interessiert zu sein, und Sie sind es sicher auch, Etsuko. Tun Sie sich also keinen Zwang an, und fragen Sie mich, was Sie wollen.«

»Aber wirklich, ich …«

»Kommen Sie, Etsuko, ich bestehe darauf. Fragen Sie mich nach ihm. Ich wünsche es mir. Fragen Sie mich nach ihm, Etsuko.«

»Also gut.«

»Nun. Fangen Sie an, Etsuko, fragen Sie.«

»Also gut. Wie sieht er aus, Ihr Freund?«

»Wie er aussieht?« Sachiko lachte wieder. »Ist das alles, was Sie wissen wollen? Nun, er ist groß wie die meisten Ausländer, und sein Haar wird schon ein wenig schütter. Er ist nicht alt. Ausländer bekommen früher eine Glatze, wussten Sie das, Etsuko? Und nun fragen Sie mich etwas anderes. Sie wollen bestimmt noch mehr wissen.«

»Nun, ehrlich gesagt …«

»Kommen Sie, Etsuko, fragen Sie. Ich möchte, dass Sie mich fragen.«

»Aber es gibt wirklich nichts, was ich …«

»Aber es muss doch etwas geben – warum fragen Sie nicht? Fragen Sie mich über ihn aus, Etsuko, fragen Sie.«

»Nun ja«, sagte ich, »eins hätte ich tatsächlich gern gewusst.«

Sachiko schien plötzlich zu erstarren. Sie hatte die erhobenen Hände gegeneinandergelegt, doch jetzt sanken sie in ihren Schoß.

»Ich wüsste gern«, sagte ich, »ob er überhaupt Japanisch spricht.«

Sachiko sagte einen Moment nichts. Dann lächelte sie, und ihre Haltung entspannte sich. Sie hob ihre Teetasse und trank ein paar Schlucke. Als sie dann sprach, klang ihre Stimme beinahe träumerisch.

»Ausländer haben große Schwierigkeiten mit unserer Sprache«, sagte sie. Sie hielt inne und lächelte in sich hinein. »Franks Japanisch ist ziemlich schrecklich, deshalb unterhalten wir uns auf Englisch. Können Sie Englisch, Etsuko? Nein, überhaupt nicht? Mein Vater sprach sehr gut Englisch. Er hatte Verbindungen nach Europa und riet mir dauernd, die Sprache zu lernen. Aber als ich heiratete, habe ich natürlich mit dem Lernen aufgehört. Mein Mann hat es mir verboten. Er hat mir alle meine Englisch-Bücher weggenommen. Aber ich habe es nicht verlernt. Als ich in Tokio Ausländer kennenlernte, fiel mir alles wieder ein.«

Wir saßen ein Weilchen schweigend da. Dann stieß Sachiko einen müden Seufzer aus.

»Ich glaube, ich muss jetzt gehen«, sagte sie. Sie hob den zusammengefalteten Schal auf und warf ihn unbesehen in ihre Handtasche.

»Möchten Sie nicht noch etwas Tee?«, fragte ich.

Sie zuckte die Schultern. »Vielleicht noch ein Schlückchen.«

Ich füllte die Tassen. Sachiko beobachtete mich und sagte dann: »Wenn es ungelegen kommt – heute abend, meine ich –, das macht gar nichts. Mariko ist inzwischen alt genug, um auf sich selbst aufzupassen.«

»Es macht überhaupt keine Umstände. Mein Mann hat bestimmt nichts dagegen.«

»Sie sind sehr liebenswürdig, Etsuko«, sagte Sachiko mit matter Stimme. Dann meinte sie: »Ich sollte Sie vielleicht warnen. Meine Tochter ist in den letzten Tagen ziemlich schwierig gewesen.«

»Das macht nichts«, sagte ich. »Ich muss mich daran gewöhnen, dass Kinder alle möglichen Launen haben.«

Sachiko trank langsam ihren Tee. Sie schien es mit der Rückkehr nicht mehr eilig zu haben. Dann stellte sie ihre Teetasse ab, blieb ein paar Minuten so sitzen und betrachtete ihre Handrücken.

»Ich weiß, es war furchtbar, was hier in Nagasaki passiert ist«, sagte sie schließlich. »Aber in Tokio war es auch schlimm. Woche für Woche ging das so, es war sehr schlimm. Am Ende lebten wir alle in Tunnels und zerbombten Häusern, und es gab nichts als Trümmer. Alle, die in Tokio lebten, haben unerfreuliche Dinge gesehen. Auch Mariko.« Sie betrachtete immer noch ihre Handrücken.

»Ja«, sagte ich. »Es müssen schwere Zeiten gewesen sein.«

»Diese Frau. Diese Frau, von der Mariko gesprochen hat. Da war etwas, was Mariko in Tokio gesehen hat. Sie hat andere Dinge in Tokio gesehen, schreckliche Dinge, aber sie erinnert sich immer an diese Frau.« Sie drehte ihre Hände um und blickte von einem Handteller auf den anderen, als ob sie sie miteinander vergleiche.

»Und diese Frau«, sagte ich. »Wurde sie bei einem Luftangriff getötet?«

»Sie hat sich umgebracht. Es hieß, sie hat sich die Kehle durchgeschnitten. Ich habe sie nicht gekannt. Sehen Sie, das war so: Mariko ist eines Morgens weggelaufen. Ich weiß nicht mehr, warum, vielleicht hat sie sich über irgendetwas aufgeregt. Sie lief jedenfalls auf die Straße, und ich rannte hinter ihr her. Es war sehr früh, niemand war unterwegs. Mariko rannte durch eine Gasse, und ich folgte ihr. Am Ende war ein Kanal, und dort kniete die Frau, bis zu den Ellbogen im Wasser. Eine junge Frau, sehr dünn. Als ich sie sah, wusste ich sofort, dass etwas nicht stimmte. Sie drehte sich um, Etsuko, und lächelte Mariko an. Ich wusste, dass etwas nicht stimmte, und Mariko muss es auch gewusst haben, denn sie hörte auf zu laufen. Zuerst dachte ich, die Frau sei blind, sie hatte diesen leeren Blick, ihre Augen schienen nichts zu sehen. Sie zog die Arme aus dem Kanal und zeigte uns, was sie unter Wasser gehalten hatte. Es war ein Baby. Ich packte Mariko, und wir gingen aus der Gasse hinaus.«

Ich schwieg und wartete, dass sie fortfuhr. Sachiko goss sich Tee aus der Kanne nach.

»Wie gesagt, ich hörte, dass die Frau sich umgebracht hätte. Das war ein paar Tage später.«

»Wie alt war Mariko damals?«

»Fünf, fast sechs. Sie hat noch andere Dinge in Tokio gesehen. Aber sie erinnert sich dauernd an diese Frau.«

»Sie hat alles gesehen? Sie hat das Baby gesehen?«

»Ja. Eine Zeit lang dachte ich, sie hätte nicht begriffen, was sie gesehen hatte. Sie sprach nicht darüber. Sie wirkte nicht einmal verstört. Erst etwa einen Monat später fing sie davon an. Wir schliefen damals in einem alten Gebäude. Ich wachte nachts auf und sah, wie Mariko sich aufsetzte und die Türöffnung anstarrte. Eine Tür war nicht da, nur diese Öffnung, und Mariko saß da und sah sie an. Ich war sehr erschrocken. Denn wissen Sie, jeder konnte in das Gebäude hereinkommen. Ich fragte Mariko, was los sei, und sie sagte, eine Frau habe dort gestanden und uns beobachtet. Ich fragte, was für eine Frau, und Mariko sagte, es wäre die gewesen, die wir damals morgens gesehen hätten. Sie habe uns von der Türöffnung her beobachtet. Ich stand auf und sah nach, aber es war niemand dort. Es ist natürlich durchaus möglich, dass dort eine Frau gestanden hatte. Es konnte ja jeder hereinkommen.«

»Ich verstehe. Und Mariko verwechselte sie mit der Frau, die Sie gesehen hatten.«

»Das nehme ich an. Jedenfalls, damals begannen Marikos Zwangsvorstellungen von dieser Frau. Ich dachte schon, sie wäre darüber weg, aber kürzlich hat es wieder angefangen. Wenn sie heute abend davon spricht, achten Sie, bitte, nicht darauf.«

»Ja, ich verstehe.«

»Sie wissen, wie Kinder sind. Sie bilden sich etwas ein, und nachher wissen sie nicht mehr, wo ihre Fantasien anfangen und aufhören.«

»Ja, sicher ist das nichts Ungewöhnliches.«

»Wissen Sie, Etsuko, es war eine schwere Zeit, als Mariko geboren wurde.«

»Ja, das muss es gewesen sein. Ich weiß, ich habe großes Glück.«

»Es waren schwere Zeiten. Vielleicht war es dumm von mir, damals zu heiraten. Es konnte schließlich jeder sehen, dass es Krieg geben würde. Aber andererseits, Etsuko, wusste niemand, was Krieg wirklich bedeutet, jedenfalls damals nicht. Ich habe in eine sehr angesehene Familie hineingeheiratet. Ich hätte nie gedacht, dass ein Krieg alles so sehr verändern könnte.«

Sachiko setzte ihre Teetasse ab und fuhr sich mit der Hand durchs Haar. Dann lächelte sie kurz. »Was heute abend betrifft, Etsuko«, sagte sie, »meine Tochter kann sich ganz gut selbst unterhalten. Also geben Sie sich, bitte, nicht zu viel mit ihr ab.«

* * *

Das Gesicht von Frau Fujiwara wurde oft bekümmert, wenn sie von ihrem Sohn sprach.

»Er wird schon ein alter Mann«, sagte sie. »Bald kann er sich nur noch unter den alten Jungfern umschauen.«

Wir saßen auf dem Vorplatz ihres Nudelrestaurants. Mehrere Tische waren mit Büroangestellten besetzt, die dort zu Mittag aßen.

»Armer Kazuo-San«, sagte ich lachend. »Aber ich kann

verstehen, wie ihm zumute ist. Das mit Fräulein Michiko war sehr traurig. Und sie waren lange verlobt, nicht wahr?«

»Drei Jahre. Ich habe nie viel von diesen langen Verlobungszeiten gehalten. Ja, Michiko war ein nettes Mädchen. Sie würde mir sicher als Erste darin zustimmen, dass Kazuo sie zu sehr betrauert. Sie würde wünschen, dass er sein Leben weiterlebt.«

»Es muss sehr schwer für ihn gewesen sein. So lange Pläne gemacht zu haben, und dann ein solches Ende.«

»Aber das ist jetzt doch alles längst vorbei«, sagte Frau Fujiwara. »Wir haben alle viel verloren. Du auch, Etsuko. Ich weiß noch, wie untröstlich du damals warst. Aber du bist darüber hinweggekommen.«

»Ja, aber ich habe Glück gehabt. Ogata-San war damals sehr lieb zu mir. Ich weiß nicht, was sonst aus mir geworden wäre.«

»Ja, er war sehr nett zu dir. Und dadurch hast du ja auch deinen Mann kennengelernt. Du hast es verdient, glücklich zu sein.«

»Ich weiß wirklich nicht, wo ich heute wäre, wenn Ogata-San mich nicht aufgenommen hätte. Aber ich kann verstehen, wie schwer es sein muss – für Ihren Sohn, meine ich. Sogar ich denke noch manchmal an Nakamura-San. Manchmal wache ich auf und vergesse, wo ich bin. Ich denke, ich bin noch hier, hier in Nakagawa …«

»Nein, Etsuko, so darfst du nicht reden.« Frau Fujiwara sah mich ein paar Sekunden an, dann seufzte sie. »Aber mir ergeht es genauso. Es ist, wie du sagst, morgens beim Aufwachen kann es einen unversehens überkommen. Ich wache oft auf und denke, ich muss mich beeilen und für alle das Frühstück machen.«

Wir schwiegen einen Augenblick. Dann lachte Frau Fujiwara.

»Du bist eine ganz Schlimme, Etsuko«, sagte sie. »Sieh dir das an, jetzt hast du mich dazu gebracht, so zu reden.«

»Das war sehr dumm von mir«, erwiderte ich. »Immerhin ist ja nie etwas gewesen zwischen Nakamura-San und mir. Ich meine, es war nichts beschlossen.«

Frau Fujiwara sah mich unverwandt an und nickte, wie in eigene Gedanken vertieft, vor sich hin. Da stand auf der anderen Seite des Vorplatzes ein Gast auf und wollte gehen.

Ich sah Frau Fujiwara nach, als sie zu ihm hinüberging. Es war ein hübscher junger Mann in Hemdsärmeln. Sie verbeugten sich und plauderten fröhlich. Der Mann machte eine Bemerkung, während er seine Aktentasche schloss, und Frau Fujiwara lachte herzlich. Sie verbeugten sich abermals, dann verschwand er im Nachmittagsverkehr.

Ich war froh über die Gelegenheit, meiner Bewegung Herr zu werden. Als Frau Fujiwara zurückkam, sagte ich: »Es ist wohl besser, wenn ich jetzt gehe. Sie haben gerade sehr viel zu tun.«

»Du bleibst hier und ruhst dich aus. Du hast dich ja eben erst hingesetzt. Ich hole dir etwas zu essen.«

»Nein, danke, das ist nicht nötig.«

»Aber Etsuko, wenn du hier nicht isst, bekommst du in der nächsten Stunde kein Mittagessen. Du weißt, wie wichtig es in deinem Zustand ist, regelmäßig zu essen.«

»Ja, das ist wahr.«

Frau Fujiwara sah mich einen Moment an, dann meinte sie: »Du hast jetzt alles, um den Dingen froh entgegenzusehen, Etsuko. Warum bist du so unglücklich?«

»Unglücklich? Ich bin nicht im Mindesten unglücklich.« Sie sah mich immer noch an, und ich lachte nervös.

»Wenn das Kind erst da ist, wirst du deine Freude an ihm

haben, glaube mir. Und du wirst eine großartige Mutter sein, Etsuko.«

»Ich hoffe es.«

»Bestimmt.«

»Ja.« Ich sah auf und lächelte.

Frau Fujiwara nickte und erhob sich dann wieder.

* * *

In Sachikos Hütte war es immer dunkler geworden – es gab nur eine einzige Lampe im Raum –, und zuerst dachte ich, Mariko starre auf einen schwarzen Fleck an der Wand. Sie streckte einen Finger aus, da sah ich, dass es eine Spinne war.

»Mariko, lass das. Das ist nicht schön.«

Sie verbarg beide Hände hinter ihrem Rücken, starrte aber weiter auf die Spinne.

»Wir hatten mal eine Katze«, sagte sie. »Ehe wir hierher kamen. Die hat Spinnen gefangen.«

»Ich verstehe. Nein, lass sie in Ruhe, Mariko.«

»Aber sie ist nicht giftig.«

»Laß sie in Ruhe, sie ist eklig.«

»Unsere Katze, die hat Spinnen gefressen. Was passiert, wenn ich eine Spinne esse?«

»Das weiß ich nicht, Mariko.«

»Ob ich krank würde?«

»Ich weiß es nicht.« Ich nahm die Näharbeit wieder auf, die ich mitgebracht hatte. Mariko beobachtete die Spinne. Schließlich sagte sie: »Ich weiß, warum Sie heute abend hier sind.«

»Ich bin hier, weil es für kleine Mädchen nicht schön ist, wenn sie allein sind.«

»Es ist wegen der Frau. Weil die Frau wiederkommen könnte.«

»Magst du mir nicht noch ein paar Bilder zeigen? Die du mir vorhin gezeigt hast, waren sehr hübsch.«

Mariko antwortete nicht. Sie ging zum Fenster und sah hinaus in die Dunkelheit.

»Deine Mutter wird nicht mehr lange fortbleiben«, sagte ich. »Zeig mir doch noch ein paar Bilder.«

Mariko blickte weiterhin in die Dunkelheit. Schließlich ging sie wieder in die Ecke, in der sie gesessen hatte, bevor die Spinne ihr Interesse erregte.

»Was hast du heute den Tag über gemacht, Mariko?«, fragte ich. »Hast du ein bisschen gezeichnet?«

»Ich habe mit Atsu und Mee-Chan gespielt.«

»Wie nett. Wo wohnen sie denn? Drüben in den Häuserblocks?«

»Das ist Atsu«, sie wies auf eins der Kätzchen neben sich, »und das ist Mee-Chan.«

Ich lachte. »Ach so. Es sind goldige kleine Kätzchen, nicht wahr? Aber spielst du denn nie mit anderen Kindern? Mit den Kindern von den Häuserblocks?«

»Ich spiele mit Atsu und Mee-Chan.«

»Aber versuch doch mal, dich mit den anderen Kindern anzufreunden. Ich bin sicher, sie sind alle sehr nett.«

»Sie haben Suji-Chan gestohlen. Das war mein Lieblingskätzchen.«

»Sie haben es gestohlen? Du meine Güte, ich möchte wissen, warum sie das getan haben.«

Mariko streichelte ein Kätzchen. »Jetzt hab ich keinen Suji-Chan mehr.«

»Vielleicht kommt er bald wieder. Die Kinder haben sicher nur mit ihm gespielt.«

»Sie haben ihn totgemacht. Jetzt hab ich keinen Suji-Chan mehr.«

»Ach. Warum haben sie so etwas getan?«

»Ich habe mit Steinen nach ihnen geworfen. Weil sie Sachen gesagt haben.«

»Aber du darfst doch nicht mit Steinen werfen, Mariko.«

»Sie haben Sachen gesagt. Über Mutter. Ich hab sie mit Steinen beworfen, und sie haben mir Suji-Chan weggenommen und wollten ihn mir nicht wiedergeben.«

»Aber du hast ja noch deine anderen Kätzchen.« Mariko ging wieder zum Fenster hinüber. Sie war gerade groß genug, um sich mit den Ellbogen auf die Fensterbank zu stützen. Sie blickte ein paar Minuten in die Dunkelheit, das Gesicht dicht an der Scheibe.

»Ich will nach draußen«, sagte sie plötzlich.

»Nach draußen? Aber es ist viel zu spät, draußen ist es dunkel. Und deine Mutter wird jeden Augenblick zurück sein.«

»Aber ich will raus.«

»Bleib jetzt hier, Mariko.«

Sie blickte unverwandt hinaus. Ich versuchte zu erkennen, was sie dort sah. Von meinem Platz aus konnte ich nur Finsternis sehen.

»Du solltest vielleicht netter zu den anderen Kindern sein. Dann könntest du mit ihnen Freundschaft schließen.«

»Ich weiß, warum Mutter gewollt hat, dass Sie herkommen.«

»Du kannst keine Freundschaft erwarten, wenn du mit Steinen wirfst.«

»Es ist wegen der Frau. Weil Mutter das mit der Frau weiß.«

»Ich weiß nicht, wovon du sprichst, Mariko-San. Erzähl mir noch was von deinen Kätzchen. Willst du neue Bilder von ihnen zeichnen, wenn sie größer werden?«

»Es ist, weil die Frau vielleicht wiederkommt. Deshalb hat Mutter gesagt, Sie sollen herkommen.«

»Das glaube ich nicht.«

»Mutter hat die Frau neulich abends gesehen.«

Ich hörte eine Sekunde auf zu nähen und sah Mariko an. Sie hatte sich vom Fenster abgewandt und betrachtete mich mit seltsam ausdrucksloser Miene.

»Wo hat deine Mutter diese – diese Person gesehen?«

»Da draußen. Da draußen hat sie sie gesehen. Darum hat sie gewollt, dass Sie herkommen.«

Mariko ging vom Fenster weg zurück zu ihren Kätzchen. Die ältere Katze war erschienen, und die Kätzchen hatten sich an ihre Mutter gekuschelt. Mariko legte sich zu ihnen und begann zu flüstern. Ihr Geflüster wirkte ein wenig beklemmend.

»Deine Mutter wird sicher bald zu Hause sein«, sagte ich. »Wenn ich nur wüsste, was sie tun kann.«

Mariko flüsterte immer noch.

»Sie hat mir alles von Frank-San erzählt«, fuhr ich fort. »Er scheint ein sehr netter Mann zu sein.«

Das Flüstern verstummte. Wir starrten uns eine Sekunde lang an.

»Er ist ein böser Mann«, sagte Mariko.

»Das ist aber nicht schön von dir, Mariko-San. Deine Mutter hat mir alles von ihm erzählt, und er scheint sehr nett zu sein. Und er ist doch bestimmt sehr lieb zu dir, nicht?«

Sie stand auf und ging an die Wand. Die Spinne war noch da.

»Ja, er ist sicher ein netter Mann. Er ist doch lieb zu dir, nicht wahr, Mariko-San?«

Mariko streckte die Hand aus. Die Spinne krabbelte ganz langsam an der Wand entlang.

»Mariko, lass das.«

»Unsere Katze in Tokio, die hat Spinnen gefangen. Wir wollten sie eigentlich mitbringen.«

An der Stelle, wo die Spinne jetzt war, konnte ich sie deutlicher sehen. Sie hatte dicke, kurze Beine, jedes Bein warf einen Schatten auf die gelbe Wand.

»Sie war eine gute Katze«, fuhr Mariko fort. »Sie sollte mit uns nach Nagasaki kommen.«

»Und habt ihr sie mitgebracht?«

»Sie ist verschwunden. An dem Tag, bevor wir abgefahren sind. Mutter hat versprochen, dass wir sie mitnehmen, aber sie ist verschwunden.«

»Ich verstehe.«

Plötzlich rührte sie sich und griff sich ein Spinnenbein. Die anderen Beine zappelten wie wild um ihre Hand, als sie die Spinne von der Wand nahm.

»Mariko, lass sie los! Das ist ekelhaft.«

Mariko drehte die Hand um, und die Spinne krabbelte auf ihren Handteller. Sie deckte die andere Hand darüber, sodass die Spinne gefangen war.

»Mariko, setz sie wieder zurück.«

»Sie ist nicht giftig«, sagte sie, indem sie auf mich zukam.

»Das nicht, aber sie ist eklig. Setz sie wieder in die Ecke.«

»Sie ist aber nicht giftig.«

Sie blieb vor mir stehen, die Spinne in den gewölbten Händen. Zwischen ihren Fingern konnte ich ein Bein sehen, das sich langsam und gleichmäßig bewegte.

»Setz sie in die Ecke zurück, Mariko.«

»Was passiert, wenn ich sie esse? Sie ist nicht giftig.«

»Dir wird furchtbar schlecht werden. Komm, Mariko, setz sie in die Ecke zurück.«

Mariko hielt die Spinne näher an ihr Gesicht und machte den Mund ein wenig auf.

»Mach keine Dummheiten, Mariko. Das ist ekelhaft.«

Ihr Mund öffnete sich weiter, dann nahm sie die Hände auseinander, und die Spinne landete vor meinem Schoß. Ich fuhr zurück. Die Spinne huschte über die Tatami und verschwand im Schatten hinter mir. Ich brauchte einen Moment, um mich zu fassen, und bis dahin hatte Mariko die Hütte verlassen.

6. KAPITEL

Ich weiß nicht, wie lange ich an jenem Abend nach ihr gesucht habe. Sehr wahrscheinlich eine lange Zeit, denn meine Schwangerschaft war schon fortgeschritten, und ich achtete sorgfältig darauf, hastige Bewegungen zu vermeiden. Zudem fand ich es, als ich erst einmal draußen war, seltsam friedlich, am Fluss entlangzuwandern. An einer Stelle am Ufer stand das Gras sehr hoch. Ich muss an dem Abend Sandalen getragen haben, denn ich erinnere mich, dass ich das Gras an meinen Füßen spürte. Als ich so dahinging, umsummten mich Insekten.

Dann hörte ich ein anderes Geräusch, ein Rascheln, als glitte eine Schlange durch das Gras. Ich blieb stehen, um zu lauschen, und da merkte ich, was das Geräusch verursacht hatte: Ein Stückchen Schnur hatte sich an meinem Knöchel verfangen, und ich hatte es durch das Gras gezogen. Ich löste es vorsichtig vom Fuß. Als ich es ins Mondlicht hielt, fühlte es sich feucht und glitschig an.

»Da bist du ja, Mariko«, sagte ich. Sie saß ein kleines Stück von mir entfernt im Gras, die Knie ans Kinn gezogen. Eine Weide – eine von mehreren, die am Ufer wuchsen – neigte sich über die Stelle, an der Mariko saß. Ich machte ein paar Schritte auf sie zu, bis ich ihr Gesicht deutlicher erkennen konnte.

»Was ist das?«, fragte sie.

»Nichts. Es hat sich nur beim Gehen um den Fuß gewickelt.«

»Und was ist es?«

»Nichts, bloß ein Stück alter Schnur. Warum bist du hier draußen?«

»Möchten Sie nicht ein Kätzchen nehmen?«

»Ein Kätzchen?«

»Mutter sagt, wir können die Kätzchen nicht behalten. Möchten Sie eins?«

»Ich glaube nein.«

»Aber wir müssen bald ein Zuhause für sie finden. Mutter sagt, sonst müssen wir sie ertränken.«

»Das wäre ein Jammer.«

»Sie können Atsu haben.«

»Wir werden sehen.«

»Wozu haben Sie das da?«

»Ich sagte dir doch, es ist nichts. Es hat sich bloß um meinen Fuß gewickelt.« Ich trat einen Schritt näher. »Warum machst du das, Mariko?«

»Was?«

»Du hast eben so ein komisches Gesicht gemacht.«

»Ich hab kein komisches Gesicht gemacht. Wozu haben Sie die Schnur?«

»Du hast ein komisches Gesicht gemacht. Ein sehr komisches Gesicht hast du gemacht.«

»Wozu haben Sie die Schnur?«

Ich beobachtete sie einen Moment. Ein ängstlicher Zug trat in ihr Gesicht.

»Dann wollen Sie also kein Kätzchen?«, fragte sie.

»Nein, ich glaube nicht. Was hast du?«

Mariko stand auf. Ich ging weiter, bis ich bei der Weide

war. Ich sah die Hütte, ein kleines Stück entfernt, der Umriss des Daches war dunkler als der Himmel. Ich hörte Marikos Schritte, als sie in die Dunkelheit rannte.

* * *

Als ich die Tür der Hütte erreichte, hörte ich von drinnen Sachikos zornige Stimme. Beide wandten sich mir zu, als ich hereinkam. Sachiko stand mitten im Zimmer vor ihrer Tochter. In dem Licht, das die Lampe warf, wirkte ihr sorgfältig zurechtgemachtes Gesicht wie eine Maske.

»Ich fürchte, Mariko hat Ihnen Schwierigkeiten gemacht«, sagte sie zu mir.

»Nun, sie ist hinausgelaufen …«

»Entschuldige dich bei Etsuko-San.« Sie packte Mariko grob am Arm.

»Ich will wieder nach draußen.«

Du bleibst, wo du bist. Jetzt entschuldige dich.«

»Ich will raus.«

Mit der freien Hand schlug Sachiko das Kind auf den Hintern. »Jetzt entschuldige dich bei Etsuko-San.«

Kleine Tränen traten in Marikos Augen. Sie sah mich kurz an, drehte sich dann wieder ihrer Mutter zu. »Warum gehst du immer weg?«

Sachiko hob abermals warnend die Hand.

»Warum gehst du immer mit Frank-San weg?«

»Wirst du dich wohl entschuldigen?«

»Frank-San pisst wie ein Schwein. Er ist ein Gossenschwein.«

Sachiko starrte ihr Kind an, die Hand noch in der Luft.

»Er säuft seine eigene Pisse.«

»Schweig still.«

»Er säuft seine eigene Pisse und scheißt ins Bett.« Sachiko starrte sie weiter an, blieb aber reglos stehen.

»Er säuft seine Pisse.« Mariko wand ihren Arm los und ging mit heiterer Gelassenheit durchs Zimmer. Am Eingang drehte sie sich um und starrte ihre Mutter an. »Er pisst wie ein Schwein«, wiederholte sie und ging in die Dunkelheit hinaus.

Sachiko starrte ein paar Minuten auf den Eingang, sie hatte meine Gegenwart offensichtlich vergessen.

»Sollte ihr nicht jemand nachgehen?«, sagte ich nach einer Weile.

Sachiko sah mich an und schien sich ein wenig zu fassen. »Nein«, sagte sie und setzte sich. »Lassen Sie sie nur.«

»Aber es ist sehr spät.«

»Lassen Sie sie. Sie kann zurückkommen, wann es ihr passt.«

Ein Kessel dampfte seit geraumer Zeit auf dem Ofen. Sachiko hob ihn von der Flamme und begann, Tee zu bereiten.

Ich sah ihr ein paar Sekunden zu, dann fragte ich leise: »Haben Sie Ihren Freund gefunden?«

»Ja, Etsuko«, sagte sie. »Ich habe ihn gefunden.« Sie fuhr fort, den Tee zuzubereiten, und sah mich nicht an. Dann sagte sie: »Es war sehr liebenswürdig von Ihnen, heute abend hierherzukommen. Ich bitte wegen Mariko um Entschuldigung.«

Ich beobachtete sie unverwandt. Schließlich sagte ich: »Und wie steht es nun mit Ihren Plänen?«

»Mit meinen Plänen?« Sachiko goß die Teekanne voll, dann schüttete sie das restliche Wasser auf die Flammen. »Etsuko, ich habe Ihnen immer wieder gesagt, das Wichtigste für mich ist das Wohl meiner Tochter. Das geht mir über alles. Schließlich bin ich eine Mutter. Ich bin nicht irgendeine junge Herumtreiberin ohne Gefühl für Anstand. Ich bin eine Mutter, und meine Tochter geht mir über alles.«

»Natürlich.«

»Ich werde meinem Onkel schreiben. Ich werde ihm mitteilen, wo ich mich aufhalte, und ihm so viel von meinen augenblicklichen Umständen erzählen, wie er ein Recht hat, zu erfahren. Wenn er es wünscht, werde ich dann mit ihm die Möglichkeit unserer Rückkehr in sein Haus überlegen.« Sachiko nahm die Teekanne in beide Hände und begann, sie sanft zu schütteln. »Ehrlich gesagt, Etsuko, ich bin fast froh, dass es so gekommen ist. Stellen Sie sich vor, wie beunruhigend es für meine Tochter gewesen wäre, in einem Land mit lauter Fremden zu sein, einem Land mit lauter Ame-kos. Und plötzlich einen Ame-ko zum Vater zu haben, stellen Sie sich vor, wie verwirrend das für sie sein würde. Verstehen Sie, was ich meine, Etsuko? Sie hat in ihrem Leben schon genug Aufregung gehabt, sie verdient es, dass sie irgendwo Ruhe findet. Es ist nur gut, dass es so gekommen ist.«

Ich murmelte so etwas wie Zustimmung.

»Kinder, Etsuko«, fuhr sie fort, »bedeuten Verantwortung. Das werden Sie selbst bald genug merken. Und das ist es, wovor er wirklich Angst hat. Er hat Angst vor Mariko. Das ist für mich nicht annehmbar, Etsuko. Meine Tochter geht vor. Nur gut, dass es so gekommen ist.« Sie wiegte die Teekanne immer noch in ihren Händen.

»Das muss sehr betrüblich für Sie sein«, sagte ich schließlich.

»Betrüblich?« Sachiko lachte. »Etsuko, meinen Sie wirklich, solche Kleinigkeiten könnten mich betrüben? Als ich in Ihrem Alter war: vielleicht. Aber heute nicht mehr. Ich habe in den letzten Jahren zu viel durchgemacht. Außerdem habe ich erwartet, dass es so kommen würde. O ja, ich bin nicht im Geringsten überrascht. Ich habe es erwartet. Das letzte Mal, in Tokio, war es genauso. Er verschwand und hat unser ganzes Geld ausgegeben, hat in drei Tagen alles vertrunken. Eine ganze Menge davon war mein Geld. Wussten Sie, Etsuko, dass ich wahrhaftig als Dienstmädchen in einem Hotel gearbeitet habe? Jawohl, als Dienstmädchen. Aber ich habe mich nicht beklagt. Wir hatten schon fast genug zusammen. Noch ein paar Wochen, und wir hätten ein Schiff nach Amerika nehmen können. Aber dann hat er alles vertrunken. Wochenlang hatte ich auf den Knien Fußböden geschrubbt, und er vertrank alles, in drei Tagen. Und jetzt ist er wieder mit seiner nichtswürdigen kleinen Herumtreiberin in einer Bar. Wie kann ich die Zukunft meiner Tochter in die Hände eines solchen Menschen legen? Ich bin eine Mutter, und meine Tochter geht vor.«

Wir schwiegen. Sachiko stellte die Teekanne vor sich hin und starrte sie an.

»Ich hoffe, Ihr Onkel wird Verständnis zeigen«, sagte ich.

Sie zuckte die Schultern. »Was meinen Onkel betrifft, Etsuko, so werde ich die Sache mit ihm besprechen. Um Marikos willen bin ich dazu bereit. Sollte er seine Hilfe verweigern, muss ich mir einen anderen Weg überlegen. Jedenfalls habe ich nicht die Absicht, einen ausländischen Säufer nach Amerika zu begleiten. Ich bin richtig froh, dass er eine Herumtreiberin gefunden hat, die mit ihm säuft, die passen bestimmt gut zusammen. Aber was mich betrifft, ich werde tun, was für Mariko das Beste ist, das ist mein fester Entschluss.«

Sachiko starrte noch eine Weile auf die Teekanne. Dann seufzte sie und stand auf. Sie ging zum Fenster hinüber und spähte in die Dunkelheit hinaus. »Sollen wir jetzt nach ihr sehen?«, fragte ich. »Nein«, sagte Sachiko und blickte weiter nach draußen. »Sie wird bald zurück sein. Sie soll ruhig draußen bleiben, wenn sie will.«

* * *

Heute fühle ich nur Bedauern über mein Verhalten Keiko gegenüber. Hierzulande ist es schließlich nicht unüblich, dass eine junge Frau in ihrem Alter den Wunsch hat, von zu Hause fortzugehen. Alles, was ich erreichte, war anscheinend, dass sie, als sie schließlich ging – es ist jetzt fast sechs Jahre her –, alle Bindungen zu mir abbrach. Aber ich konnte nicht ahnen, dass sie so rasch ganz aus meinem Leben gehen würde. Ich sah nur, dass für meine Tochter, unglücklich wie sie zu Hause war, die Welt draußen zu viel sein würde. Es war nur zu ihrem Schutz, dass ich mich ihr so heftig entgegenstellte.

An jenem Morgen – dem fünften Tag von Nikis Besuch – erwachte ich frühmorgens. Als Erstes fiel mir auf, dass ich den Regen nicht mehr hörte wie in den vorangegangenen Nächten und Morgenstunden. Dann erinnerte ich mich, was mich geweckt hatte.

Ich lag unter der Decke und betrachtete der Reihe nach die Gegenstände, die in dem blassen Licht sichtbar waren. Nach ein paar Minuten hatte ich mich etwas beruhigt und schloss wieder die Augen. Aber ich schlief nicht. Ich dachte an die Hauswirtin – Keikos Hauswirtin –, wie sie schließlich die Tür des Zimmers in Manchester geöffnet hatte.

Ich öffnete die Augen und betrachtete noch einmal die Gegenstände im Zimmer. Schließlich stand ich auf und zog meinen Morgenrock an. Ich ging ins Badezimmer, sorgsam darauf bedacht, Niki nicht zu stören, die nebenan in dem leerstehenden Zimmer schlief. Als ich aus dem Bad kann, blieb ich eine Weile auf dem Treppenabsatz stehen. Jenseits der Treppe am anderen Ende des Flurs sah ich die Tür von Keikos Zimmer. Die Tür war wie immer geschlossen. Ich betrachtete sie eine Zeit lang, dann ging ich ein paar Schritte darauf zu. Schließlich stand ich unmittelbar davor. Als ich dort stand, glaubte ich, ein Geräusch von drinnen zu hören, eine Bewegung zu vernehmen. Ich lauschte eine Weile, aber das Geräusch kam nicht wieder. Ich streckte die Hand aus und öffnete die Tür.

Keikos Zimmer wirkte kahl in dem grauen Licht: ein Bett, mit einem einzigen Laken bedeckt, ihre weiße Frisierkommode und auf dem Fußboden etliche Pappkartons mit den Sachen, die sie nicht mit nach Manchester genommen hatte. Ich trat weiter ins Zimmer hinein. Die Vorhänge waren nicht zugezogen, und ich konnte unten den Obstgarten sehen. Der Himmel war blass und klar: Es schien nicht zu regnen. Unter dem Fenster auf dem Gras pickten zwei Vögel an ein paar heruntergefallenen Äpfeln. Dann spürte ich die Kälte und kehrte in mein Zimmer zurück.

★ ★ ★

»Eine Freundin schreibt ein Gedicht über dich«, sagte Niki. Wir saßen in der Küche beim Frühstück.

»Über mich? Wie um alles in der Welt kommt sie darauf?«

»Ich habe ihr von dir erzählt, und da hat sie beschlossen, ein Gedicht zu schreiben. Sie ist eine großartige Dichterin.«

»Ein Gedicht über mich? Absurd. Was gibt es über mich zu schreiben? Sie kennt mich ja gar nicht.«

»Ich hab's dir doch eben gesagt, Mutter. Ich habe ihr von dir erzählt. Sie besitzt eine erstaunliche Menschenkenntnis. Sie hat selbst allerlei durchgemacht.«

»Ich verstehe. Und wie alt ist deine Freundin?«

»Mutter, du willst immer unbedingt wissen, wie alt Leute sind. Es kommt doch nicht darauf an, wie alt jemand ist, sondern was er erlebt hat – das zählt. Manche werden hundert Jahre alt und haben überhaupt nichts erlebt.«

»Das mag wohl sein.« Ich lachte und sah zum Fenster. Draußen hatte es zu nieseln begonnen.

»Ich habe ihr von dir erzählt«, sagte Niki. »Von dir und Papa, und wie du Japan verlassen hast. Sie war sehr beeindruckt. Sie kann sich gut vorstellen, wie das gewesen sein muss, und dass es nicht so einfach war, wie es sich anhört.«

Ich sah noch einen Moment aus dem Fenster, dann sagte ich rasch: »Ich bin überzeugt, dass deine Freundin ein wunderbares Gedicht schreibt.« Ich nahm einen Apfel aus dem Obstkorb, und Niki sah mir zu, wie ich ihn mit meinem Messer schälte.

»So viele Frauen«, sagte sie, »haben Kinder und miserable Ehemänner am Hals und fühlen sich hundeelend. Aber sie bringen nicht den Mut auf, etwas dagegen zu unternehmen. Sie machen einfach für den Rest ihres Lebens so weiter.«

»Ich verstehe. Du meinst also, sie sollten ihre Kinder im Stich lassen, nicht wahr, Niki?«

»Du weißt schon, was ich meine. Es ist traurig, wenn die Menschen ihr Leben einfach verschwenden.«

Ich schwieg, obwohl meine Tochter innehielt, als erwarte sie, dass ich etwas sagen würde.

»Es war bestimmt nicht leicht, was du getan hast, Mutter.

Du solltest stolz darauf sein, was du aus deinem Leben gemacht hast.«

Ich schälte den Apfel weiter. Als ich fertig war, wischte ich meine Finger an der Serviette ab.

»Meine Freunde finden das auch«, sagte Niki. »Jedenfalls die, denen ich es erzählt habe.«

»Ich bin sehr geschmeichelt. Bitte, richte deinen fabelhaften Freunden meinen Dank aus.«

»Ich hab bloß meine Meinung gesagt, weiter nichts.«

»Ja, du hast deinen Standpunkt sehr deutlich gemacht.«

Vielleicht war ich an diesem Morgen unnötig schroff zu ihr, aber es war auch überheblich von Niki, anzunehmen, ich hätte in solchen Dingen Zuspruch nötig. Zudem hat sie kaum eine Ahnung, was sich in jenen letzten Tagen in Nagasaki tatsächlich abgespielt hat. Vermutlich hat sie sich aus dem, was ihr Vater ihr erzählt hat, ein Bild gemacht. Ein solches Bild ist zwangsläufig ungenau. Denn trotz all der eindrucksvollen Artikel, die er über Japan schrieb, hat mein Mann die Eigenarten unserer Kultur in Wahrheit nie verstanden, und schon gar nicht einen Mann wie Jiro. Ich behaupte nicht, dass ich in Liebe an Jiro zurückdenke, aber er war auch nie der Einfaltspinsel, als den mein Mann ihn hingestellt hat. Jiro hat hart gearbeitet, um das Seine zum Unterhalt der Familie beizutragen, und er erwartete von mir, dass ich das Meine tat. Für seine Begriffe war er ein vorbildlicher Ehemann. Und in den sieben Jahren, die er seine Tochter kannte, war er ihr ein guter Vater. Was auch immer ich mir in den letzten Tagen dort beweisen wollte – ich habe mich nie der Täuschung hingegeben, Keiko würde ihn nicht vermissen.

Aber dies alles liegt weit zurück, und ich habe nicht den Wunsch, jetzt wieder darüber nachzugrübeln. Ich hatte einleuchtende Gründe, Japan zu verlassen, und Keikos Wohl lag mir immer sehr am Herzen. Es ist nichts gewonnen, wenn man sich wieder mit diesen Dingen befasst.

* * *

Ich hatte schon eine ganze Weile die Topfpflanzen auf der Fensterbank beschnitten, als mir auffiel, wie still Niki geworden war. Als ich mich zu ihr umwandte, stand sie vor dem Kamin und sah an mir vorbei in den Garten hinaus. Ich drehte mich wieder zum Fenster und versuchte, ihrem Blick zu folgen. Trotz der beschlagenen Scheibe war der Garten deutlich zu erkennen. Niki, so schien es, sah zu einer Stelle an der Hecke hinüber, wo Regen und Wind die Stäbe, die die jungen Tomatenpflanzen stützten, durcheinandergebracht hatten.

»Ich glaube, die Tomaten sind dieses Jahr ruiniert«, sagte ich. »Ich habe sie ziemlich vernachlässigt.« Ich betrachtete noch die Stäbe, als ich hörte, wie eine Schublade aufgezogen wurde, und als ich mich umdrehte, sah ich, dass Niki ihre Suche fortsetzte.

Sie hatte nach dem Frühstück beschlossen, sämtliche Zeitungsartikel ihres Vaters zu lesen, und hatte den Vormittag größtenteils damit verbracht, alle Schubladen und Bücherregale im Haus zu durchstöbern.

Ich setzte meine Arbeit an den Topfpflanzen noch ein paar Minuten fort. Es waren ziemlich viele, die dicht an dicht auf der Fensterbank standen. Hinter mir hörte ich Niki in den Schubladen wühlen. Dann wurde sie wieder still, und als ich mich zu ihr umdrehte, blickte sie wiederum an mir vorbei in den Garten.

»Ich gehe jetzt mal den Goldfisch füttern«, sagte sie.

»Den Goldfisch?«

Ohne zu antworten, verließ Niki das Zimmer, und einen Augenblick später sah ich sie den Rasen überqueren. Ich wischte den Beschlag von der Scheibe und beobachtete sie. Niki ging zum Ende des Gartens, zu dem Fischteich, der inmitten des Steingartens lag. Sie streute Futter hinein, und ein paar Sekunden blieb sie so stehen und blickte in den Teich. Ich sah ihre Gestalt im Profil. Sie wirkte sehr schmal, und trotz ihrer modischen Kleidung hatte sie immer noch etwas unverkennbar Kindliches. Der Wind zerzauste ihr Haar, und ich wunderte mich, dass sie ohne Jacke hinausgegangen war.

Auf dem Rückweg blieb sie bei den Tomatenpflanzen stehen und betrachtete sie eine Zeit lang, obwohl es immer noch nieselte. Dann ging sie ein paar Schritte näher heran und begann mit großer Umsicht, die Stäbe gerade zu stellen. Dann hockte sie sich hin, sodass ihre Knie fast das nasse Gras berührten, und brachte das Netz in Ordnung, das ich über den Erdboden gebreitet hatte, um die Pflanzen vor den Vögeln zu schützen.

»Danke, Niki«, sagte ich zu ihr, als sie hereinkam. »Das war sehr aufmerksam von dir.«

Sie murmelte etwas und setzte sich aufs Sofa. Ich bemerkte, dass sie verlegen war.

»Ich habe die Tomaten dieses Jahr wirklich vernachlässigt«, fuhr ich fort. »Aber das ist nicht so schlimm. Ich wüsste jetzt überhaupt nicht, was ich mit so vielen Tomaten anfangen sollte. Voriges Jahr habe ich die meisten den Morrisons geschenkt.«

»Ach Gott«, sagte Niki, »die Morrisons. Wie geht's denn den guten alten Morrisons?«

»Niki, die Morrisons sind ausgesprochen nette Leute. Ich habe nie verstanden, warum du so herablassend bist. Du und Cathy, ihr wart doch früher gute Freundinnen.«

»Ach ja, Cathy. Wie geht's ihr denn jetzt? Lebt immer noch zu Hause, nehme ich an.«

»Ja. Sie arbeitet bei einer Bank.«

»Typisch.«

»Ich finde das in ihrem Alter sehr vernünftig. Und Marilyn ist verheiratet, hast du das gewußt?«

»Ach ja? Und wen hat sie geheiratet?«

»Ich weiß nicht mehr, was ihr Mann macht. Ich bin ihm nur einmal begegnet. Er machte einen sehr sympathischen Eindruck.«

»Er ist bestimmt Pfarrer oder so was.«

»Aber Niki, ich weiß wirklich nicht, warum du in diesem Ton reden musst. Die Morrisons waren immer überaus nett zu uns.«

Niki seufzte unwillig. »Es ist einfach ihre Art«, sagte sie. »So was macht mich krank. Schon allein, wie sie ihre Kinder erzogen haben.«

»Aber du hast die Morrisons seit Jahren nicht gesehen.«

»Ich hab sie oft genug gesehen, als ich noch mit Cathy befreundet war. Diese Leute sind einfach unmöglich. Cathy kann einem leid tun.«

»Wirfst du ihr vor, dass sie nicht nach London gegangen ist wie du? Ich muss sagen, Niki, das klingt mir nicht nach der Großzügigkeit, auf die ihr so stolz seid, du und deine Freunde.«

»Ach, ist schon gut. Du verstehst sowieso nicht, wovon ich rede.« Sie warf mir einen Blick zu und seufzte abermals. »Ist schon gut«, wiederholte sie und wandte den Blick ab.

Ich starrte sie noch einen Moment an. Schließlich drehte ich mich wieder zur Fensterbank um und arbeitete ein paar Minuten schweigend weiter.

»Weißt du, Niki«, sagte ich nach einer Weile, »ich bin sehr

froh, dass du gute Freunde hast, mit denen du gern zusammen bist. Du musst schließlich jetzt dein eigenes Leben führen. Das ist nur selbstverständlich.«

Meine Tochter gab keine Antwort. Als ich zu ihr hinübersah, las sie in einer der Zeitungen, die sie in der Schublade gefunden hatte.

»Ich würde deine Freunde gern kennenlernen«, sagte ich. »Du kannst sie jederzeit mit hierherbringen.«

Niki schüttelte ihr Haar zurück, damit es ihr nicht in die Augen fiel, und las weiter. Ihr Gesicht hatte einen konzentrierten Ausdruck angenommen.

Ich wandte mich wieder meinen Pflanzen zu, denn ich kannte diese Signale nur zu gut. Da ist eine gewisse, kaum spürbare und doch ruhig-entschiedene Haltung, die Niki einnimmt, sobald ich Interesse an ihrem Londoner Leben zeige. Das ist ihre Art, mir zu sagen, dass ich es bereuen würde, wenn ich sie bedränge. Daher beruht mein Bild von ihrem augenblicklichen Leben vornehmlich auf Vermutungen. In ihren Briefen dagegen – und Niki vergisst kaum je zu schreiben – erwähnt sie bestimmte Dinge, die sie im Gespräch nie berühren würde. So habe ich zum Beispiel erfahren, dass ihr Freund David heißt und in London Politische Wissenschaften studiert. Trotzdem weiß ich, dass diese Barriere, wenn ich mich während einer Unterhaltung auch nur nach seinem Befinden erkundigen sollte, unweigerlich heruntergehen würde.

Dieser ziemlich aggressive Anspruch auf Privatsphäre erinnert mich stark an ihre Schwester. Denn meine beiden Töchter hatten tatsächlich viel Gemeinsames, viel mehr, als mein Mann je zugeben wollte. Für ihn waren sie vollkommen gegensätzlich. Er war sogar der Meinung, dass Keiko von Natur aus schwierig sei und wir kaum etwas für sie tun könnten.

Indirekt gab er mir zu verstehen, dass Keiko ihr Wesen von ihrem Vater geerbt hätte. Ich tat wenig, um dem zu widersprechen, denn es war eine bequeme Erklärung, dass Jiro schuld sei, nicht wir. Natürlich hat mein Mann Keiko nicht gekannt, als sie klein war, sonst hätte er festgestellt, wie ähnlich sich die beiden Mädchen im jeweils entsprechenden Alter waren. Beide waren hitzig und temperamentvoll, beide wollten alles für sich allein haben. Wenn sie sich ärgerten, war der Zorn nicht, wie bei anderen Kindern, rasch verraucht, sondern sie blieben fast den ganzen Tag schlecht gelaunt. Und doch ist die eine eine glückliche, zuversichtliche junge Frau geworden – ich bin voller Hoffnung für Nikis Zukunft –, während sich die andere, nachdem sie zunehmend unglücklicher wurde, das Leben nahm. Mir fällt es nicht so leicht wie meinem Mann, der Natur, beziehungsweise Jiro, die Schuld zu geben. Aber das alles ist Vergangenheit, und es ist wenig gewonnen, wenn ich mich hier damit befasse.

»Übrigens, Mutter«, sagte Niki. »Das warst du doch heute morgen, nicht?«

»Heute morgen?«

»Ich hab heute morgen Geräusche gehört, ziemlich früh, so gegen vier Uhr.«

»Es tut mir leid, dass ich dich gestört habe. Ja, das war ich.« Ich fing an zu lachen. »Na, wer sonst, dachtest du, könnte es sein?« Ich lachte und lachte und konnte gar nicht mehr aufhören. Niki starrte mich an, die Zeitung noch aufgeschlagen vor sich. »Es tut mir leid, dass ich dich geweckt habe, Niki«, sagte ich, als ich mein Gelächter schließlich zu zügeln vermochte.

»Schon gut, ich war sowieso wach. Ich kann zurzeit nicht richtig schlafen.«

»Und das nach deinem Theater mit den Zimmern. Vielleicht solltest du mal zum Arzt gehen.«

»Ja, vielleicht.« Niki vertiefte sich wieder in ihre Zeitung.

Ich legte die Schere hin und drehte mich zu Niki um. »Weißt du, es ist seltsam. Heute morgen hatte ich wieder diesen Traum.«

»Welchen Traum?«

»Ich habe ihn dir gestern erzählt, aber ich glaube, du hast nicht zugehört. Ich habe wieder von dem kleinen Mädchen geträumt.«

»Von welchem kleinen Mädchen?«

»Das wir neulich auf der Schaukel beobachtet haben. Als wir im Dorf Kaffee tranken –«

Niki zuckte die Schultern. »Ach, von dem«, sagte sie.

»Aber eigentlich ist es gar nicht dieses kleine Mädchen. Das wurde mir heute morgen klar. Es schien das kleine Mädchen zu sein, aber es war es nicht.«

Niki sah mich wieder an. »Ich nehme an, du meinst, es war sie. Keiko«, sagte sie.

»Keiko?« Ich lachte ein wenig. »Was für eine seltsame Idee. Warum sollte es Keiko sein? Nein, es hatte nichts mit Keiko zu tun.«

Niki sah mich zweifelnd an.

»Es war ein kleines Mädchen, das ich einmal gekannt habe«, sagte ich zu ihr. »Vor langer Zeit.«

»Was für ein kleines Mädchen?«

»Du kennst sie nicht. Ich habe sie vor langer Zeit gekannt.«

Niki zuckte abermals mit den Schultern. »Und ich kann erst gar nicht einschlafen. Ich glaube, ich habe heute nacht nur etwa vier Stunden geschlafen.«

»Das ist ziemlich besorgniserregend, Niki. Besonders in

deinem Alter. Vielleicht solltest du zu einem Arzt gehen. Du kannst jederzeit Dr. Ferguson aufsuchen.«

Niki machte wieder eine unwillige Geste und wandte sich erneut dem Zeitungsartikel ihres Vaters zu. Ich beobachtete sie einen Moment.

»Ich habe heute morgen noch etwas bemerkt«, sagte ich. »Etwas, was mit diesem Traum zusammenhängt.«

Meine Tochter schien mich nicht zu hören.

»Weißt du«, sagte ich, »das kleine Mädchen ist überhaupt nicht auf einer Schaukel. Es sah zuerst so aus. Aber das ist keine Schaukel.«

Niki murmelte etwas und las weiter.

TEIL II

7. KAPITEL

Je heißer der Sommer wurde, um so unerträglicher wurde das brachliegende Gelände vor unserem Wohnblock. Der Boden war ausgetrocknet und rissig, aber in den Rinnen und Gräben stand Wasser, das sich in der Regenzeit angesammelt hatte. Es wimmelte von allen möglichen Insekten, insbesondere Moskitos schienen überall zu sein. In den Wohnungen wurden die üblichen Klagen laut, aber die Leute hatten im Laufe der Jahre resigniert oder waren zynisch geworden.

In jenem Sommer überquerte ich das freie Feld regelmäßig, um zu Sachikos Hütte zu gelangen. Es war wahrhaftig ein unangenehmer Weg. Oft verfingen sich Insekten in den Haaren, und auf der rissigen Erdoberfläche waren Maden und kleine Mücken zu sehen. Ich erinnere mich noch lebhaft an diese Gänge, die jenem Sommer, von heute her gesehen, eine gewisse Deutlichkeit verliehen, genauso wie meine Ängste vor dem Muttersein oder wie Ogata-Sans Besuch. Und doch war es in vieler Hinsicht ein Sommer wie jeder andere. Ich verbrachte viel Zeit damit – wie auch in den folgenden Jahren –, vom Fenster meiner Wohnung aus müßig die Aussicht zu betrachten. An klaren Tagen konnte ich bis weit über die Bäume auf dem gegenüberliegenden Flussufer hinweg eine blasse Hügelkette vor dem wolkigen Himmel sehen. Die Aussicht war keineswegs unschön, und gelegentlich brachte sie mir eine willkommene Abwechslung in die leeren, langen Nachmittage, die ich in dieser Wohnung verbrachte.

Außer dem freien Feld gab es noch andere Themen, die die Nachbarschaft in jenem Sommer beschäftigten. In den Zeitungen wurde viel davon geredet, dass die Besatzung bald zu Ende sein werde, und die Politiker in Tokio debattierten eifrig miteinander. In den Wohnungen wurde diese Frage häufig diskutiert, aber mit demselben Zynismus, der das Gerede über das Gelände kennzeichnete. Ernster genommen wurden die Berichte von Kindesmorden, die Nagasaki zu jener Zeit aufschreckten. Zuerst hatte man einen Jungen gefunden, dann ein kleines Mädchen, die getötet und übel zugerichtet worden waren. Als man ein drittes Opfer, wieder ein kleines Mädchen, an einem Baum erhängt fand, brach unter den Müttern in der Nachbarschaft fast eine Panik aus. Verständlicherweise war es nur ein schwacher Trost, dass sich die Vorfälle am anderen Ende der Stadt ereignet hatten: Kinder wurden im Wohnviertel, besonders in den Abendstunden, ein seltener Anblick.

Ich weiß nicht, inwieweit diese Berichte Sachiko damals beunruhigten. Sicher schien sie weniger geneigt, Mariko unbeaufsichtigt zu lassen, aber ich vermute, das hing mehr mit anderen Entwicklungen in ihrem Leben zusammen. Sie hatte eine Antwort von ihrem Onkel erhalten, der sich bereit erklärte, sie wieder bei sich aufzunehmen, und bald darauf bemerkte ich eine Veränderung in Sachikos Verhalten gegenüber der Kleinen. Sie schien gelöster und nachsichtiger mit dem Kind zu sein.

Sachiko war über den Brief ihres Onkels sehr erleichtert, und anfangs gab es für mich keinen Grund zu bezweifeln, dass sie wieder zu ihm ziehen würde. Doch als die Tage vergingen, wurde ich zunehmend misstrauischer, was ihre Absichten betraf. Erstens hatte ich ein paar Tage nach Ankunft des Briefes erfahren, dass Sachiko Mariko nichts davon erzählt hatte. Und als die Wochen vergingen, machte Sachiko nicht nur keine Anstalten umzuziehen, sondern sie hatte, wie ich entdeckte, ihrem Onkel auch nicht geantwortet.

Hätte Sachiko nicht so auffallend ungern von der Familie ihres Onkels gesprochen, wäre es mir vermutlich nicht in den Sinn gekommen, über ein solches Thema nachzudenken. So aber wurde ich neugierig, und trotz Sachikos Zurückhaltung gelang es mir, gewisse Informationen zu sammeln. Etwa, dass der Onkel offenbar kein Blutsverwandter war, sondern ein Verwandter von Sachikos Ehemann. Sachiko hatte ihn nicht einmal gekannt, bevor sie vor ein paar Monaten in sein Haus zog. Der Onkel war wohlhabend, und da sein Haus ungewöhnlich groß war – und außer ihm nur noch seine Tochter und ein Hausmädchen darin wohnten –, war dort für Sachiko und die Kleine reichlich Platz gewesen. Tatsächlich war das Einzige, was Sachiko mehr als einmal erwähnte, dass große Teile des Hauses leer und still gewesen waren.

Besonders neugierig machte mich die Tochter des Onkels, die, wie ich folgerte, eine unverheiratete Frau etwa in Sachikos Alter sein musste. Sachiko erzählte wenig von ihrer Cousine, aber an ein Gespräch, das wir um jene Zeit führten, erinnere ich mich. Mir war inzwischen der Gedanke gekommen, dass Sachikos Zögern, wieder zu ihrem Onkel zu ziehen, mit einem gespannten Verhältnis zwischen ihr und der Cousine zusammenhing. Ich muss an diesem Morgen so etwas angedeutet haben, denn dies führte zu einer der seltenen Gelegenheiten, bei denen Sachiko ausführlich von der Zeit erzählte, die sie im Haus ihres Onkels verbracht hatte. Die Unterhaltung ist mir noch sehr lebhaft in Erinnerung: Es war an einem dieser trockenen, windstillen Vormittage Mitte August, und wir standen oben auf unserem Hügel auf der Brücke und warteten auf die Straßenbahn, um in die Stadt zu fahren. Ich weiß nicht mehr, wo ich an jenem Tag hin wollte oder wo wir Mariko gelassen hatten – ich erinnere mich nur, dass das Kind nicht dabei war. Sachiko betrachtete die Aussicht von der Brücke, die eine Hand erhoben, um ihr Gesicht vor der Sonne zu schützen.

»Es ist mir ein Rätsel, Etsuko«, sagte sie, »wie Sie auf so eine Idee kommen konnten. Im Gegenteil, Yasuko und ich waren gute Freundinnen, und ich freue mich sehr darauf, sie wiederzusehen. Wirklich, ich verstehe nicht, wie Sie etwas anderes haben denken können, Etsuko.«

»Verzeihen Sie, ich muss Sie missverstanden haben«, sagte ich. »Aus irgendeinem Grund nahm ich an, Sie hätten Bedenken, dorthin zurückzukehren.«

»Keineswegs, Etsuko. Sicher, als wir uns kennenlernten, war ich gerade dabei, andere Möglichkeiten in Betracht zu ziehen. Aber man kann einer Mutter doch nicht vorwerfen, dass sie die verschiedenen Möglichkeiten, die sich ihrem Kind bieten, gegeneinander abwägt, nicht wahr? Eine Zeit lang schien uns eine interessante Möglichkeit offenzustehen. Aber bei näherer Betrachtung habe ich sie nun abgelehnt. So ist das, Etsuko. Ich habe an den anderen Plänen, die mir unterbreitet wurden, kein Interesse mehr. Ich bin froh, dass sich alles zum Besten gewendet hat, und freue mich darauf, zu meinem Onkel zurückzukehren. Und was Yasuko-San betrifft, wir haben die größte Achtung voreinander. Ich verstehe nicht, was Sie veranlasst haben könnte, etwas anderes anzunehmen, Etsuko.

»Ich bitte um Verzeihung. Ich dachte nur, Sie hätten einmal einen Streit erwähnt.«

»Einen Streit?« Sie sah mich eine Sekunde an, dann breitete sich ein Lächeln auf ihrem Gesicht aus. »Ach, jetzt weiß ich, was Sie meinen. Nein, Etsuko, das war kein Streit. Es war lediglich eine kleine Meinungsverschiedenheit. Worum ging es dabei noch? Sehen Sie, ich erinnere mich nicht einmal mehr, so unbedeutend war es. Ach ja, stimmt, wir konnten uns nicht einigen, wer von uns das Abendbrot machen sollte. Ja, wirklich, das war alles. Wissen Sie, Etsuko, wir haben uns nämlich abgewechselt. An einem Abend kochte das Hausmädchen, am nächsten meine Cousine, und dann war ich an der Reihe. Einmal war das Hausmädchen krank, und da wollten Yasuko und ich beide kochen. Das dürfen Sie nicht missverstehen, Etsuko, wir sind gewöhnlich sehr gut miteinander ausgekommen. Nur, wenn man dauernd ein und denselben Menschen sieht und sonst niemanden, geraten die Dinge zuweilen aus dem Lot.«

»Ja, ich verstehe. Es tut mir leid, ich hatte Sie völlig missverstanden.«

»Wissen Sie, Etsuko, wenn man ein Hausmädchen hat, das einem all die kleinen Verrichtungen abnimmt, ist es erstaunlich, wie langsam die Zeit vergeht. Yasuko und ich versuchten, uns auf die eine oder andere Art zu beschäftigen, aber eigentlich gab es wenig anderes zu tun, als den ganzen Tag herumzusitzen und zu reden. All die Monate hockten wir zusammen in dem Haus, wir haben die ganze Zeit über fast keinen Außenstehenden gesehen. Ein Wunder, dass wir uns nicht wirklich gestritten haben. Richtig, meine ich.«

»Ja, gewiss. Ich habe Sie zuvor offensichtlich missverstanden.«

»Ja, leider, Etsuko. Ich erinnere mich an den Vorfall nur, weil er sich kurz vor unserem Auszug ereignete und ich meine Cousine seitdem nicht mehr gesehen habe. Aber es ist lächerlich, das als Streit zu bezeichnen.« Sie lachte. »Bestimmt lacht Yasuko auch, wenn sie daran denkt.«

Vielleicht war es an demselben Morgen, dass wir beschlossen, zusammen einen Ausflug zu machen, bevor Sachiko fortzog. Und tatsächlich begleitete ich an einem heißen Nachmittag Sachiko und ihre Tochter nach Inasa. Inasa ist das Hügelgebiet von Nagasaki oberhalb des Hafens, das wegen seiner bergigen Landschaft berühmt ist. Es war nicht weit von unserem Wohnviertel entfernt. Die Hügel von Inasa waren es, die ich vom Fenster meiner Wohnung aus sehen konnte. Damals waren Ausflüge für mich eine Seltenheit, und die Fahrt nach Inasa kam mir wie ein großes Abenteuer vor. Ich erinnere mich, dass ich mich tagelang darauf freute. Dieser Ausflug ist wohl eine meiner schöneren Erinnerungen aus jener Zeit.

* * *

Am frühen Nachmittag setzten wir mit der Fähre nach Inasa über. Hafengeräusche begleiteten uns übers Wasser, Hammerschläge, Motorgeheul, gelegentlich das tiefe Tuten einer Schiffssirene. Damals waren solche Geräusche in Nagasaki nicht unerfreulich: Sie waren Zeichen der Gesundung, und zu jener Zeit vermochten sie der Stimmung noch Auftrieb zu geben.

Sobald wir übergesetzt hatten, blies der Meereswind freier, und der Tag kam uns nicht mehr so stickig vor. Der Wind trug die Geräusche vom Hafen zu uns herüber, als wir auf dem Vorplatz der Seilbahnstation auf einer Bank saßen. Wir waren um so dankbarer für die Brise, als der Vorplatz wenig Schutz vor der Sonne bot. Es war nur eine freie Betonfläche, die – da sie an jenem Tag hauptsächlich von Kindern mit ihren Müttern bevölkert war – einem Schulhof ähnelte. Auf der einen Seite konnten wir hinter den Drehkreuzen die hölzernen Plattformen sehen, wo die Kabinen hielten. Ein paar Augenblicke saßen wir da, gebannt vom Anblick der auf und ab schwebenden Kabinen. Die eine glitt davon, hoch zu den Bäumen hinauf, bis sie nur noch ein Pünktchen am Himmel war, während die andere herabkam, immer größer wurde, bis sie schließlich auf der Plattform zum Stehen kam. In einem kleinen Verschlag neben den Drehkreuzen bediente ein Mann mehrere Hebel, er trug eine Mütze. Jedesmal wenn eine Kabine sicher heruntergekommen war, lehnte er sich hinaus und plauderte mit einer Gruppe Kinder, die sich zum Zuschauen versammelt hatten.

Die erste unserer Begegnungen an jenem Tag mit der Amerikanerin ergab sich daraus, dass wir mit der Seilbahn zur Spitze des Hügels fahren wollten. Sachiko und ihre Tochter waren Fahrkarten kaufen gegangen, und ich blieb einen Moment allein auf der Bank sitzen. Dann bemerkte ich am anderen Ende des Vorplatzes einen kleinen Verkaufsstand mit Süßigkeiten und Spielzeug. In der Absicht, eine Nascherei für Mariko zu kaufen, stand ich auf und ging hinüber. Vor mir waren zwei Kinder, die darüber berieten, was sie kaufen sollten. Während ich wartete, bemerkte ich zwischen den Spielsachen ein Plastik-Fernglas. Die Kinder stritten sich immer noch, und ich blickte über den Vorplatz. Sachiko und Mariko standen bei den Drehkreuzen, Sachiko unterhielt sich anscheinend mit zwei Frauen.

»Womit kann ich dienen, gnädige Frau?«

Die Kinder waren weggegangen. Hinter dem Stand war ein junger Mann in einer adretten Sommer-Uniform.

»Darf ich das mal ausprobieren?« Ich deutete auf das Fernglas.

»Selbstverständlich, gnädige Frau. Es ist bloß ein Spielzeug, aber ganz brauchbar.«

Ich hielt das Fernglas vor die Augen und sah zum Hang hinüber. Es war erstaunlich gut. Ich drehte mich zum Vorplatz und fand Sachiko und ihre Tochter in dem Glas. Sachiko hatte zur Feier des Tages einen hellen Kimono mit einer eleganten Schärpe angezogen – ein Gewand, das, so vermutete ich, besonderen Gelegenheiten vorbehalten war. Sie war ein anmutiger Anblick in der Menge. Sachiko sprach immer noch mit den beiden Frauen, die eine sah aus wie eine Ausländerin.

»Ist das wieder ein heißer Tag«, sagte der junge Mann, als ich ihm das Geld gab. »Wollen Sie mit der Seilbahn fahren?«

»Ja, das haben wir vor.«

»Eine großartige Aussicht. Oben wird jetzt ein Fernsehturm gebaut. Nächstes Jahr wird die Seilbahn direkt bis dorthin fahren, bis ganz oben hinauf.«

»Wie schön. Einen guten Tag noch.«

»Danke.«

Ich ging mit dem Fernglas über den Vorplatz zurück. Obgleich ich damals noch kein Englisch verstand, nahm ich an, dass die Ausländerin Amerikanerin sei. Sie war groß, hatte rotes gewelltes Haar und trug eine Brille, die an den Ecken aufwärts gebogen war. Sie sprach mit lauter Stimme zu Sachiko, und ich staunte, mit welcher Leichtigkeit Sachiko auf Englisch antwortete. Die andere Frau war Japanerin. Sie hatte auffallend plumpe Züge und schien um die vierzig zu sein.

Neben ihr stand ein dicklicher kleiner Junge von acht oder neun Jahren. Ich verbeugte mich, als ich bei ihnen ankam, wünschte einen guten Tag und reichte Mariko das Fernglas.

»Es ist nur ein Spielzeug«, sagte ich. »Aber vielleicht kannst du ein paar Dinge erkennen.«

Mariko öffnete die Verpackung und betrachtete das Fernglas mit ernster Miene. Sie blickte hindurch, zuerst rund um den Vorplatz, dann zum Hang hinauf.

»Bedank dich, Mariko«, sagte Sachiko.

Mariko sah weiter durch das Fernglas. Dann nahm sie es von den Augen und streifte den Plastikriemen über den Kopf.

»Danke, Etsuko-San«, sagte sie ein wenig mürrisch.

Die Amerikanerin deutete auf das Fernglas, sagte etwas auf Englisch und lachte. Das Fernglas hatte auch die Aufmerksamkeit des dicken Jungen erregt, der bisher den Hang und die herabschwebenden Kabinen beobachtet hatte. Er ging ein paar Schritte auf Mariko zu, die Augen fest auf das Fernglas gerichtet.

»Das war sehr lieb von Ihnen, Etsuko«, sagte Sachiko.

»Ach, es ist doch nur ein Spielzeug.«

Die Seilbahn kam, und wir traten durch die Drehkreuze auf die ausgetretenen Holzplanken. Die beiden Frauen und der dicke Junge waren die einzigen anderen Passagiere. Der Mann mit der Mütze kam aus seinem Verschlag und half uns nacheinander in die Kabine. Drinnen sah es kahl und metallisch aus. Auf allen Seiten waren große Fenster, und an den beiden Längswänden standen Bänke. Die Seilbahn blieb ein paar Minuten auf der Plattform, und der dicke Junge begann ungeduldig umherzugehen. Neben mir blickte Mariko, auf der Bank kniend, aus dem Fenster. Von unserer Seite der Kabine aus konnten wir den Vorplatz und die Ansammlung junger

Zuschauer an den Drehkreuzen sehen. Mariko schien die Brauchbarkeit ihres Fernglases zu prüfen, indem sie es einen Moment vor die Augen hielt und dann wieder herunternahm. Der dicke Junge kam herüber und kniete sich neben sie auf die Bank. Eine kleine Weile beachteten die beiden Kinder einander nicht. Schließlich sagte der Junge: »Jetzt will ich mal gucken.« Er streckte die Hand nach dem Fernglas aus. Mariko sah ihn abweisend an.

»Akira, so darfst du das nicht sagen«, ermahnte ihn seine Mutter. »Du musst die junge Dame freundlich bitten.«

Der Junge zog seine Hand zurück und sah Mariko an. Das kleine Mädchen blickte zurück. Der Junge machte kehrt und ging an ein anderes Fenster.

Die Kinder an den Drehkreuzen winkten, als die Bahn sich in Bewegung setzte. Ich griff instinktiv nach der Metallstange, die am Fenster entlanglief, und die Amerikanerin stieß einen erregten Laut aus und lachte. Der Vorplatz wurde kleiner, und dann glitt der Abhang unter uns vorbei, die Kabine schwankte sacht, als wir höher stiegen. Einen Augenblick schienen die Baumwipfel die Fenster zu streifen, dann öffnete sich plötzlich unter uns eine tiefe Senke, und wir hingen am Himmel. Sachiko lachte leise und deutete durch die Fensterscheibe auf etwas. Mariko sah unverwandt durch ihr Fernglas.

Die Seilbahn war oben angekommen, und wir stiegen nacheinander aus, vorsichtig, als seien wir unsicher, ob wir auf festem Boden gelandet seien. An der Bergstation gab es keinen betonierten Vorplatz, wir traten von den Holzplanken auf eine kleine Graslichtung. Außer dem uniformierten Mann, der uns heraushalf, war niemand zu sehen. Am Rande der Lichtung standen ein paar hölzerne Picknicktische zwischen den Kiefern. Die vordere Seite der Lichtung, wo wir ausgestiegen waren, war durch einen Drahtzaun abgegrenzt, der uns vom Rand des steilen Abhangs trennte. Als wir uns wieder etwas sicherer fühlten, wanderten wir zu dem Zaun hinüber und blickten auf den steil abfallenden Hang. Kurz darauf gesellten sich die beiden Frauen und der Junge zu uns.

»Atemberaubend, nicht wahr?«, sagte die Japanerin zu mir. »Ich zeige meiner Freundin alle Sehenswürdigkeiten. Sie ist noch nie in Japan gewesen.«

»Ich verstehe. Ich hoffe, dass es ihr hier gefällt.«

»Ja, hoffentlich. Leider kann ich nicht gut Englisch. Ihre Freundin spricht anscheinend viel besser als ich.«

»Ja, sie spricht sehr gut Englisch.«

Wir sahen zu Sachiko hinüber. Sie unterhielt sich wieder auf Englisch mit der Amerikanerin.

»Wie schön, wenn man so gebildet ist«, meinte die Frau. »Ich wünsche Ihnen allen einen schönen Tag.«

Wir verbeugten uns, dann machte die Frau ihrem amerikanischen Gast Zeichen, dass sie weitergehen wollten.

»Bitte, lass mich mal gucken«, sagte der Junge mit zorniger Stimme. Wieder streckte er seine Hand aus. Mariko starrte ihn an, wie sie es in der Kabine getan hatte.

»Ich will durchsehen«, sagte der Junge heftiger.

»Akira, du sollst die junge Dame freundlich bitten.«

»Bitte! Ich will's mal sehen.«

Mariko sah ihn noch eine Sekunde an, dann streifte sie den Plastikriemen über den Kopf und reichte dem Jungen das Fernglas. Er hob es vor die Augen und blickte ein Weilchen über den Zaun.

»Das taugt nichts«, sagte er schließlich zu seiner Mutter. »Das ist längst nicht so gut wie meins. Mutter, guck mal, man kann nicht mal die Bäume da drüben richtig sehen. Sieh mal durch.«

Er hielt seiner Mutter das Fernglas hin. Mariko wollte es ihm wegnehmen, aber er riss es fort und hielt es wieder seiner Mutter hin.

»Sieh mal durch, Mutter. Man kann nicht mal die Bäume da vorn sehen.«

»Akira, gib es der jungen Dame zurück.«

»Es ist längst nicht so gut wie meins.«

»Aber Akiro, so etwas sagt man nicht. Nicht alle haben es so gut wie du.«

Mariko griff nach dem Fernglas, und diesmal ließ der Junge es los.

»Bedank dich bei der jungen Dame«, sagte seine Mutter.

Der Junge blieb stumm und ging weg. Die Mutter lachte leise.

»Vielen Dank«, sagte sie zu Mariko. »Das war sehr nett von dir.« Dann lächelte sie nacheinander Sachiko und mich an. »Eine herrliche Landschaft, nicht wahr?«, sagte sie. »Ich wünsche Ihnen einen schönen Tag.«

* * *

Der Weg war mit Kiefernnadeln bedeckt und wand sich im Zickzack den Berg hinauf. Wir gingen in gemächlichem Tempo und blieben oft stehen, um auszuruhen. Mariko war still und schien – sehr zu meiner Verwunderung – sich nicht ungezogen benehmen zu wollen. Sie hatte jedoch eine merkwürdige Abneigung, neben ihrer Mutter und mir zu gehen. Einmal trödelte sie hinterdrein, sodass wir ängstliche Blicke über die Schulter warfen, im nächsten Augenblick lief sie an uns vorbei und ging vorneweg.

Ungefähr eine Stunde nachdem wir aus der Seilbahn ausgestiegen waren, begegneten wir der Amerikanerin zum zweitenmal. Sie und ihre Begleiterin kamen uns auf dem Weg entgegen, und als sie uns bemerkten, grüßten sie fröhlich. Der dicke Junge, der hinter ihnen ging, beachtete uns nicht. Die Amerikanerin sagte im Vorbeigehen etwas auf Englisch zu Sachiko, und als Sachiko antwortete, lachte sie laut auf. Sie schien stehen bleiben und sich unterhalten zu wollen, aber die Japanerin und ihr Sohn verlangsamten nicht den Schritt, und die Amerikanerin winkte und ging weiter.

Als ich Sachiko zu ihren Englischkenntnissen gratulierte, lachte sie und sagte nichts. Ich merkte, dass die Begegnung eine seltsame Wirkung auf sie ausgeübt hatte. Sie war schweigsam und ging wie gedankenverloren neben mir her. Als Mariko wieder einmal vorauseilte, sagte sie zu mir:

»Mein Vater war ein hochgeachteter Mann, Etsuko. Wirklich, hochgeachtet. Aber seine Auslandsverbindungen hätten fast dazu geführt, dass aus meiner Heirat nichts geworden wäre.« Sie lächelte kaum merklich und schüttelte den Kopf. »Merkwürdig, Etsuko. Das kommt mir jetzt alles vor wie eine andere Zeit.«

»Ja«, sagte ich. »Die Umstände haben sich sehr geändert.«

Der Weg machte eine scharfe Biegung und stieg dann wieder an. Die Bäume wurden spärlicher, und auf einmal war um uns nur noch der gewaltige Himmel. Weiter vorn rief Mariko uns etwas zu und deutete auf einen Punkt. Dann eilte sie aufgeregt weiter.

»Ich habe nicht viel von meinem Vater gehabt«, sagte Sachiko. »Er war die meiste Zeit im Ausland, in Europa und Amerika. Als ich jung war, träumte ich davon, eines Tages nach Amerika zu gehen und Filmschauspielerin zu werden. Meine Mutter hat mich immer ausgelacht. Aber mein Vater sagte, wenn ich fleißig Englisch lernte, könnte ich ohne Weiteres eine Geschäftsfrau werden. Englisch zu lernen hat mir Spaß gemacht.«

Mariko war auf einem Plateau stehen geblieben. Wieder rief sie uns etwas zu.

»Einmal«, fuhr Sachiko fort, »hat mein Vater mir ein Buch in englischer Sprache aus Amerika mitgebracht. *A Christmas Carol*. Da packte mich der Ehrgeiz, Etsuko. Ich wollte so gut Englisch können, dass ich das Buch lesen konnte. Leider kam ich nie dazu. Als ich heiratete, hat mein Mann mir verboten, weiterzulernen. Ich musste das Buch fortwerfen.«

»Das ist aber schade«, sagte ich.

»So war mein Mann eben, Etsuko. Sehr streng, und sehr patriotisch. Er war nie besonders rücksichtsvoll. Aber er kam aus einer sehr angesehenen Familie, und meine Eltern hielten ihn für eine gute Partie. Ich habe mich nicht gewehrt, als er mir verbot, Englisch zu lernen. Es schien mir schließlich gar nicht mehr sinnvoll.«

Wir kamen an die Stelle, wo Mariko stand. Der Weg hatte sich dort zu einer viereckigen Fläche verbreitert, die von mehreren großen Felsbrocken begrenzt war. Ein dicker umgefallener Baumstamm war auf der Oberfläche geglättet worden und diente als Bank. Sachiko und ich setzten uns, um Atem zu schöpfen.

»Geh nicht so nah an den Rand, Mariko«, rief Sachiko. Das kleine Mädchen war zu den Felsbrocken gegangen und betrachtete die Aussicht durch das Fernglas.

Ich hatte ein ziemlich unsicheres Gefühl, da oben auf dem Grat des Berges zu sitzen und einen solch schönen Ausblick zu haben. Unter uns konnten wir den Hafen sehen. Er wirkte wie eine kompakte Fabrikanlage, die man ins Wasser gesetzt hatte. Jenseits des Hafens, am gegenüberliegenden Ufer, erhob sich die Hügelkette, die sich bis nach Nagasaki hinzog. Das Land am Fuß der Hügel war mit großen und kleinen Häusern übersät. Weit drüben, zu unserer Rechten, öffnete sich der Hafen zum Meer.

Wir blieben eine Weile sitzen und genossen den leichten Wind. Ich sagte:

»Man würde nicht glauben, dass hier mal irgend etwas passiert ist, nicht wahr? Alles sieht so lebendig aus. Dabei war das ganze Gebiet da unten«, ich deutete mit der Hand auf den Ausblick unter uns, »das ganze Gebiet war so entsetzlich zerstört, als die Bombe fiel. Und sehen Sie es sich jetzt an.«

Sachiko nickte, dann wandte sie sich mir lächelnd zu. »Wie heiter Sie heute sind, Etsuko«, sagte sie.

»Es tut so gut, hierherzukommen. Ich habe mir heute vorgenommen, von nun an zuversichtlich zu sein. Ich will eine glückliche Zukunft. Frau Fujiwara sagt mir immer, wie wichtig es ist, nach vorn zu schauen. Und sie hat recht. Wenn die Menschen das nicht täten, wäre dies alles«, ich deutete abermals auf den Ausblick, »läge das alles noch in Trümmern.«

Sachiko lächelte wieder. »Sie sagen es, Etsuko. Es läge alles noch in Trümmern.« Sie betrachtete die Aussicht unter uns. »Übrigens, Etsuko«, sagte sie nach einer Weile, »Ihre Freundin, Frau Fujiwara. Ich nehme an, sie hat ihre Angehörigen im Krieg verloren.«

Ich nickte. »Sie hatte fünf Kinder. Und ihr Mann war in Nagasaki eine einflussreiche Persönlichkeit. Als die Bombe fiel, sind alle umgekommen, bis auf ihren ältesten Sohn. Es muss ein furchtbarer Schlag für sie gewesen sein, aber sie hat einfach weitergemacht.«

»Ja«, sagte Sachiko und nickte nachdenklich, »ich dachte

mir, dass sie so etwas durchgemacht hat. Hat sie das Nudelrestaurant schon immer gehabt?«

»Nein, natürlich nicht. Ihr Mann war eine einflussreiche Persönlichkeit. Das hat sie erst später aufgemacht, als sie alles verloren hatte. Immer wenn ich sie sehe, denke ich, ich müsste so sein wie sie, ich sollte nach vorn blicken. Denn sie hat viel mehr verloren als ich. Sehen Sie mich jetzt an. Ich bin dabei, eine eigene Familie zu gründen.«

»Ja, Sie haben recht.« Der Wind hatte Sachikos sorgfältig frisiertes Haar zerzaust. Sie fuhr mit der Hand darüber und holte dann tief Luft. »Sie haben vollkommen recht, Etsuko, wir dürfen nicht zurückblicken in die Vergangenheit. Der Krieg hat mir viel genommen, aber ich habe immer noch meine Tochter. Wie Sie sagen, wir müssen nach vorn blicken.«

»Wissen Sie«, sagte ich, »erst in den letzten Tagen habe ich richtig darüber nachgedacht, wie das sein wird. Ein Kind zu haben, meine ich. Ich habe jetzt nicht mehr so große Angst. Ich will mich auf das Kind freuen. Von nun an werde ich zuversichtlich sein.«

»Das müssen Sie auch, Etsuko. Sie haben schließlich vieles, auf das Sie sich freuen können. Sie werden sehr bald merken, erst wenn man Mutter ist, wird das Leben wirklich lebenswert. Was kümmert es mich, wenn das Dasein bei meinem Onkel ein bisschen langweilig ist? Ich will nur das Beste für meine Tochter. Sie bekommt den besten Privatunterricht, dann wird sie ihr Schulpensum im Nu aufholen. Es ist, wie Sie sagen, Etsuko, wir müssen im Leben nach vorn blicken.«

»Ich bin froh, dass Sie auch der Meinung sind«, sagte ich. »Wir beide sollten wirklich dankbar sein. Mögen wir im Krieg auch Verluste erlitten haben, es gibt noch so viel, auf das man sich freuen kann.«

»Ja, Etsuko. Es gibt viel, worauf man sich freuen kann.«

Mariko kam näher und stellte sich vor uns. Vielleicht hatte sie etwas von unserem Gespräch mit angehört, denn sie sagte zu mir: »Wir ziehen wieder zu Yasuko-San. Hat Mutter Ihnen das erzählt?«

»Ja«, sagte ich. »Freust du dich, dass du wieder dort wohnen wirst, Mariko-San?«

»Jetzt können wir die Kätzchen vielleicht behalten«, sagte das kleine Mädchen. »In Yasuko-Sans Haus ist genug Platz.«

»Wir müssen erst mal abwarten, Mariko«, sagte Sachiko.

Mariko sah ihre Mutter einen Moment an, dann sagte sie: »Aber Yasuko-San hat Katzen gern. Und außerdem war Maru früher Yasuko-Sans Katze. Also gehören die Kätzchen auch ihr.«

»Ja, Mariko, aber wir müssen abwarten. Wir müssen abwarten, was Yasuko-Sans Vater dazu sagt.«

Das kleine Mädchen betrachtete seine Mutter mit mürrischem Blick, dann wandte es sich wieder an mich. »Wir können sie vielleicht behalten«, sagte Mariko mit ernster Miene.

⋆ ⋆ ⋆

Am späteren Nachmittag kamen wir wieder auf die Lichtung, wo wir aus der Seilbahn ausgestiegen waren. Wir hatten noch ein paar Kekse und etwas Schokolade in unseren Imbissdosen, deshalb setzten wir uns an einen der Picknicktische. Vorn an der Lichtung standen ein paar Leute am Drahtzaun und warteten auf die Seilbahn, die sie vom Berg hinunterbringen würde.

Wir hatten ein paar Minuten an dem Picknicktisch gesessen, als eine Stimme uns aufblicken ließ. Die Amerikanerin kam, ein breites Lächeln im Gesicht, mit großen Schritten über die Lichtung. Ohne die geringste Scheu setzte sie sich zu uns an den Tisch, lächelte uns nacheinander zu und sprach Sachiko auf Englisch an. Ich nahm an, sie war dankbar dafür, sich anders als nur durch Gesten zu verständigen. Als ich mich umsah, entdeckte ich nahebei die Japanerin, die ihrem Sohn gerade eine Jacke überzog. Sie schien von unserer Gesellschaft weniger angetan, kam aber schließlich lächelnd zu uns an den Tisch. Sie nahm mir gegenüber Platz, und als ihr Sohn sich neben sie setzte, konnte ich sehen, wie sehr sich die schwammigen Gesichtszüge von Mutter und Kind glichen. Am auffälligsten waren die fleischigen Hängebacken, den Backen von Bulldoggen nicht unähnlich. Die Amerikanerin unterhielt sich weiterhin laut mit Sachiko.

Mariko hatte währenddessen ihr Skizzenbuch aufgeschlagen und zu zeichnen begonnen. Nachdem die Frau mit dem dicken Gesicht ein paar Höflichkeiten mit mir ausgetauscht hatte, wandte sie sich an das kleine Mädchen.

»Hattest du einen schönen Tag?«, fragte sie Mariko. »Es ist sehr hübsch hier oben, nicht?«

Mariko malte weiter mit Zeichenkreide auf ihr Blatt und blickte nicht auf. Das schien die Frau jedoch nicht im Mindesten zu stören.

»Was malst du denn da?«, fragte sie. »Es sieht sehr hübsch aus.«

Diesmal hörte Mariko zu zeichnen auf und sah die Frau gleichgültig an.

»Es sieht sehr hübsch aus. Dürfen wir mal sehen?« Die Frau ergriff das Skizzenbuch. »Sind die nicht schön, Akira?«, fragte sie ihren Sohn. »Ist die junge Dame nicht tüchtig?«

Der Junge beugte sich über den Tisch, um besser sehen zu

können. Er betrachtete die Zeichnungen interessiert, sagte aber nichts.

»Sie sind wirklich sehr schön.« Die Frau blätterte die Seiten um. »Hast du die alle heute gemacht?«

Mariko schwieg noch einen Moment. Dann sagte sie: »Die Malkreiden sind neu. Wir haben sie heute morgen gekauft. Mit neuen Kreiden kann man nicht so gut zeichnen.«

»Ich verstehe. Ja, mit neuen Kreiden geht es schwerer, nicht wahr? Unser Akira zeichnet auch, nicht, Akira?«

»Zeichnen geht leicht«, sagte der Junge.

»Sind das nicht hübsche Bilder, Akira?« Mariko deutete auf die aufgeschlagene Seite. »Das hier mag ich nicht. Die Kreiden waren noch nicht richtig stumpf. Das auf der nächsten Seite ist besser.«

»O ja. Das ist wundervoll!«

»Das habe ich unten am Hafen gemalt«, sagte Mariko. »Aber da unten war es laut und heiß, deshalb hab ich ganz schnell gemacht.«

»Aber es ist sehr gut. Macht dir das Zeichnen Spaß?«

»Ja.«

Sachiko und die Amerikanerin hatten sich inzwischen beide dem Skizzenbuch zugewandt. Die Amerikanerin deutete auf die Zeichnung und stieß mehrmals laut das japanische Wort für »entzückend« aus.

»Und was haben wir hier?«, fuhr die Frau mit dem feisten Gesicht fort. »Einen Schmetterling! Der war aber bestimmt schwer zu zeichnen. Er hat bestimmt nicht lange stillgehalten.«

»Den hab ich aus dem Kopf gemalt«, sagte Mariko. »Ich hab vorher einen gesehen.«

Die Frau nickte und wandte sich dann an Sachiko. »Wie klug Ihre Tochter ist. Ich finde es sehr lobenswert, wenn ein

Kind aus dem Gedächtnis arbeitet und Fantasie hat. Viele Kinder in diesem Alter malen noch aus Büchern ab.«

»Ja«, sagte Sachiko, »vermutlich.«

Ich war sehr verwundert über ihren abweisenden Ton, denn mit der Amerikanerin hatte sie überaus freundlich gesprochen. Der dicke Junge beugte sich noch weiter über den Tisch und legte einen Finger auf das Blatt.

»Die Schiffe sind zu groß«, sagte er. »Wenn das hier ein Baum sein soll, dann müssen die Schiffe viel kleiner sein.«

Seine Mutter dachte einen Moment nach. »Ja, vielleicht«, meinte sie. »Aber es ist trotzdem eine hübsche Zeichnung, findest du nicht, Akira?«

»Die Schiffe sind viel zu groß«, sagte der Junge.

Die Frau lachte. »Sie müssen Akira entschuldigen«, sagte sie zu Sachiko. »Aber wissen Sie, er hat einen ganz hervorragenden Hauslehrer im Zeichnen, deshalb ist er in solchen Dingen kritischer als die meisten anderen Kinder in seinem Alter. Hat Ihre Tochter einen privaten Zeichenlehrer?«

»Nein.« Sachikos Ton war wieder unverkennbar kalt. Die Frau schien jedoch nichts zu bemerken.

»Das ist wirklich keine schlechte Idee«, fuhr sie fort. »Mein Mann war anfangs dagegen. Er hielt es für ausreichend, wenn Akiro Privatunterricht in Mathematik und Naturwissenschaften erhielt. Aber ich finde, auch Zeichnen ist wichtig. Die Fantasie eines Kindes muss angeregt werden. Die Lehrer in der Schule pflichteten mir bei. Aber in Mathematik ist er am besten. Ich finde, Mathematik ist sehr wichtig, finden Sie nicht auch?«

»Ja«, sagte Sachiko. »Sie ist gewiss sehr nützlich.«

»Die Mathematik schärft den Geist der Kinder. Die meisten Kinder, die gut in Mathematik sind, sind auch in fast allen anderen Fächern gut. Wegen eines privaten Mathematiklehrers waren mein Mann und ich einer Meinung. Und es hat sich gelohnt. Voriges Jahr war Akira immer der Dritte oder Vierte in seiner Klasse, aber dieses Jahr ist er stets der Erste.«

»Mathe ist leicht«, verkündete der Junge. Dann sagte er zu Mariko: »Kannst du das Neuner-Einmaleins?«

Seine Mutter lachte wieder. »Ich nehme an, die junge Dame ist auch sehr klug. Ihre Zeichnungen lassen jedenfalls darauf schließen.«

»Mathe ist leicht«, wiederholte der Junge. »Das Neuner-Einmaleins geht puppenleicht.«

»Ja, Akira kann jetzt das ganze Einmaleins. Viele Kinder in seinem Alter können es nur bis drei oder vier. Akira, wie viel ist neun mal fünf?«

»Neun mal fünf ist fünfundvierzig!«

»Und neun mal neun?«

»Neun mal neun ist einundachtzig!«

Die Amerikanerin fragte Sachiko etwas, und als Sachiko nickte, klatschte sie in die Hände und wiederholte erneut mehrmals das Wort »entzückend«.

»Ihre Tochter scheint eine gescheite junge Dame zu sein«, sagte die Frau mit dem feisten Gesicht zu Sachiko. »Geht sie gern zur Schule? Akira liebt fast alle Fächer. Außer in Mathematik und Zeichnen ist er auch sehr gut in Geografie. Meine Freundin hier war überrascht, dass Akira die Namen aller großen Städte in Amerika kennt, nicht wahr, Suzie-San?« Die Frau wandte sich an ihre Freundin und sprach stockend ein paar Worte Englisch. Die Amerikanerin schien nichts zu verstehen, lächelte aber anerkennend zu dem Jungen hinüber.

»Aber Mathematik ist Akiras Lieblingsfach, nicht wahr, Akira?«

»Mathe ist leicht!«

»Und was gefällt der jungen Dame in der Schule am besten?«, fragte die Frau, sich wieder an Mariko wendend.

Mariko antwortete nicht gleich. Dann sagte sie: »Ich mag Mathe auch.«

»So, du magst Mathematik auch. Das ist ja fabelhaft.«

»Wie viel ist denn neun mal sechs?«, fragte sie der Junge zornig.

Es ist schön, wenn die Kinder sich für die Schule interessieren, nicht?«, meinte seine Mutter.

»Sag schon, wie viel ist neun mal sechs?«

Ich fragte: »Was möchte Akira-San werden, wenn, er groß ist?«

»Akira, sag der Dame, was du werden möchtest.«

»Direktor von Mitsubishi!«

»Dort arbeitet sein Vater«, erklärte seine Mutter. »Für Akira steht das schon fest.«

»Ja, das sehe ich«, sagte ich lächelnd. »Wie schön.«

»Wo arbeitet *dein* Vater?«, fragte der Junge Mariko.

»Aber Akira, sei nicht so neugierig. Das tut man nicht.« Die Frau wandte sich wieder an Sachiko. »Viele Jungen in seinem Alter wollen noch Polizist oder Feuerwehrmann werden. Aber Akira wollte schon bei Mitsubishi arbeiten, als er noch ganz klein war.«

»Wo arbeitet *dein* Vater?«, fragte der Junge wieder. Statt einzugreifen, sah seine Mutter Mariko diesmal erwartungsvoll an.

»Er ist Tierpfleger in einem Zoo«, sagte Mariko.

Einen Moment sagte keiner etwas. Seltsamerweise schien die Antwort den Jungen zu kränken, und er setzte sich mit trotziger Miene auf seine Bank zurück. Seine Mutter sagte ein wenig zweifelnd:

»Was für ein interessanter Beruf. Wir haben Tiere sehr gern. Ist der Zoo, wo Ihr Mann arbeitet, hier in der Nähe?«

Ehe Sachiko antworten konnte, war Mariko geräuschvoll von der Bank geklettert. Sie verließ uns, ohne ein Wort zu sagen, und ging auf eine Baumgruppe zu. Wir alle sahen ihr einen Augenblick nach.

»Ist das Ihre Älteste?«, fragte die Frau Sachiko.

»Ich habe keine anderen Kinder.«

»Oh, ich verstehe. Das ist gar nicht so schlecht. Auf diese Weise wird ein Kind eher selbstständig. Ich glaube, es strengt sich auch mehr an. Zwischen ihm hier«, sie legte dem Jungen ihre Hand auf den Kopf, »und dem Ältesten sind sechs Jahre Unterschied.«

Die Amerikanerin stieß einen lauten Ruf aus und klatschte in die Hände. Mariko kletterte behände die Äste eines Baumes hinauf. Die Frau mit dem dicken Gesicht drehte sich auf ihrem Platz um und sah besorgt zu Mariko hinüber.

»Ihre Tochter ist ein richtiger Wildfang«, sagte sie. Die Amerikanerin wiederholte ausgelassen das Wort »Wildfang« und klatschte wieder in die Hände.

»Ist das nicht gefährlich?«, meinte die Frau mit dem dicken Gesicht. »Sie könnte hinunterfallen.«

Sachiko lächelte, und plötzlich wurde ihr Benehmen der Frau gegenüber freundlicher. »Sind Sie es nicht gewohnt, dass Kinder auf Bäume klettern?«, fragte sie.

Die Frau beobachtete Mariko weiterhin ängstlich. »Sind Sie sicher, dass es nicht gefährlich ist? Es könnte ein Ast abbrechen.«

Sachiko lachte. »Meine Tochter weiß schon, was sie tut. Trotzdem vielen Dank für Ihre Besorgnis. Das ist sehr freundlich von Ihnen.« Sie machte eine elegante Verbeugung vor der Frau. Die Amerikanerin sagte etwas zu Sachiko, und sie begannen, sich wieder in Englisch zu unterhalten. Die Frau mit dem dicken Gesicht wandte sich von den Bäumen ab.

»Bitte, halten Sie mich nicht für aufdringlich«, sagte sie, indem sie eine Hand auf meinen Arm legte, »aber es ist mir natürlich aufgefallen. Ist es Ihr erstes?«

»Ja«, sagte ich lachend. »Wir erwarten es im Herbst.«

»Wie wundervoll. Und Ihr Mann, ist er auch Tierpfleger?,«

»O nein. Er arbeitet bei einer Elektronikgesellschaft.

»Tatsächlich?«

Die Frau erteilte mir nun Ratschläge zur Babypflege. Unterdessen sah ich, über ihre Schulter hinweg, den Jungen vom Tisch aufstehen und zu Marikos Baum hinüberschlendern.

»Und es kann nicht schaden, das Kind viel gute Musik hören zu lassen«, sagte die Frau gerade. »Ich bin überzeugt, das macht viel aus. Ein Kind sollte unter seinen ersten Geräuschen auch gute Musik zu hören bekommen.«

»Ja, ich liebe Musik.«

Der Junge stand am Fuß des Baumes und sah verwirrt zu Mariko hoch.

»Unser Ältester hat nicht so ein feines musikalisches Gehör wie Akira«, fuhr die Frau fort. »Mein Mann sagt, das kommt daher, weil er als Baby nicht genug gute Musik gehört hat, und ich bin geneigt, ihm recht zu geben. Damals brachten sie so viel Militärmusik im Radio. Ich bin überzeugt, das hat ihm nicht gutgetan.«

Während die Frau weiterredete, sah ich, wie der Junge versuchte, mit dem Fuß am Baumstamm Halt zu finden. Mariko kletterte tiefer und schien ihm Ratschläge zu erteilen. Die Amerikanerin neben mir lachte laut und unaufhörlich, wobei sie gelegentlich einzelne Worte auf Japanisch äußerte. Dem Jungen gelang es schließlich, sich vom Boden hochzuziehen.

Er hatte einen Fuß in einen Spalt gepresst und hielt sich mit beiden Händen an einem Ast fest. Obgleich er nur wenige Zentimeter über dem Boden war, schien er in einem Zustand höchster Anspannung. Es war schwer zu sagen, ob sie es absichtlich tat. Aber als Mariko tiefer kam, trat sie dem Jungen fest auf die Finger. Der Junge plumpste mit einem Schrei hinunter.

Die Mutter drehte sich erschrocken um. Sachiko und die Amerikanerin, von denen keine den Zwischenfall beobachtet hatte, wandten sich ebenfalls dem Jungen zu. Er lag laut heulend auf der Seite. Seine Mutter lief zu ihm, kniete sich neben ihn und tastete seine Beine ab. Der Junge heulte weiter. Auch die auf die Seilbahn wartenden Passagiere vorn auf der Lichtung sahen zu uns hinüber. Nach etwa einer Minute kam der Junge, von seiner Mutter geführt, schluchzend an den Tisch.

»Auf Bäume klettern ist so gefährlich«, sagte seine Mutter erbost.

»Er ist nicht tief gefallen«, beruhigte ich sie. »Er war noch gar nicht richtig auf dem Baum.«

»Er hätte sich einen Knochen brechen können. Ich finde, man sollte Kindern verbieten, auf Bäume zu klettern. Es ist so leichtsinnig.«

»Sie hat mich getreten«, schluchzte der Junge. »Sie hat mich vom Baum runtergetreten. Sie wollte mich ermorden.«

»Sie hat dich getreten? Das kleine Mädchen hat dich getreten?«

Sachiko warf einen Blick zu ihrer Tochter hinüber. Mariko war schon wieder hoch oben auf dem Baum.

»Sie wollte mich ermorden.«

»Das kleine Mädchen hat dich getreten?«

»Ihr Sohn ist bloß ausgerutscht«, unterbrach ich rasch.

»Ich habe alles gesehen. Er ist nicht tief gefallen.«

»Sie hat mich getreten. Sie wollte mich ermorden.« Die Frau drehte sich nun ebenfalls um und sah zu dem Baum hinüber.

»Er ist bloß ausgerutscht«, wiederholte ich.

»Du solltest nicht solche albernen Dinge tun, Akira«, sagte die Frau ärgerlich. »Es ist sehr, sehr gefährlich, auf Bäume zu klettern.«

»Sie wollte mich ermorden.«

»Du sollst nicht auf Bäume steigen.« Der Junge hörte nicht auf zu schluchzen.

* * *

Viel mehr noch als in England scheinen in japanischen Städten die Inhaber von Restaurants, Teehäusern und Geschäften die Dunkelheit herbeizwingen zu wollen. Lange bevor das Tageslicht verblasst ist, erscheinen Laternen in den Schaufenstern und erleuchtete Schilder über den Eingängen. Nagasaki war bereits von den Farben der Nacht erfüllt, als wir an jenem Abend wieder auf die Straße hinaustraten. Wir hatten Inasa am Spätnachmittag verlassen und im Restaurant des Warenhauses Hamaya zu Abend gegessen. Anschließend streiften wir, um den Tag langsam ausklingen zu lassen, durch die Nebenstraßen und hatten es gar nicht eilig, die Straßenbahnhaltestelle zu erreichen. Damals war es gerade in Mode gekommen, dass junge Paare sich in aller Öffentlichkeit Hand in Hand sehen ließen – was Jiro und ich nie getan hatten –, und während wir gingen, sahen wir viele solcher Paare auf dem Weg zu ihren abendlichen Vergnügungen.

Wie oft an solchen Sommerabenden hatte der Himmel eine blasslila Farbe angenommen.

An vielen Ständen wurde Fisch verkauft, und zu dieser

Abendstunde, wenn die Fischerboote in den Hafen einliefen, sah man häufig Männer, die sich mit schweren Körben voll frisch gefangener Fische auf den Schultern einen Weg durch die belebten Straßen bahnten. In einer solchen von Abfall und müßig umherschlendernden Menschen überquellenden Nebenstraße war es, dass wir an der *kujibiki*-Bude vorbeikamen. Da ich mir nie viel aus *kujibiki* gemacht habe und da es hier in England nichts Entsprechendes gibt – außer vielleicht auf Rummelplätzen –, hätte ich womöglich ganz vergessen, dass es so etwas gibt, wäre mir nicht dieser eine Abend im Gedächtnis geblieben.

Wir standen hinten in der Menge und schauten zu. Eine Frau hob einen kleinen Jungen von zwei oder drei Jahren in die Höhe. Oben auf einem Podest beugte sich ein Mann, der ein Taschentuch um den Kopf gebunden hatte, mit der Lostrommel nach vorn, sodass das Kind sie erreichen konnte. Es gelang dem Jungen, ein Los herauszuziehen, er wusste aber anscheinend nichts damit anzufangen. Er hielt es in der Hand und betrachtete verständnislos die amüsierten Gesichter um sich herum. Der Mann mit dem Taschentuch beugte sich noch tiefer herab und sagte etwas zu dem Kind, was die Umstehenden zum Lachen brachte. Schließlich setzte die Mutter ihr Kind auf die Erde, nahm ihm das Los ab und reichte es dem Mann. Das Los gewann einen Lippenstift, den die Frau lachend entgegennahm.

Mariko stand auf Zehenspitzen und versuchte, die an der Rückwand der Bude aufgebauten Gewinne zu sehen. Plötzlich sagte sie zu Sachiko: »Ich möchte ein Los kaufen.«

»Das ist nur Geldverschwendung, Mariko.«

»Ich will ein Los kaufen.« Ihr Benehmen hatte etwas merkwürdig Eindringliches. »Ich will das *kujibiki* ausprobieren.«

»Hier, Mariko-San.« Ich hielt ihr eine Münze hin.

Sie drehte sich ein wenig überrascht zu mir, nahm die Münze und bahnte sich durch die Menge einen Weg nach vorn.

Es versuchten noch einige andere Leute ihr Glück. Eine Frau gewann eine Zuckerstange, ein Mann in mittlerem Alter einen Gummiball. Dann war Mariko an der Reihe.

»Na, kleine Prinzessin«, der Mann schüttelte bedächtig die Trommel, »mach die Augen zu und denk ganz fest an den großen Bären da drüben.«

»Ich will nicht den Bären«, sagte Mariko.

Der Mann verzog das Gesicht, und die Leute lachten. »Du willst nicht den großen Wuschelbären? Nun, kleine Prinzessin, was möchtest du dann?«

Mariko deutete zur Rückwand der Bude. »Den Korb dort«, sagte sie.

»Den Korb?« Der Mann zuckte die Schultern. »Na gut, Prinzessin, mach die Augen zu und denk an deinen Korb. Fertig?«

Marikos Los gewann einen Blumentopf. Sie kam zu uns nach hinten und reichte mir ihren Gewinn.

»Willst du ihn nicht haben?«, fragte ich. »Du hast ihn doch gewonnen.«

»Ich wollte den Korb. Die Kätzchen brauchen jetzt einen eigenen Korb.«

»Ach, mach dir nichts draus.«

Mariko wandte sich an ihre Mutter. »Ich will's noch mal versuchen.«

Sachiko seufzte. »Es wird schon spät.«

»Ich will's aber versuchen. Bloß noch einmal.«

Wieder bahnte sie sich einen Weg zu dem Podest. Während wir warteten, sagte Sachiko zu mir: »Merkwürdig, ich hatte einen ganz anderen Eindruck von ihr. Von Ihrer Freundin Frau Fujiwara, meine ich.«

»So?«

Sachiko verdrehte den Kopf, um an den Zuschauern vorbeisehen zu können. »Ja, Etsuko«, sagte sie, »ich fürchte, ich sah sie nicht so wie Sie. Mir schien Ihre Freundin eine Frau zu sein, die nichts mehr vom Leben hat.«

»Aber das ist nicht wahr«, sagte ich.

»So? Und was hat sie, worauf sie sich freuen kann? Was hat sie, wofür sie leben kann?«

»Sie hat ihr Lokal. Es ist nichts Großartiges, aber sie hängt sehr daran.«

»An ihrem Lokal?«

»Und sie hat ihren Sohn. Ihr Sohn hat eine vielversprechende Karriere vor sich.«

Sachiko sah wieder zu der Bude hin. »Ja, mag sein«, sagte sie mit müdem Lächeln. »Ja, sie hat wohl ihren Sohn.«

Diesmal gewann Mariko einen Bleistift. Sie kam mit mürrischem Gesicht zu uns zurück. Wir wandten uns schon zum Gehen, aber immer noch blickte Mariko auf die *kujibiki*-Bude.

»Komm«, sagte Sachiko. »Etsuko-San muss jetzt nach Hause.«

»Ich will's noch mal versuchen. Bloß einmal noch.«

Sachiko seufzte unwillig, dann sah sie mich an. Ich zuckte mit den Schultern und lachte.

»Na gut«, sagte Sachiko. »Versuch's noch mal.«

Mehrere Leute zogen Gewinne. Eine junge Frau gewann eine Puderdose, und da der Gewinn so passend war, kam Beifall auf. Als der Mann mit dem Taschentuch Mariko zum drittenmal nach vorn kommen sah, schnitt er wieder komische Grimassen.

»Na, kleine Prinzessin, auch wieder da? Willst du immer

noch den Korb? Möchtest du nicht lieber den großen Wuschelbären?«

Mariko sagte nichts; sie wartete, dass der Mann ihr die Trommel hinhielt. Als sie ein Los herausgezogen hatte, prüfte der Mann es eingehend und blickte dann hinter sich, wo die Gewinne aufgebaut waren. Er betrachtete noch einmal forschend das Los und nickte schließlich.

»Du hast den Korb nicht gewonnen. Aber du hast einen Hauptgewinn!«

Rundum erhob sich Lachen und Beifall. Der Mann ging zur Rückwand der Bude und kam mit einer großen Holzkiste zurück.

»Für deine Mutter zum Gemüseaufbewahren!«, verkündete er – mehr an die Menge als an Mariko gerichtet – und hielt den Gewinn einen Moment in die Höhe. Sachiko fing neben mir an zu lachen und klatschte Beifall. Die Leute machten Platz, um Mariko mit ihrem Preis durchzulassen.

Sachiko lachte immer noch, als wir uns von der Menge entfernten. Sie hatte so gelacht, dass ihr Tränen in die Augen getreten waren. Sie wischte sie fort und betrachtete die Kiste.

»Was für ein seltsam aussehendes Ding«, sagte sie und reichte sie mir.

Sie hatte die Größe einer Apfelsinenkiste und war erstaunlich leicht. Das Holz war glatt, aber nicht gefirnisst, und auf einer Seite waren zwei Schiebefensterchen aus Drahtgeflecht.

»Die ist ganz brauchbar«, sagte ich und schob ein Fensterchen auf.

»Ich habe einen Hauptgewinn«, verkündete Mariko.

»Ja, das hast du gut gemacht«, sagte Sachiko.

»Einmal hab ich einen Kimono gewonnen«, sagte Mariko zu mir. »In Tokio hab ich mal einen Kimono gewonnen.«

»Fein, und jetzt hast du wieder etwas gewonnen.«

»Etsuko, vielleicht können Sie meine Tasche nehmen. Dann kann ich das Ding nach Hause tragen.«

»Ich hab einen Hauptgewinn«, sagte Mariko.

»Ja, das hast du sehr gut gemacht«, sagte ihre Mutter und lachte leise.

Wir entfernten uns von der *kujibiki*-Bude. Die Straße war schmutzig, überall lagen Zeitungen und Abfall herum.

»Die Kätzchen könnten doch da drin wohnen, nicht?«, sagte Mariko. »Wir können Decken hineinlegen, dann ist das ihr Haus.«

Sachiko betrachtete zweifelnd die Kiste auf ihren Armen. »Ich weiß nicht, ob es ihnen gefällt.«

»Doch, das wird ihr Haus. Und wenn wir zu Yasuko-San gehen, können wir sie darin tragen.«

Sachiko lächelte matt.

»Das können wir doch, nicht wahr, Mutter? Wir können die Kätzchen hier drin tragen.«

»Ja, ich denke schon«, sagte Sachiko. »Ja, das geht. Wir tragen die Kätzchen hier drin.«

»Dann können wir die Kätzchen behalten?«

»Ja, wir können die Kätzchen behalten. Yasuko-Sans Vater hat bestimmt nichts dagegen.«

Mariko lief ein Stück voraus und wartete dann auf uns.

»Dann brauchen wir kein Zuhause mehr für sie zu suchen?«

»Nein, jetzt nicht mehr. Wir gehen zu Yasuko-San, und dann können wir die Kätzchen behalten.«

»Wir brauchen keine neuen Besitzer zu finden. Wir können sie alle behalten. Wir können sie in der Kiste mitnehmen, ja, Mutter?«

»Ja«, sagte Sachiko. Dann warf sie den Kopf zurück und fing wieder zu lachen an.

* * *

Ich ertappe mich oft dabei, dass ich mir Marikos Gesicht in Erinnerung rufe, so wie es an jenem Abend während der Heimfahrt in der Straßenbahn war. Mariko blickte aus dem Fenster, die Stirn an die Scheibe gedrückt. Ein jungenhaftes Gesicht im wechselnden Licht der draußen vorbeiratternden Stadt. Mariko schwieg während der Fahrt, und Sachiko und ich sprachen wenig.

Einmal fragte Sachiko: »Wird Ihr Mann böse sein?«

»Schon möglich«, sagte ich lächelnd. »Aber ich habe ihm gestern bereits angekündigt, dass es spät werden könnte.«

»Es war ein schöner Tag.«

»Ja. Soll Jiro ruhig böse sein. Ich fand es heute sehr schön.«

»Wir müssen so etwas wieder mal machen, Etsuko.«

»Ja, unbedingt.«

»Vergessen Sie ja nicht, mich zu besuchen, wenn ich umgezogen bin.«

»Das vergesse ich bestimmt nicht.«

Danach schwiegen wir wieder. Ein wenig später, als die Straßenbahn vor einer Haltestelle langsamer fuhr, spürte ich, wie Sachiko plötzlich zusammenzuckte. Sie blickte durch den Wagen zum Ausgang, vor dem zwei oder drei Leute warteten. Dort stand eine Frau und blickte zu Mariko hin. Sie war ungefähr dreißig, hatte ein schmales Gesicht und machte einen erschöpften Eindruck. Es ist denkbar, dass sie ganz unabsichtlich zu Mariko hinübersah, und ohne Sachikos Reaktion wäre ich sicher nicht misstrauisch geworden. Mariko sah weiter aus dem Fenster, ohne die Frau wahrzunehmen.

Die Frau merkte, dass Sachiko sie ansah, und wandte sich ab. Die Straßenbahn hielt, die Türen gingen auf, und die Frau stieg aus.

»Kannten Sie die Frau?«, fragte ich leise.

Sachiko lachte kurz auf. »Nein. Ich habe mich geirrt.«

»Sie haben sie mit jemandem verwechselt?«

»Nur für einen Moment. Eigentlich war nicht mal eine Ähnlichkeit da.« Sie lachte wieder, dann warf sie einen Blick nach draußen, um festzustellen, wo wir waren.

8. KAPITEL

Im Rückblick wird mir klar, warum Ogata-San in jenem Sommer lange bei uns blieb. Da er seinen Sohn gut genug kannte, hatte er Jiros Taktik in der Sache mit Shigeo Matsudas Zeitschriftenartikel offenbar durchschaut. Mein Mann wartete einfach ab, bis Ogata-San nach Fukuoka zurückkehren und die ganze Angelegenheit in Vergessenheit geraten würde. Unterdessen pflichtete er stets bereitwillig bei, dass einem solchen Angriff auf den Namen der Familie prompt und bestimmt begegnet werden müsse, dass es ihn, Jiro, ebenso angehe wie seinen Vater, und er versprach, seinem alten Schulfreund zu schreiben, sobald er dazu komme. Im Nachhinein sehe ich, wie bezeichnend dies war für Jiros Art, jeder möglicherweise peinlichen Auseinandersetzung auszuweichen. Hätte er sich nicht Jahre später in einer anderen Krise genauso verhalten, hätte ich Nagasaki womöglich nie verlassen. Aber das nur nebenbei.

Ich habe bereits ein paar Einzelheiten des Abends geschildert, an dem die beiden betrunkenen Kollegen meines Mannes kamen und Jiro und Ogata-San beim Schachspiel unterbrachen. Als ich an jenem Abend zu Bett ging, spürte ich den starken Wunsch, mit Jiro über Shigeo Matsuda zu reden. Zwar wollte ich nicht, dass Jiro gegen seinen Willen einen Brief schrieb, aber ich kam mehr und mehr zu der Ansicht, dass er seinen Standpunkt gegenüber seinem Vater deutlicher vertreten müsse. Ich verzichtete jedoch letztlich darauf, das Thema aufzugreifen, genau wie bei früheren Gelegenheiten. Einmal war es nach Meinung meines Mannes sowieso nicht meine Sache, mich dazu zu äußern. Außerdem war Jiro zu dieser Abendstunde immer müde, und jeder Versuch, ein Gespräch zu beginnen, machte ihn nur ungehalten. Und überhaupt lag es nie in der Natur unserer Beziehung, über derartige Dinge frei und offen zu sprechen.

Am folgenden Tag blieb Ogata-San zu Hause. Er sah sich mehrmals das Schachspiel an, das, wie er mir sagte, am Vorabend in einer entscheidenden Phase unterbrochen worden war. Am Abend dann, etwa eine Stunde nach dem Essen, nahm er sich das Schachbrett abermals vor und betrachtete den Stand der Figuren. Eininal blickte er hoch und sagte zu meinem Mann:

So, Jiro, morgen ist also der große Tag.

Jiro sah von seiner Zeitung auf und lachte kurz. »Das ist doch nichts Besonderes.«

»Unsinn. Es ist ein großer Tag für dich. Selbstverständlich ist es deine Pflicht und Schuldigkeit, dein Bestes für die Firma zu tun, aber in meinen Augen ist es ein Triumph an sich, egal, was morgen dabei herauskommt. Zu einem so frühen Zeitpunkt deiner Karriere gebeten zu werden, die Firma zu vertreten, das ist auch heutzutage nicht die Regel.«

Jiro zuckte die Schultern. »Das wohl nicht. Aber auch wenn es morgen ausnehmend gut läuft, ist das natürlich noch keine Garantie, dass ich die Beförderung bekomme. Allerdings nehme ich an, dass der Direktor dieses Jahr mit meinen Leistungen recht zufrieden ist.«

»Jedenfalls hat er wohl großes Vertrauen zu dir. Und was meinst du, wie es morgen gehen wird?«

»Hoffentlich glatt. In diesem Stadium müssen alle Beteiligten unbedingt zusammenarbeiten. Eigentlich werden nur die Grundlagen für die entscheidenden Verhandlungen im Herbst geschaffen. Es ist nichts so Besonderes.«

»Nun, wir müssen abwarten, wie es läuft. So, Jiro, wie wär's, wenn wir dieses Spiel jetzt beenden würden? Wir sitzen schon drei Tage daran.«

»Ach ja, das Spiel. Du weißt natürlich, Vater, auch wenn ich morgen noch so erfolgreich bin, ist das noch keine Garantie, dass ich befördert werde.«

»Natürlich weiß ich das, Jiro. Ich habe mich ja selbst nach oben kämpfen müssen. Ich weiß nur zu gut, wie das ist. Manchmal werden andere vorgezogen, die einem keineswegs das Wasser reichen können. Aber von so etwas darf man sich nicht entmutigen lassen. Wer durchhält, wird am Ende triumphieren. So, und wie wäre es, wenn wir jetzt dieses Spiel beenden würden?«

Mein Mann warf einen Blick auf das Schachbrett, machte aber keine Anstalten, näher zu rücken. »Du warst kurz vorm Gewinnen, soviel ich weiß«, sagte er.

»Nun ja, du steckst in einer heiklen Situation, aber es gibt einen Ausweg, wenn du es richtig anstellst. Weißt du noch, Jiro, als ich dir das Spiel beibrachte, dass ich dich immer gewarnt habe, die Türme zu früh einzusetzen? Und du machst immer noch denselben Fehler, siehst du?«

»Die Türme, ja. Du hast ganz recht.«

»Übrigens, Jiro, ich glaube, du überlegst dir deine Züge nicht im Voraus, stimmt's? Weißt du noch, wie viel Mühe ich mir damals gegeben habe, dir beizubringen, dass du mindestens drei Züge im Voraus planen musst. Aber ich glaube nicht, dass du das getan hast.«

»Drei Züge im Voraus? Hm, nein, das hab ich wohl nicht. Ich kann nicht behaupten, dass ich so ein Experte bin wie du, Vater. Jedenfalls dürfen wir wohl sagen, dass du gewonnen hast.«

»Ehrlich gesagt, Jiro, es war leider schon ganz am Anfang klar, dass du dir deine Züge nicht überlegt hast. Wie oft habe ich dir das schon gesagt? Ein guter Schachspieler muss vorausdenken, drei Züge mindestens.«

»Ja, das mag sein.«

»Warum hast du zum Beispiel diesen Springer hierhin gesetzt? Aber, Jiro, du siehst ja gar nicht hin. Kannst du dich nicht einmal erinnern, warum du ihn hierher gesetzt hast?«

Jiro warf einen Blick auf das Brett. »Ehrlich gesagt, ich weiß es nicht mehr. Aber ich hatte bestimmt einen guten Grund.«

»Einen guten Grund? So ein Unsinn, Jiro. Bei den ersten paar Zügen hast du vorausgeplant, das habe ich gesehen. Da hattest du tatsächlich eine Strategie. Aber sobald ich die durchschaut hatte, hast du aufgegeben und angefangen, jeweils nur den nächsten Zug zu bedenken. Weißt du nicht mehr, was ich dir immer gesagt habe? Bemi Schach geht es um einheitliche Strategien. Man kann nicht einfach aufgeben, wenn der Gegner einen Plan durchkreuzt, sondern man muss sofort den nächsten parat haben. Ein Spiel ist nicht an dem Punkt gewonnen und verloren, wenn der König schließlich in die Enge getrieben ist. Das Spiel ist besiegelt, wenn ein Spieler jegliche Strategie aufgibt. Wenn einer seine Figuren alle verstreut hat, wenn sie keinen Zusammenhang haben und jede Figur für sich bewegt wird, dann hat er verloren.«

»Sehr richtig, Vater, ich gebe es zu. Ich habe verloren. Dann können wir das Spiel jetzt vielleicht vergessen.«

Ogata-San blickte zu mir hinüber, dann zu Jiro. »Was ist denn das für ein Geschwätz? Ich habe das Brett den ganzen Tag eingehend studiert, und ich sehe drei verschiedene Möglichkeiten, wie du den Springer befreien kannst.«

Mein Mann ließ seine Zeitung sinken. »Verzeih mir, falls ich dich falsch verstanden habe«, sagte er, »aber ich glaube, du hast selbst eben gesagt, der Spieler, der keine einheitliche Strategie aufrechterhalten kann, ist zwangsläufig der Verlierer. Und wie du wiederholt betont hast, habe ich mir immer nur den jeweils nächsten Zug überlegt, also scheint es wenig sinnvoll, weiterzumachen. Wenn du mich jetzt, bitte, entschuldigen möchtest, ich würde gern diesen Bericht zu Ende lesen.«

»Aber Jiro, das ist reine Schwarzseherei. Das Spiel ist noch längst nicht verloren, wie ich dir soeben sagte. Du solltest dir jetzt deine Verteidigung überlegen, um zu überleben und mich wieder anzugreifen. Jiro, du hattest schon immer einen Hang zur Schwarzseherei, schon als kleines Kind. Ich hatte gehofft, ich hätte ihn dir ausgetrieben, aber hier ist er wieder, nach all der Zeit.«

»Verzeih, aber ich sehe nicht, was das mit Schwarzseherei zu tun hat. Es ist doch nur ein Spiel …«

»Gewiss ist es nur ein Spiel. Aber ein Vater kennt seinen Sohn schließlich. Ein Vater erkennt diese verdrießlichen Eigenschaften, wenn sie zutage treten. Dies ist kaum ein Zug bei dir, auf den ich stolz sein kann, Jiro. Du hast aufgegeben, sobald deine erste Strategie zusammenbrach. Und jetzt, da du in die Defensive gedrängt wirst, bist du mürrisch und willst nicht mehr weiterspielen. Genauso warst du mit neun Jahren.«

»Vater, das ist doch alles Unsinn. Ich habe Besseres zu tun, als den ganzen Tag über Schach nachzudenken.«

Jiro hatte sehr laut gesprochen, und Ogata-San wirkte einen Moment ziemlich betroffen.

»Für dich mag das ja sehr gut sein, Vater«, fuhr mein Mann fort. »Du hast den ganzen Tag Zeit, um dir deine Strategien und Tricks auszudenken. Ich weiß mit meiner Zeit Besseres anzufangen.«

Damit wandte mein Mann sich wieder seiner Zeitung zu. Sein Vater starrte ihn verwundert an. Schließlich begann Ogata-San zu lachen.

»Na komm, Jiro‹, sagte er, »wir brüllen uns ja an wie zwei Fischweiber.« Er lachte wieder. »Wie zwei Fischweiber.«

Jiro blickte nicht auf.

»Komm, Jiro, hören wir auf zu streiten. Wenn du das Spiel nicht beenden willst, müssen wir es nicht beenden.«

Mein Mann gab immer noch nicht zu erkennen, ob er zugehört hatte.

Ogatan-San lachte wieder. »Also gut, du hast gewonnen. Wir spielen nicht weiter. Aber lass mich dir zeigen, wie du aus dieser Ecke hier herausgekonnt hättest. Du hättest drei Dinge tun können. Das erste ist denkbar einfach, und ich wäre so gut wie machtlos gewesen. Sieh, Jiro, sieh her. Jiro, sieh doch, ich zeig dir etwas.«

Jiro beachtete seinen Vater nicht. Er gab sich ganz den Anschein, als ob er ernsthaft ins Lesen vertieft wäre. Er wendete eine Seite um und las weiter.

Ogata-San nickte leise lachend vor sich hin. »Genau, wie er als Kind war«, sagte er. »Wenn er seinen Willen nicht bekommt, wird er mürrisch, und es ist nichts mit ihm anzufangen.« Er blickte zu mir hinüber und lachte etwas unbehaglich. Dann wandte er sich wieder an seinen Sohn. »Jiro, schau. Lass mich dir wenigstens das hier zeigen. Es ist denkbar simpel.«

Ganz unversehens warf mein Mann seine Zeitung hin und machte eine Bewegung auf seinen Vater zu. Was er beabsichtigt hatte, war klar: Er wollte das Schachbrett mitsamt den Figuren über den Fußboden stoßen. Aber er bewegte sich ungeschickt, und bevor er dem Brett einen Schlag versetzen konnte, hatte sein Fuß die Teekanne umgestoßen, die neben ihm stand. Die Kanne rollte auf die Seite, der Deckel fiel klappernd herunter, und der Tee ergoss sich auf die Tatami. Jiro, nicht sicher, was geschehen war, drehte sich um und starrte den verschütteten Tee an. Dann fuhr er wieder herum und starrte das Schachbrett an. Der Anblick der Schachfiguren, die immer noch aufrecht auf ihren Feldern standen, schien ihn nun erst recht wütend zu machen, und einen Moment dachte ich, er würde einen neuen Versuch unternehmen, sie umzustoßen. Aber nein, er stand auf, griff nach der Zeitung und verließ wortlos das Zimmer.

Ich ging schnell zu der Stelle, wo der Tee ausgelaufen war. Etwas Flüssigkeit war in das Kissen gesickert, auf dem Jiro gesessen hatte. Ich hob das Kissen auf und rieb es mit meinem Schürzenzipfel sauber.

»Genau wie früher«, sagte Ogata-San. Ein kleines Lächeln war um seine Augen erschienen. »Kinder werden erwachsen, aber sie ändern sich nicht sehr.«

Ich ging in die Küche und holte einen Lappen. Als ich zurückkam, saß Ogata-San genauso da, wie ich ihn verlassen hatte, das Lächeln spielte noch um seine Augen. Er betrachtete die Pfütze auf der Tatami und schien tief in Gedanken zu sein. Er schien tatsächlich so sehr in den Anblick des Tees vertieft, dass ich ein wenig zögerte, ehe ich mich hinkniete, um ihn wegzuwischen.

»Du darfst dich nicht darüber aufregen, Etsuko«, sagte er. »Es ist kein Grund zur Aufregung.«

»Nein.« Ich fuhr fort, die Tatami abzuwischen.

»Hm, ich denke, wir können getrost bald zu Bett gehen. Ab und zu tut es ganz gut, zeitig schlafen zu gehen.«

»Ja.«

»Du darfst dich nicht aufregen, Etsuko. Morgen hat Jiro alles vergessen, du wirst sehen. Ich erinnere mich sehr gut an diese Launen von ihm. Man denkt richtig wehmütig an früher, wenn man eine Szene wie diese miterlebt. Es erinnert mich so sehr daran, wie er klein war. Ja, man wird richtig wehmütig.«

Ich fuhr fort, den Tee aufzuwischen.

»Wirklich, Etsuko«, sagte Ogata-San. »Du hast keinen Grund, dich darüber aufzuregen.«

* * *

Bis zum nächsten Morgen wechselte ich kein Wort mehr mit meinem Mann. Er aß sein Frühstück und warf dabei ab und an einen Blick in die Morgenzeitung, die ich neben seine Schüssel gelegt hatte. Er sprach kaum und äußerte sich nicht dazu, dass sein Vater noch nicht erschienen war. Ich dagegen lauschte angestrengt auf Geräusche aus Ogata-Sans Zimmer, konnte aber nichts hören.

»Hoffentlich geht alles gut heute«, sagte ich, nachdem wir ein paar Minuten schweigend dagesessen hatten.

Mein Mann zuckte mit den Schultern. »Es ist nichts Besonderes«, meinte er. Dann sah er mich an und sagte. »Ich hätte heute gern meine schwarze Seidenkrawatte umgebunden, aber du hast anscheinend irgendwas damit angestellt. Ich wünschte, du würdest die Finger von meinen Krawatten lassen.«

»Die schwarzseidene? Die hängt bei deinen anderen Krawatten.«

»Eben war sie nicht da. Hör auf, dich dauernd da einzumischen.«

»Die seidene müsste aber bei den anderen sein«, sagte ich. »Ich habe sie vorgestern gebügelt, weil ich wusste, dass du sie heute umbinden wolltest, aber ich habe sie bestimmt wieder zurückgehängt. Bist du sicher, dass sie nicht da war?«

Mein Mann seufzte unwillig und blickte in die Zeitung.

»Macht nichts«, sagte er. »Die hier tut's auch.«

Er aß schweigend weiter. Von Ogata-San war immer noch nichts zu hören, und schließlich stand ich auf, um an seiner Tür zu horchen. Als ich nach ein paar Sekunden keinen Laut vernommen hatte, wollte ich die Tür ein Stückchen aufschieben.

Aber mein Mann sagte: »Was machst du da? Ich habe nicht den ganzen Morgen Zeit.« Er schob mir seine Teetasse hin.

Ich setzte mich wieder, räumte sein benutztes Geschirr zur Seite und goss ihm Tee ein. Er trank ihn hastig und überflog dabei die Titelseite der Zeitung.

»Dies ist ein wichtiger Tag für uns«, sagte ich. »Hoffentlich geht alles gut.«

»Es ist nichts Besonderes«, meinte er, ohne aufzusehen. Doch bevor er an diesem Morgen aufbrach, prüfte Jiro sich sorgfältig im Spiegel am Eingang, rückte seine Krawatte zurecht und begutachtete sein Kinn, ob er sich auch gründlich rasiert hatte. Als er fort war, ging ich noch einmal zu Ogata-Sans Tür und horchte.

»Vater?«, rief ich leise.

»Ah, Etsuko«, vernahm ich Ogata-Sans Stimme von drinnen. »Ich hätte mir denken können, dass du mich nicht im Bett bleiben lässt.«

Erleichtert ging ich in die Küche, um frischen Tee zu machen, dann deckte ich den Tisch für Ogata-Sans Frühstück. Als er sich schließlich zum Essen setzte, bemerkte er beiläufig: »Jiro ist wohl schon weg.«

»O ja, schon lange. Ich wollte gerade Vaters Frühstück wegwerfen. Ich dachte, er ist viel zu faul, um vor Mittag aufzustehen.«

»Sei nicht so grausam, Etsuko. Wenn man in mein Alter kommt, muss man sich ab und zu ein bisschen ausruhen. Außerdem ist das hier bei euch wie Urlaub für mich.«

»Gut, ich denke, dieses eine Mal kann man Vater wohl verzeihen, dass er so faul ist.«

»Wenn ich erst wieder in Fukuoka bin, kann ich nicht mehr einfach liegen bleiben«, sagte er und nahm seine Essstäbchen in die Hand. Dann seufzte er tief. »Ich denke, es wird Zeit, dass ich zurückfahre.«

»Du musst zurück? Aber das hat doch keine Eile, Vater.«

»Doch, ich muss wirklich bald zurück. Es gibt so viel Arbeit zu erledigen.«

»Arbeit? Was für Arbeit?«

»Erstens muss ich ein neues Geländer für die Veranda bauen. Und dann der Steingarten. Ich hab noch nicht mal damit angefangen. Die Steine wurden schon vor Monaten geliefert, und jetzt liegen sie im Garten und warten auf mich.« Er seufzte wieder und begann zu essen. »Wenn ich zurück bin, kann ich bestimmt nicht mehr einfach im Bett liegen bleiben.«

»Aber es muss doch nicht gleich jetzt sein, Vater? Dein Steingarten kann noch ein bisschen warten.«

»Du bist sehr lieb, Etsuko. Aber die Zeit drängt. Weißt du, im Herbst erwarte ich wieder meine Tochter und ihren Mann, und ich muss die Arbeit fertig haben, bevor sie kommen. Letztes und vorletztes Jahr haben sie mich im Herbst besucht. Deshalb nehme ich an, dass sie es dieses Jahr auch wieder vorhaben.«

»Ich verstehe.«

»Ja, sie wollen bestimmt in diesem Herbst wiederkommen. Das ist die günstigste Zeit für Kikukos Mann. Und Kikuko schreibt in ihren Briefen immer, wie neugierig sie auf mein neues Haus ist.«

Ogata-San nickte vor sich hin, dann aß er weiter aus seiner Schüssel. Ich sah ihm eine Weile zu.

»Kikuko-San ist dir aber eine treue Tochter, Vater«, sagte ich. »Es ist ein weiter Weg von Osaka. Sie muss dich sehr vermissen.«

»Ich glaube eher, sie muss ab und zu mal von ihrem Schwiegervater weg. Ich kann mir nicht denken, warum sie sonst eine so weite Reise macht.«

»Wie herzlos, Vater. Ich bin sicher, dass sie dich vermisst. Ich werde ihr erzählen, was du gesagt hast.«

Ogata-San lachte. »Es ist aber wahr. Der alte Watanabe kommandiert die beiden herum wie ein Kriegsherr. Jedesmal wenn sie zu mir kommen, reden sie unentwegt darüber, wie unerträglich er geworden ist. Ich persönlich mag den alten Kerl ganz gern, aber es lässt sich nicht leugnen, dass er ein alter Kriegsherr ist. Ich schätze, sie hätten gern so etwas wie ihr hier, Etsuko, eine Wohnung für sich allein. Es ist gar nicht so schlecht, wenn junge Paare von den Eltern getrennt leben.

Das tun heutzutage mehr und mehr Paare. Die jungen Leute wollen sich nicht ewig von alten Männern tyrannisieren lassen.«

Ogata-San schien sich auf sein Mahl zu besinnen und begann hastig zu essen. Als er fertig war, stand er auf und trat ans Fenster. Einen Moment stand er dort und betrachtete die Aussicht. Dann stellte er das Fenster so, dass mehr Luft hereinkam, und holte tief Atem.

»Hast du Freude an deinem neuen Haus, Vater?«, fragte ich.

»An meinem Haus? Aber ja. Hier und da gibt es noch einiges zu tun, wie gesagt. Aber es liegt alles so viel näher zusammen. Das Haus in Nagasaki war für einen alten Mann allein viel zu groß.«

Er sah weiter aus dem Fenster: In dem grellen Morgenlicht sah ich seinen Kopf und seine Schultern nur in verschwommenen Umrissen.

»Aber schön war es, das alte Haus«, sagte ich. »Ich bleibe jedesmal stehen und sehe es mir an, wenn ich dort vorbeikomme. Ich war erst vorige Woche dort, auf dem Rückweg von Frau Fujiwara.«

Ich dachte, er hätte mich nicht gehört, denn er sah weiter schweigend aus dem Fenster. Doch einen Augenblick später sagte er: »Und wie sah es aus, das alte Haus?«

»Ach, wie immer. Den neuen Besitzern scheint es so zu gefallen, wie Vater es verlassen hat.«

Er drehte sich halb zu mir um. »Und die Azaleen, Etsuko? Waren die Azaleen noch im Torweg?« Die Helligkeit hinderte mich daran, sein Gesicht deutlich zu sehen, aber seiner Stimme entnahm ich, dass er lächelte.

»Azaleen?«

»Ach, du kannst dich wohl nicht mehr daran erinnern.« Er

wandte sich wieder dem Fenster zu und streckte die Arme aus. »Ich habe sie an jenem Tag im Torweg gepflanzt. An dem Tag, als alles entschieden war.«

»Als was entschieden war?«

»Dass ihr heiraten würdet, du und Jiro. Aber ich habe dir nie etwas von den Azaleen gesagt, deshalb ist es wohl ziemlich dumm von mir zu erwarten, dass du dich daran erinnerst.«

»Du hast für mich Azaleen gepflanzt? Das war aber ein hübscher Gedanke. Doch ich glaube, du hast es nie erwähnt.«

»Aber du hattest mich darum gebeten, Etsuko.« Er hatte sich wieder zu mir umgedreht. »Du hast mir sogar regelrecht befohlen, sie im Torweg zu pflanzen.«

»Was?« Ich lachte. »Ich habe es dir befohlen?«

»Ja. Du hast es mir befohlen. Als wäre ich ein angestellter Gärtner. Weißt du das nicht mehr? Gerade als ich dachte, es sei endlich alles geregelt und du würdest meine Schwiegertochter, sagtest du, da sei noch eine Sache, du wollest nicht in einem Haus ohne Azaleen im Torweg leben. Und wenn ich keine Azaleen pflanzte, würde alles abgeblasen. Was konnte ich machen? Ich bin hinausgegangen und habe Azaleen gepflanzt.«

Ich lachte leise. »Jetzt, wo du es erwähnst«, sagte ich, »erinnere ich mich an so etwas. Aber so ein Unsinn, Vater. Ich wollte dich niemals zu etwas zwingen.«

»O doch, Etsuko. Du hast gesagt, du wolltest nicht in einem Haus ohne Azaleen im Torweg leben.« Er trat vom Fenster zurück und setzte sich wieder mir gegenüber. »Ja, Etsuko«, sagte er, »wie ein angestellter Gärtner.«

Wir lachten beide, und ich schenkte den Tee ein.

»Azaleen waren immer meine Lieblingsblumen«, sagte ich.

»Ja. Das hast du damals auch gesagt.«

Als ich eingeschenkt hatte, saßen wir ein paar Minuten schweigend da und beobachteten den Dampf, der aus den Teetassen aufstieg.

»Und ich hatte damals keine Ahnung«, sagte ich. »Von Jiros Plänen, meine ich.«

»Nein.«

Ich stellte einen Teller mit Keksen neben seine Teetasse. Ogata-San betrachtete sie mit einem Lächeln.

Schließlich sagte er: »Die Azaleen sind herrlich angegangen. Aber da wart ihr natürlich schon ausgezogen. Trotzdem, es ist gar nicht schlecht, wenn junge Paare allein wohnen. Sieh dir Kikuko und ihren Mann an. Sie hätten liebend gern eine eigene Wohnung, aber der alte Watanabe will nichts davon wissen. Was ist er doch für ein alter Kriegsherr.«

»Wenn ich jetzt darüber nachdenke«, sagte ich, »es waren *wirklich* Azaleen im Torweg letzte Woche. Die neuen Besitzer müssen einer Meinung mit mir sein. In einen Torweg gehören unbedingt Azaleen.«

»Es freut mich, dass sie noch da sind.« Ogata-San nahm einen Schluck aus seiner Teetasse. Dann seufzte er und meinte lachend: »Was ist dieser Watanabe doch für ein alter Kriegsherr.«

⋆ ⋆ ⋆

Kurz nach dem Frühstück schlug Ogata-San vor, wir sollten uns ein bisschen in Nagasaki umschauen – »wie die Touristen«. Ich war sofort einverstanden, und wir fuhren mit der Straßenbahn in die Stadt. Soweit ich mich erinnere, verbrachten wir geraume Zeit in einer Kunstgalerie, und dann, kurz vor Mittag, besuchten wir das Friedensdenkmal in dem großen Park nicht weit vom Stadtzentrum.

Der Park war allgemein als »Friedenspark« bekannt – ich habe nie erfahren, ob das der offizielle Name war –, und tatsächlich lag trotz Kinderlärm und Vogelstimmen eine feierliche Stimmung über der großen, grünen Fläche. Der übliche Schmuck, wie Sträucher und Springbrunnen, war auf ein Mindestmaß beschränkt, und das Ganze wirkte sehr karg und streng. Flaches Gras, ein hoher Sommerhimmel und das Denkmal selbst – eine mächtige weiße Statue zum Gedenken an die von der Atombombe Getöteten – beherrschten das Terrain.

Die sitzende Statue glich einem muskulösen griechischen Gott mit ausgestreckten Armen. Die rechte Hand deutete auf den Himmel, woher die Bombe gefallen war, mit dem anderen, nach links ausgestreckten Arm hielt die Gestalt wohl die Kräfte des Bösen zurück. Die Augen waren im Gebet geschlossen.

Ich hatte immer gefunden, dass die Statue ziemlich plump wirke, und konnte sie nie mit dem in Verbindung bringen, was an dem Tag, an dem die Bombe fiel, geschehen war, und auch nicht mit den schrecklichen Tagen, die darauf folgten. Von Weitem sah die Gestalt beinahe komisch aus. Sie ähnelte einem Polizisten, der den Verkehr regelt. Für mich war es nichts weiter als eine Statue, und wenn auch die meisten Menschen in Nagasaki sie als eine Geste würdigten, so vermute ich doch, dass sie allgemein Ähnliches wie ich empfanden. Wenn mir heute die große, weiße Statue in Nagasaki zufällig in den Sinn kommt, dann denke ich in erster Linie an meinen Besuch mit Ogata-San an jenem Morgen im Friedenspark und an die Sache mit seiner Postkarte.

»Auf einem Foto wirkt sie lange nicht so eindrucksvoll«, sagte Ogata-San damals und hielt die Postkarte von der Statue, die er gerade gekauft hatte, in die Höhe. Wir standen etwa fünfzig Meter von dem Denkmal entfernt. »Ich wollte schon lange eine Karte schreiben«, fuhr er fort. »Ich kehre zwar jetzt bald nach Fukuoka zurück, aber ich denke, es lohnt sich trotzdem noch, sie abzuschicken. Etsuko, hast du einen Stift? Vielleicht sollte ich sie jetzt gleich abschicken, sonst vergesse ich es noch.«

Ich fand in meiner Handtasche einen Stift, und wir setzten uns auf die nächste Bank. Ich wurde neugierig, als ich ihn die leere Karte betrachten sah, den Stift erhoben, aber ohne zu schreiben. Ein- oder zweimal blickte er, wie auf eine Eingebung wartend, zu der Statue hinauf. Schließlich fragte ich ihn: »Schickst du sie an eine Freundin in Fukuoka?«

»Ach, sie ist bloß eine Bekannte.«

»Vater macht ein sehr schuldbewusstes Gesicht«, sagte ich. »Ich wüsste gern, wem er da schreibt.«

Ogata-San blickte mit erstaunter Miene auf. Dann brach er in lautes Gelächter aus. »Schuldbewusst? Wirklich?«

»Ja, ausgesprochen schuldbewusst. Ich möchte wissen, was Vater anstellt, wenn niemand ein Auge auf ihn hat.«

Ogata-San lachte immer noch laut. Er lachte so sehr, dass die Bank wackelte. Er fasste sich ein wenig und sagte: »Nun, gut, Etsuko. Du hast mich ertappt. Du hast mich beim Schreiben an mein *girl friend*«, er benutzte den englischen Ausdruck, »ertappt. Auf frischer Tat ertappt.« Er fing wieder an zu lachen.

»Ich habe schon immer geahnt, dass Vater in Fukuoka ein ausschweifendes Leben führt.«

»Ja, Etsuko«, er lachte immer noch ein wenig, »ein sehr ausschweifendes Leben.« Dann holte er tief Luft und blickte noch einmal auf seine Postkarte. »Ach, eigentlich weiß ich gar nicht, was ich schreiben soll. Vielleicht kann ich sie einfach ohne ein Wort abschicken. Ich wollte ihr ja eigentlich nur zeigen, wie das Denkmal aussieht. Aber das wäre vielleicht doch zu formlos.«

»Ich kann dir keinen Rat geben, Vater, wenn du mir nicht verrätst, wer diese geheimnisvolle Dame ist.«

»Die geheimnisvolle Dame, Etsuko, hat in Fukuoka ein kleines Restaurant. Es liegt ganz in meiner Nähe, deshalb gehe ich dort meistens zum Abendessen hin. Manchmal unterhalte ich mich mit ihr. Sie ist ganz nett, und ich habe ihr versprochen, ihr eine Postkarte vom Friedensdenkmal zu schicken. Das ist leider alles.«

»Ich verstehe, Vater. Aber ich bin trotzdem misstrauisch.«

»Eine recht nette alte Dame, aber auf die Dauer ist sie langweilig. Wenn ich der einzige Gast bin, bleibt sie während der ganzen Mahlzeit bei mir stehen und redet. Leider gibt es nicht viele andere passable Esslokale in der Nähe. Du siehst also, Etsuko, wenn du mir Kochen beibringen würdest, wie du versprochen hast, dann brauchte ich mich nicht mit solchen Frauen zu plagen.«

»Aber es hätte keinen Zweck«, sagte ich lachend. »Vater würde es nie gelingen.«

»Unsinn. Du hast bloß Angst, dass ich dich übertreffe. Das ist sehr egoistisch von dir, Etsuko. Jetzt lass mich mal überlegen«, er blickte wieder auf seine Postkarte, »was kann ich der alten Dame schreiben?«

»Erinnerst du dich an Frau Fujiwara?«, fragte ich. »Sie hat jetzt ein Nudelrestaurant. In der Nähe von Vaters altem Haus.«

»Ja, das habe ich gehört. Es ist ein Jammer. Jemand in ihrer Stellung betreibt ein Nudelrestaurant.«

»Aber es macht ihr Spaß. Sie hat etwas zu tun. Sie erkundigt sich oft nach dir.«

»Ein Jammer«, sagte er wieder. »Ihr Mann war eine angesehene Persönlichkeit. Ich hatte die größte Achtung vor ihm. Und jetzt betreibt sie ein Nudelrestaurant. Außergewöhnlich.« Er schüttelte ernst den Kopf. »Ich könnte ihr ja meine Aufwartung machen, aber das würde vermutlich peinlich sein. In ihrer augenblicklichen Lage, meine ich.«

»Vater, sie schämt sich nicht, dass sie ein Nudelrestaurant hat. Sie ist stolz darauf. Sie sagt, sie hat sich schon immer ein Geschäft gewünscht, und sei es auch noch so bescheiden. Ich glaube, sie würde sich sehr freuen, wenn du ihr einen Besuch machtest.«

»Ihr Lokal ist in Nakagawa, sagst du?«

»Ja. Ganz in der Nähe des alten Hauses.«

Ogata-San schien eine Weile darüber nachzudenken. Dann sagte er: »Nun gut, Etsuko. Statten wir ihr einen Besuch ab.« Er kritzelte rasch etwas auf die Postkarte und gab mir den Stift zurück.

»Du meinst, jetzt gleich, Vater?« Ich war über seinen plötzlichen Entschluss etwas verblüfft.

»Ja, warum nicht?«

»Na schön. Wir könnten ja bei ihr zu Mittag essen.«

»Ja, vielleicht. Aber ich möchte die Gute auf keinen Fall demütigen.«

»Sie wird sich freuen, wenn wir bei ihr essen.«

Ogata-San nickte und schwieg einen Augenblick. Dann meinte er bedächtig: »Ehrlich gesagt, Etsuko, ich denke schon eine ganze Weile daran, nach Nakagawa zu gehen. Ich möchte dort jemanden aufsuchen.«

»So?«

»Ich möchte wissen, ob er zu dieser Tageszeit zu Hause ist.«

»Wen möchtest du aufsuchen, Vater?«

»Shigeo. Shigeo Matsuda. Ich beabsichtige seit einiger Zeit, ihn aufzusuchen. Vielleicht isst er zu Hause zu Mittag, dann könnte ich ihn gerade antreffen. Das wäre besser, als ihn in der Schule zu stören.«

Ein paar Minuten sah Ogata-San mit etwas verwirrtem Blick auf die Statue. Ich saß still und beobachtete, wie er die Postkarte zwischen den Händen drehte. Plötzlich schlug er sich auf die Knie und stand auf.

»Fein, Etsuko«, sagte er, »gehen wir. Wir versuchen es zuerst bei Shigeo, anschließend können wir bei Frau Fujiwara vorbeischauen.«

* * *

Es muss um die Mittagszeit gewesen sein, als wir in die Straßenbahn nach Nakagawa einstiegen. Der Wagen war zum Ersticken voll, und die Straßen draußen waren überfüllt von Menschen, die zum Mittagessen strömten. Je mehr wir uns jedoch vom Stadtzentrum entfernten, um so weniger Passagiere wurden wir, und als die Bahn an der Endstation in Nakagawa ankam, war nur noch eine Handvoll von uns übrig.

Beim Aussteigen hielt Ogata-San einen Moment inne und strich sich über das Kinn. Ich konnte nicht erkennen, ob er das Gefühl genoss, wieder in dieser Gegend zu sein, oder ob er nur versuchte, sich an den Weg zu Shigeo Matsudas Haus zu erinnern. Wir standen auf einem betonierten Hof, umgeben von mehreren leeren Straßenbahnwagen. Über unseren Köpfen durchzog ein Gewirr von schwarzen Drähten die

Luft. Die Sonne schien mit ziemlicher Kraft und ließ die lackierten Flächen der Wagen hell aufglänzen.

»Was für eine Hitze«, bemerkte Ogata-San und wischte sich über die Stirn. Dann ging er mir voran auf eine Häuserzeile zu, die am anderen Ende der Straßenbahnstation begann.

Die Gegend hatte sich im Lauf der Jahre kaum verändert. Wir gingen durch die engen, sich windenden, ansteigenden und abfallenden Straßen. Wo immer die hügelige Landschaft es zuließ, standen Häuser, von denen mir viele noch vertraut waren. Manche waren gefährlich nahe an Abhänge gesetzt, andere in die unwahrscheinlichsten Winkel gequetscht. Auf vielen Balkonen hingen Decken und Wäsche. Wir gingen weiter, an Häusern vorbei, die etwas eleganter aussahen, aber wir kamen weder an Ogata-Sans altem Haus vorüber noch an dem, wo ich einst mit meinen Eltern gewohnt hatte. Mir kam der Gedanke, dass Ogata-San mit Bedacht einen Umweg gewählt haben könnte.

Alles in allem dürften wir kaum mehr als zehn oder fünfzehn Minuten gegangen sein, aber die Sonne und die steilen Hügel waren sehr anstrengend. Schließlich blieben wir auf halber Höhe eines steilen Weges stehen, und Ogata-San führte mich in den Schutz eines Laubbaumes, dessen Krone das Pflaster beschattete. Er deutete über die Straße auf ein hübsches altes, in traditioneller Art gebautes Haus mit großem abfallendem Ziegeldach.

»Dort wohnt Shigeo«, sagte er. »Ich habe seinen Vater gut gekannt. Soviel ich weiß, lebt seine Mutter noch bei ihm.« Wieder strich sich Ogata-San übers Kinn, wie er es beim Aussteigen aus der Straßenbahn getan hatte. Ich sagte nichts und wartete.

»Wahrscheinlich ist er nicht zu Hause«, meinte Ogata-San. »Vermutlich verbringt er die Mittagspause mit seinen Kollegen im Lehrerzimmer.«

Ich wartete immer noch schweigend. Ogata-San blieb neben mir stehen und blickte zu dem Haus hinüber. Schließlich sagte er: »Etsuko, wie weit ist es von hier zu Frau Fujiwara? Hast du eine Ahnung?«

»Es sind nur ein paar Minuten zu Fuß.«

»Ich überlege gerade, dass es vielleicht das Beste ist, wenn du vorgehst, und wir treffen uns dann dort. Ja, das ist wohl das Beste.«

»Ist gut. Wie du willst.«

»Eigentlich war das alles sehr rücksichtslos von mir.«

»Aber ich bin doch nicht krank, Vater.«

Er lachte auf und sah dann wieder zu dem Haus hinüber. »Ich denke, das ist wohl das Beste«, wiederholte er.

»Geh schon vor.«

»Gut.«

»Ich bleibe nicht lange. Eigentlich«, wieder sah er zu dem Haus hinüber, »eigentlich kannst du hier warten, bis ich geläutet habe. Wenn du mich hineingehen siehst, kannst du schon zu Frau Fujiwara gehen. Das war wirklich alles sehr rücksichtslos von mir.«

»Aber nein, Vater. Jetzt hör mir gut zu, sonst findest du am Ende das Nudelrestaurant nicht. Erinnerst du dich, wo der Doktor seine Praxis hatte?«

Aber Ogata-San hörte nicht mehr zu. Auf der anderen Straßenseite war die Eingangstür aufgegangen, und ein dünner, junger Mann mit Brille erschien. Er war in Hemdsärmeln und hatte eine schmale Aktenmappe unterm Arm. Er blinzelte etwas, als er in das grelle Licht hinaustrat, dann beugte er sich über seine Aktenmappe und suchte etwas darin. Shigeo Matsuda sah schlanker und jugendlicher aus, als ich ihn von den wenigen Malen, die ich ihm bisher begegnet war, in Erinnerung hatte.

9. KAPITEL

Shigeo Matsuda machte seine Aktenmappe zu, blickte sich zerstreut um und kam auf unsere Straßenseite herüber. Eine Sekunde lang sah er in unsere Richtung, erkannte uns aber nicht und ging weiter.

Ogata-San beobachtete, wie er vorbeiging. Als der junge Mann ein paar Meter die Straße hinuntergegangen war, rief Ogata-San ihm nach: »Hallo, Shigeo!«

Shigeo Matsuda blieb stehen und drehte sich um. Dann kam er mit verwirrter Miene auf uns zu.

»Wie geht es dir, Shigeo?«

Der junge Mann nahm uns durch seine Brille in Augenschein, dann brach er in fröhliches Lachen aus.

»Ach, Ogata-San! Das ist aber eine Überraschung!« Er verbeugte sich und streckte seine Hand aus. »Welch eine erfreuliche Überraschung. Und Etsuka-San ist auch da! Wie geht es Ihnen? Wie schön, dass man sich wiedersieht.«

Wir verbeugten uns voreinander, und er schüttelte uns beiden die Hände. Dann sagte er zu Ogata-San: »Wollten Sie etwa zu mir? So ein Pech, meine Mittagspause ist fast vorbei jetzt.« Er sah auf seine Armbanduhr. »Aber für ein paar Minuten können wir hineingehen.«

»Nein, nein«, sagte Ogata-San hastig. »Wir wollen dich

nicht von der Arbeit abhalten. Wir kamen nur zufällig hier vorbei, und da ist mir eingefallen, dass du hier wohnst. Ich habe Etsuko gerade euer Haus gezeigt.«

»Bitte, ein paar Minuten kann ich erübrigen. Lassen Sie mich Ihnen wenigstens eine Tasse Tee anbieten. Es ist ein schwüler Tag.«

»Nein, nein. Du musst zur Arbeit.« Die beiden Männer sahen sich einen Moment an.

»Und wie steht es so, Shigeo?«, fragte Ogata-San. »Was macht die Schule?«

»Ach, immer dasselbe. Sie kennen das ja. Und Sie, Ogata-San, Sie genießen Ihre Pensionierung, hoffe ich? Ich hatte keine Ahnung, dass Sie in Nagasaki sind. Jiro und ich haben in letzter Zeit kaum noch Kontakt.« Dann sagte er zu mir: »Ich nehme mir immer vor zu schreiben, aber ich bin so vergesslich.«

Ich lächelte und machte irgendeine höfliche Bemerkung. Dann sahen die beiden Männer sich wieder an.

»Sie sehen prächtig aus, Ogata-San«, meinte Shigeo Matsuda. »Gefällt es Ihnen in Fukuoka?«

»Ja, es ist eine schöne Stadt. Meine Heimatstadt.«

»Tatsächlich?«

Es entstand eine Pause. Dann sagte Ogata-San: »Bitte, lass dich nicht aufhalten. Wenn du es eilig hast – ich habe vollstes Verständnis.«

»Nein, nein. Ich habe noch ein paar Minuten. Schade, dass Sie nicht ein wenig früher vorbeigekommen sind. Vielleicht besuchen Sie mich einmal, bevor Sie Nagasaki verlassen.«

»Ja, vielleicht. Es sind so viele Leute zu besuchen.«

»Ja, ich kann mir vorstellen, wie das ist.«

»Und deine Mutter, geht es ihr gut?«

»Ja, danke.«

Wieder schwiegen sie einen Augenblick.

»Es freut mich, dass alles in Ordnung ist«, meinte Ogata-San schließlich. »Ja, wir kamen gerade hier vorbei, und ich erzählte Etsuko-San, dass du hier wohnst. Dabei musste ich daran denken, wie du mit Jiro bei uns gespielt hast, als ihr kleine Jungen wart.«

Shigeo Matsuda lachte. »Die Zeit vergeht wie im Fluge, nicht wahr?«, sagte er.

»Ja. Das habe ich zu Etsuko auch gesagt. Ich wollte ihr gerade von einer merkwürdigen Sache berichten. Ich erinnerte mich zufällig daran, als ich euer Haus sah. Eine merkwürdige Sache.«

»So?«

»Ja. Es ist mir zufällig eingefallen, als ich euer Haus sah. Ich habe da neulich etwas gelesen. Einen Artikel in einer Zeitschrift. *Das Neue Bildungsmagazin* hieß sie, glaube ich.«

Der junge Mann sagte einen Augenblick nichts, dann verlagerte er sein Gewicht von einem Fuß auf den anderen und stellte seine Aktenmappe aufs Pflaster.

»Ich verstehe«, sagte er.

»Ich habe ihn mit ziemlicher Verwunderung gelesen. Ich muss schon sagen, ich war sehr erstaunt.«

»Ja. Das glaube ich gern.«

»Er war sehr außergewöhnlich, Shigeo. Sehr außergewöhnlich.«

Shigeo Matsuda holte tief Luft und sah zu Boden. Er nickte, sagte aber nichts.

»Ich wollte schon vor ein paar Tagen herkommen und mit dir reden«, fuhr Ogata-San fort. »Aber dann ist mir die Sache wieder entfallen. Shigeo, sei ehrlich, glaubst du auch nur ein

Wort von dem, was du da geschrieben hast? Erkläre mir, was dich veranlasst hat, so etwas zu schreiben. Erkläre es mir, Shigeo, dann kann ich beruhigt heim nach Fukuoka fahren. Im Augenblick bin ich sehr verwundert.«

Shigeo Matsuda stieß mit der Schuhspitze gegen einen Kieselstein. Schließlich seufzte er, sah Ogata-San an und rückte seine Brille zurecht.

»In den letzten Jahren hat sich viel verändert«, sagte er.

»Ja, natürlich. Als ob ich das nicht wüsste. Aber was ist das für eine Antwort, Shigeo?«

»Ogata-San, lassen Sie es mich erklären.« Er hielt inne und blickte wieder zu Boden. Er kratzte sich ein paar Sekunden am Ohr. »Sie müssen das verstehen. Es hat sich so viel verändert. Und vieles verändert sich noch. Wir leben in einer anderen Zeit als damals, als – als Sie eine einflussreiche Persönlichkeit waren.«

»Aber, Shigeo, was hat das damit zu tun? Die Zeiten mögen sich ändern, aber warum solch einen Artikel schreiben? Habe ich je etwas getan, was dich gekränkt hat?«

»Nein, nie. Jedenfalls nicht mich persönlich.«

»Das will ich meinen. Erinnerst du dich an den Tag, als ich dich dem Rektor deiner Schule vorgestellt habe? Das ist noch gar nicht so lange her, nicht wahr? Oder war das vielleicht auch ein anderes Zeitalter?«

»Ogata-San«, Shigeo Matsuda hatte die Stimme erhoben, und sein Verhalten verriet jetzt eine gewisse Festigkeit, »Ogata-San, ich wünschte, Sie wären eine Stunde früher gekommen, dann hätte ich es Ihnen ausführlicher erklären können. Ich habe jetzt nicht die Zeit, um die Sache zu besprechen. Aber lassen Sie mich eins sagen. Ja, ich habe alles geglaubt, was ich in dem Artikel geschrieben habe, und ich glaube es noch.

Zu Ihrer Zeit hat man den Kindern in Japan schreckliche Dinge beigebracht. Man hat ihnen die verhängnisvollsten Lügen beigebracht. Und das Schlimmste war, dass man ihnen beigebracht hat, nichts zu sehen und nichts zu fragen. Und deshalb wurde das Land in die furchtbarste Katastrophe seiner ganzen Geschichte gestürzt.«

»Wir mögen den Krieg verloren haben«, unterbrach ihn Ogata-San, »aber das ist kein Grund, die Lebensweise des Feindes nachzuäffen. Wir haben den Krieg verloren, weil wir nicht genug Gewehre und Panzer hatten, nicht, weil unser Volk feige war, nicht, weil unsere Gesellschaft oberflächlich war. Du hast keine Ahnung, Shigeo, wie schwer wir gearbeitet haben, Männer wie ich, Männer wie Dr. Endo, den du in deinem Artikel ebenfalls beleidigt hast. Das Land lag uns sehr am Herzen, und wir haben schwer gearbeitet, um dafür zu sorgen, dass die wahren Werte bewahrt und weitergegeben wurden.«

»Das bezweifle ich nicht. Ich bezweifle nicht, dass Sie rechtschaffen waren und schwer gearbeitet haben. Aber es ist nun mal so, dass Ihre Kräfte in eine falsche Richtung, eine üble Richtung zielten. Sie konnten das nicht wissen, aber es ist leider wahr. Das liegt nun alles hinter uns, und dafür können wir nur dankbar sein.«

»Das ist außergewöhnlich, Shigeo. Und das kannst du wirklich glauben? Wer hat dir so etwas beigebracht?«

»Ogata-San, seien Sie doch ehrlich zu sich selbst. Im innersten Winkel Ihres Herzens wissen Sie doch, dass es stimmt, was ich sage. Und um gerecht zu sein, darf man Ihnen keinen Vorwurf daraus machen, dass Sie die Konsequenzen Ihres Tuns nicht erkannt haben. Nur wenige konnten damals sehen, wohin das alles führte, und diese wenigen wurden ins Gefängnis geworfen, weil sie sagten, was sie dachten. Aber jetzt sind sie frei und werden uns in ein neues Erwachen führen.«

»Ein neues Erwachen? Was ist das für ein Unsinn?«

»Also, ich muss jetzt weiter. Es tut mir leid, dass wir uns nicht länger unterhalten konnten.«

»Was soll das, Shigeo? Wie kannst du solche Sachen sagen? Du hast offenbar keine Ahnung, wie viel Mühe und Hingabe Männer wie Dr. Endo in ihre Arbeit gesteckt haben. Du warst damals ein kleiner Junge, wie konntest du da ahnen, was vorging? Wie kannst du beurteilen, was wir gegeben und was wir erreicht haben?«

»Zufällig sind mir bestimmte Vorkommnisse in Ihrer Laufbahn wohlbekannt. Zum Beispiel die Entlassung und Inhaftierung der fünf Lehrer in Nishisaka. Im April 1938, wenn ich mich nicht irre. Aber diese Männer sind jetzt frei und werden uns zu einem neuen Erwachen verhelfen. Jetzt entschuldigen Sie mich, bitte.« Er hob seine Aktenmappe auf und verbeugte sich vor jedem von uns. »Grüßen Sie Jiro von mir«, setzte er hinzu, dann drehte er sich um und ging davon.

Ogata-San sah dem jungen Mann nach, wie er den Hügel hinab davonging. Ein paar Minuten stand er so, ohne zu sprechen. Als er sich dann zu mir umdrehte, lag ein Lächeln in seinen Augen.

»Wie selbstbewusst junge Männer sind«, sagte er. »Ich nehme an, ich war früher genauso. Von meinen Ansichten fest überzeugt.«

»Vater«, sagte ich. »Wir sollten jetzt vielleicht zu Frau Fujiwara gehen. Es wird Zeit zum Mittagessen.«

»Ach ja, natürlich, Etsuko. Wie rücksichtslos von mir, dich in dieser Hitze herumstehen zu lassen. Ja, gehen wir die liebe Dame besuchen. Ich freue mich darauf, sie wiederzusehen.«

Wir gingen den Hügel hinab und überquerten eine Holzbrücke, die über einen schmalen Fluss führte. Unter uns spielten Kinder am Ufer, manche hatten Angeln bei sich.

Einmal sagte ich zu Ogata-San: »Was für einen Unsinn hat er geredet.«

»Wer? Meinst du Shigeo?«

»Schandbaren Unsinn. Ich finde, du solltest dem keinerlei Beachtung schenken, Vater.«

Ogata-San lachte, gab aber keine Antwort.

* * *

Wie immer um diese Zeit waren die Geschäftsstraßen des Stadtviertels voller Menschen. Als wir den schattigen Vorplatz des Nudelrestaurants betraten, stellte ich erfreut fest, dass mehrere Tische besetzt waren. Frau Fujiwara erblickte uns und kam über den Vorplatz.

»Nein, so was, Ogata-San«, rief sie aus. Sie hatte ihn sogleich erkannt. »Wie schön, Sie wiederzusehen! Es ist lange her, nicht wahr?«

»Allerdings.« Ogata-San erwiderte Frau Fujiwaras Verbeugung. »Ja, es ist lange her.«

Ich war erstaunt über die Herzlichkeit, mit der die beiden sich begrüßten, denn soviel ich wusste, hatten Ogata-San und Frau Fujiwara sich nie gut gekannt. Sie tauschten eine schier endlose Folge von Verbeugungen aus, wie mir schien, ehe Frau Fujiwara uns etwas zu essen holen ging.

Sie kam mit zwei dampfenden Schüsseln zurück und entschuldigte sich, weil sie nichts Besseres für uns habe. Ogata-San verbeugte sich achtungsvoll und begann zu essen.

»Ich dachte, Sie hätten mich längst vergessen, Frau Fujiwara«, bemerkte er lächelnd. »Es ist wahrhaftig lange her.«

»Welche Freude, sich so wiederzusehen«, sagte Frau Fujiwara. Sie setzte sich an die Ecke meiner Bank. »Etsuko hat mir erzählt, Sie wohnen jetzt in Fukuoka. Ich bin ein paarmal in Fukuoka gewesen. Eine schöne Stadt, nicht wahr?«

»Ja. Fukuoka ist meine Heimatstadt.«

»Fukuoka ist Ihre Heimatstadt? Aber Sie haben jahrelang hier gearbeitet und gelebt, Ogata-San. Haben wir in Nagasaki kein Anrecht auf Sie?«

Ogata-San lachte und legte den Kopf auf die Seite. »Ein Mensch kann irgendwo arbeiten und seine Steuern zahlen, aber am Ende«, er zuckte mit den Schultern und lächelte versonnen, »am Ende will er dorthin zurück, wo er aufgewachsen ist.«

Frau Fujiwara nickte verstehend. Dann sagte sie: »Ich musste gerade an die Zeit denken, Ogata-San, als Sie Rektor von Suichis Schule waren. Er hat sich so vor Ihnen gefürchtet.«

Ogata-San lachte. »Ja, ich erinnere mich noch gut an Ihren Suichi. Ein gescheiter kleiner Junge. Sehr gescheit.«

»Können Sie sich wirklich noch an ihn erinnern, Ogata-San?«

»Ja, natürlich erinnere ich mich an Suichi. Er war sehr fleißig. Ein braver kleiner Junge.«

»Ja, er war ein braver kleiner Junge.«

Ogata-San deutete mit seinen Essstäbchen auf seine Schüssel. »Das ist wirklich hervorragend«, sagte er.

»O nein. Es tut mir leid, dass ich Ihnen nichts Besseres anbieten kann.«

»Nein, wirklich, es ist köstlich.«

»Jetzt muss ich nachdenken«, sagte Frau Fujiwara. »Da war damals eine Lehrerin, sie war sehr nett zu Suichi. Wie hieß sie doch gleich? Suzuki, glaube ich, Fräulein Suzuki. Haben Sie eine Ahnung, was aus ihr geworden ist, Ogata-San?«

»Fräulein Suzuki? Ach ja, ich kann mich recht gut an sie erinnern. Aber leider habe ich keine Ahnung, wo sie jetzt sein könnte.«

»Sie war sehr nett zu Suichi. Und dann war da noch ein Lehrer, Kuroda hieß er. Ein vortrefflicher junger Mann.«

»Kuroda ...« Ogata-San nickte bedächtig. »Ach ja, Kuroda. Ich erinnere mich. Ein ausgezeichneter Lehrer.«

»Ja, ein sehr beeindruckender junger Mann. Mein Mann war ganz begeistert von ihm. Wissen Sie, was aus ihm geworden ist?«

»Kuroda ...« Ogata-San nickte immer noch vor sich hin. Ein Sonnenstrahl war auf sein Gesicht gefallen und beschien die vielen Fältchen um seine Augen. »Kuroda, da muss ich überlegen. Ich habe ihn einmal ganz zufällig getroffen. Das war Anfang des Krieges. Ich nehme an, er ist eingerückt. Ich habe seitdem nichts mehr von ihm gehört. Ja, ein hervorragender Lehrer. Es gibt so viele aus der damaligen Zeit, von denen ich nichts mehr höre.«

Jemand rief Frau Fujiwara, und wir sahen ihr nach, wie sie an den Tisch ihres Gastes ging. Sie blieb unter Verbeugungen ein paar Sekunden dort stehen, räumte dann mehrere Teller vom Tisch und verschwand in der Küche. Ogata-San beobachtete sie, dann schüttelte er den Kopf. »Ein Jammer, sie so zu sehen«, sagte er leise. Ich erwiderte nichts und aß weiter. Dann beugte sich Ogata-San über den Tisch und fragte: »Etsuko, wie heißt ihr Sohn noch mal? Der eine, der noch lebt, meine ich.«

»Kazuo«, flüsterte ich.

Er nickte und wandte sich wieder seiner Schüssel mit Nudeln zu.

Kurz darauf kam Frau Fujiwara zurück. »Wirklich schade, dass ich Ihnen nichts Besseres anzubieten habe«, sagte sie.

»Unsinn«, sagte Ogata-San. »Es ist köstlich. Und wie geht es Kazuo-San?«

»Gut. Er ist gesund und hat Freude an seiner Arbeit.«

»Ausgezeichnet. Etsuko hat mir erzählt, er arbeitet in einer Autofabrik.«

»Ja, es gefällt ihm dort sehr gut. Und denken Sie, er hat wieder Heiratspläne.«

»Wirklich?«

»Er hat einmal gesagt, er würde nie wieder heiraten, aber jetzt fängt er wieder an, nach vorn zu sehen. Er hat noch keine Bestimmte im Sinn, aber wenigstens hat er angefangen, an die Zukunft zu denken.«

»Das klingt sehr vernünftig«, sagte Ogata-San. »Er ist ja auch noch ein junger Mann, nicht wahr?«

»Natürlich. Er hat noch sein ganzes Leben vor sich.«

»Natürlich. Sein ganzes Leben vor sich. Sie müssen ihm eine nette junge Dame aussuchen, Frau Fujiwara.«

Sie lachte. »Glauben Sie nicht, dass ich es nicht schon versucht habe. Aber die jungen Frauen heutzutage sind ganz anders. Ich bin erstaunt, wie schnell sich alles dermaßen verändert hat.«

»Ja, da haben Sie allerdings recht. Die jungen Frauen heutzutage sind alle so eigensinnig. Und sie reden unentwegt über Waschmaschinen und amerikanische Kleidung. Etsuko ist da nicht anders.«

»Unsinn, Vater.«

Frau Fujiwara lachte wieder, dann sagte sie: »Ich weiß noch, als ich das erstemal von einer Waschmaschine hörte, konnte ich mir nicht vorstellen, dass jemand so etwas würde haben wollen. So viel Geld auszugeben, wo man doch zwei tüchtige Hände zum Arbeiten hat. Aber Etsuko wird mir gewiss nicht zustimmen.«

Ich wollte etwas sagen, doch Ogata-San kam mir zuvor. »Ich muss Ihnen erzählen, was ich neulich gehört habe. Ich hörte es von einem Mann, einem Kollegen von Jiro, um genau zu sein. Bei den letzten Wahlen war seine Frau anderer Meinung als er, welche Partei zu wählen sei. Er musste sie schlagen, aber sie hat nicht nachgegeben. Am Ende haben sie verschiedene Parteien gewählt. Können Sie sich vorstellen, dass so etwas in der alten Zeit passiert wäre? Außergewöhnlich.«

Frau Fujiwara schüttelte den Kopf. »Heute ist alles ganz anders«, seufzte sie. »Aber ich höre von Etsuko, dass Jiro-San glänzend vorankommt. Sie müssen stolz auf ihn sein, Ogata-San.«

»Ja, ich denke, der Junge macht sich ganz gut. Stellen Sie sich vor, heute vertritt er seine Firma bei einer überaus wichtigen Verhandlung. Wie es scheint, beabsichtigen sie, ihn wieder zu befördern.«

»Das ist ja großartig.«

»Er ist erst letztes Jahr befördert worden. Seine Vorgesetzten müssen eine hohe Meinung von ihm haben.«

»Großartig. Sie müssen sehr stolz auf ihn sein.«

»Er ist ein unermüdlicher Arbeiter. Das war er schon als Kind. Als er ein Junge war und alle anderen Väter ihre Kinder ermahnten, fleißiger zu lernen, musste ich ihm sagen, er solle mehr spielen.«

Frau Fujiwara lachte und schüttelte den Kopf. »Ja, Kazuo ist auch ein fleißiger Arbeiter«, sagte sie. »Er sitzt oft bis in die Nacht über seinen Akten. Ich sage ihm, er soll nicht so schwer arbeiten, aber er hört ja nicht.«

»Nein, sie hören nie. Und ich muss zugeben, ich war genauso. Wenn man an das glaubt, was man tut, hat man nicht das Gefühl, dass man die Zeit vertrödelt. Meine Frau hat immer zu mir gesagt, ich soll mich schonen, aber ich habe nie auf sie gehört.«

»Ja, so ist Kazuo auch. Aber er wird sich ändern müssen, wenn er wieder heiratet.«

»Verlassen Sie sich nur nicht darauf«, sagte Ogata-San lachend. Dann legte er seine Essstäbchen säuberlich nebeneinander auf seine Schüssel. »Hm, das war ein ausgezeichnetes Essen.«

»Unsinn. Es tut mir leid, dass ich Ihnen nichts Besseres anbieten konnte. Möchten Sie gern noch etwas?«

»Wenn Sie noch etwas für mich hätten, wäre ich entzückt. Heutzutage muss ich es ausnutzen, wenn man mir so etwas Gutes vorsetzt, wissen Sie.«

»Unsinn«, sagte Frau Fujiwara wieder und stand auf.

* * *

Wir waren noch nicht lange zurück, als Jiro, etwa eine Stunde früher als gewöhnlich, von der Arbeit kam. Er begrüßte seinen Vater munter – seinen Wutausbruch vom Vorabend hatte er offensichtlich völlig vergessen –, bevor er verschwand, um sein Bad zu nehmen. Wenig später kam er wieder, in einen Kimono gekleidet und eine Melodie vor sich hinsummend. Er setzte sich auf ein Kissen und frottierte sein Haar.

»Na, wie ist es gegangen?« fragte Ogata-San.

»Was? Ach so, du meinst die Verhandlung. Nicht übel. Gar nicht übel.«

Ich wollte gerade in die Küche gehen, blieb aber auf der Schwelle stehen, um zu hören, was Jiro zu berichten hatte. Auch sein Vater sah ihn erwartungsvoll an. Jiro frottierte sein Haar noch ein Weilchen weiter, ohne einen von uns anzuschauen.

»Ja«, meinte er endlich, »ich glaube, ich war ziemlich gut. Ich habe ihre Vertreter überredet, eine Übereinkunft zu unterzeichnen. Es ist nicht direkt ein Vertrag, aber sie erfüllt denselben Zweck. Mein Chef war ziemlich überrascht. Es ist unüblich, dass sie sich so festlegen lassen. Er hat mir gesagt, ich soll den Rest des Tages freinehmen.«

»Na, das sind ja glänzende Neuigkeiten«, sagte Ogata-San und lachte. Er blickte mich an, dann wieder seinen Sohn. »Das sind glänzende Neuigkeiten.«

»Gratuliere«, sagte ich und lächelte meinen Mann an. »Ich bin sehr froh.«

Jiro blickte auf, als bemerke er mich zum erstenmal.

»Warum stehst du da herum?«, fragte er. »Ich hätte nichts gegen eine Tasse Tee.« Er legte sein Handtuch hin und kämmte sich die Haare.

Zur Feier von Jiros Erfolg bereitete ich an diesem Abend ein ausgiebigeres Mahl als sonst. Weder während des Essens noch am späteren Abend erwähnte Ogata-San seine Begegnung mit Shigeo Matsuda. Doch als wir zu essen anfingen, sagte er ganz plötzlich: »So, Jiro, morgen werde ich euch verlassen.«

Jiro sah auf. »Du reist ab? Wie schade. Nun ja, ich hoffe, du hast den Besuch genossen.«

»Ja, ich habe mich gut erholt. Tatsächlich bin ich viel länger geblieben, als ich vorhatte.«

»Du kannst ruhig noch bleiben, Vater. Du musst nichts überstürzen, bestimmt nicht.«

»Danke, aber ich muss zurück. Ich habe ein paar Sachen zu erledigen.«

»Bitte, komm uns wieder besuchen, wann immer du kannst.«

»Vater«, sagte ich, »du musst kommen und dir das Baby anschauen, wenn es da ist.«

Ogata-San lächelte. »Vielleicht zu Neujahr«, meinte er. »Vorher möchte ich dir nicht zur Last fallen, Etsuko. Du wirst ohnehin alle Hände voll zu tun haben.«

»Schade, dass ich gerade so beschäftigt war«, sagte mein Mann. »Das nächste Mal stehe ich vielleicht nicht so unter Druck, dann haben wir mehr Zeit, uns zu unterhalten.«

»Mach dir deswegen keine Gedanken, Jiro. Nichts hat mich mehr gefreut als zu sehen, wie sehr du dich für deine Arbeit einsetzt.«

»Nachdem dieses Abkommen unter Dach und Fach ist«, sagte Jiro, »habe ich etwas mehr Zeit. Schade, dass du ausgerechnet jetzt zurückfahren musst. Dabei hatte ich daran gedacht, mir ein paar Tage frei zu nehmen. Aber da kann man wohl nichts machen.«

»Vater«, unterbrach ich, »wenn Jiro sich ein paar Tage frei nimmt, kannst du dann nicht noch eine Woche bleiben?«

Mein Mann hörte auf zu essen, sah aber nicht hoch.

»Das ist verlockend«, sagte Ogata-San, »aber ich finde es wirklich an der Zeit, dass ich zurückfahre.«

Jiro aß weiter. »Wie schade«, sagte er.

»Ja, ich muss die Veranda fertig haben, bevor Kikuko und

ihr Mann kommen. Sie wollen bestimmt im Herbst kommen.«

Jiro erwiderte nichts, und eine Weile aßen wir alle schweigend.

Dann sagte Ogata-San: »Außerdem kann ich hier nicht den ganzen Tag herumsitzen und über Schach nachdenken.« Er lachte ein wenig verlegen.

Jiro nickte, sagte aber nichts. Ogata-San lachte wieder, danach aßen wir ein paar Minuten schweigend weiter. »Trinkst du noch manchmal Sake, Vater?«, fragte Jiro schließlich.

»Sake? Ab und zu einen Tropfen. Nicht oft.«

»Da dies dein letzter Abend bei uns ist, sollten wir vielleicht einen Schluck Sake trinken.«

Ogata-San schien einen Moment darüber nachzudenken. Schließlich meinte er mit einem Lächeln: »Wegen eines alten Mannes wie mir brauchst du keine solchen Umstände zu machen. Aber ich trinke gern ein Glas mit dir, um deine glänzende Zukunft zu feiern.«

Jiro nickte mir zu. Ich holte eine Flasche und zwei Becher aus dem Schrank.

»Ich habe immer gewusst, dass du es weit bringen würdest«, sagte Ogata-San. »Du hast immer zu Hoffnungen berechtigt.«

»Aber was sich heute ereignet hat, ist noch lange keine Garantie, dass ich befördert werde«, sagte mein Mann. »Allerdings haben meine Bemühungen heute bestimmt nicht geschadet.«

»Nein, sicher nicht«, sagte Ogata-San. »Und dir selbst hast du heute gewiss auch nicht geschadet.«

Die beiden sahen schweigend zu, wie ich den Sake einschenkte. Dann legte Ogata-San seine Essstäbchen hin und hob seinen Becher.

»Auf deine Zukunft, Jiro«, sagte er.

Mein Mann, noch mit vollem Mund, hob seinen Becher ebenfalls.

»Und auf die deine, Vater«, sagte er.

* * *

Ich weiß, die Erinnerung kann sehr unzuverlässig sein. Oft ist sie abhängig von den Umständen, unter denen man sich erinnert, und dies trifft zweifellos für bestimmte Erinnerungen zu, die ich hier zusammengetragen habe. Zum Beispiel bin ich versucht zu glauben, dass es eine Vorahnung war, die ich an jenem Nachmittag hatte. Dass das unschöne Bild, das sich mir an dem Tag in den Kopf drängte, etwas völlig anderes war – etwas viel Intensiveres und Lebhafteres – als die zahllosen Tagträume, die mich sonst in diesen langen, leeren Stunden heimsuchten.

Wahrscheinlich war es gar nichts so Ungewöhnliches. Die Tragödie des kleinen Mädchens, das man an einem Baum hängend gefunden hatte, jagte der Nachbarschaft einen größeren Schrecken ein als die vorangegangenen Kindermorde, und ich war in jenem Sommer gewiss nicht die Einzige, die von solchen Bildern heimgesucht wurde.

Es war am Spätnachmittag, ein oder zwei Tage nach unserem Ausflug nach Inasa. Ich war mit leichter Hausarbeit beschäftigt und sah dabei zufällig aus dem Fenster. Das freie Feld draußen musste bedeutend fester geworden sein, seit ich den großen amerikanischen Wagen zum erstenmal beobachtet hatte, denn jetzt sah ich ihn ohne übermäßige Schwierigkeiten das unebene Gelände überqueren. Er kam immer näher und holperte dann über den Beton unter meinem Fenster.

Das Flimmern auf der Windschutzscheibe hinderte mich daran, etwas Genaues zu sehen, aber ich hatte den deutlichen Eindruck, dass der Fahrer nicht allein war. Der Wagen fuhr um den Wohnblock herum und entschwand aus meinem Blickfeld.

Gerade da muss es passiert sein, gerade als ich etwas verwirrt zur Hütte hinübersah. Ohne erkennbaren Anlass drang dieses bedrückende Bild in meine Gedanken ein, und ich wandte mich beunruhigt vom Fenster ab. Ich kehrte an meine Hausarbeit zurück, versuchte, das Bild zu verscheuchen, aber es dauerte Minuten, bis ich es so weit verdrängt hatte, dass ich über das Wiederauftauchen des großen weißen Wagens nachdenken konnte.

Ungefähr eine Stunde später sah ich die Gestalt über das freie Feld zur Hütte gehen. Ich beschattete meine Augen, um deutlicher sehen zu können. Es war eine Frau – eine dünne Gestalt –, und sie ging mit langsamen, gemessenen Schritten. Sie blieb eine Zeit lang vor der Hütte stehen, dann verschwand sie hinter dem abfallenden Dach. Ich sah unverwandt hinüber, aber sie erschien nicht wieder. Allem Anschein nach war die Frau hineingegangen.

Ich blieb noch ein paar Minuten unschlüssig am Fenster stehen. Schließlich zog ich Sandalen an und verließ die Wohnung. Es war fürchterlich heiß draußen, und der Weg über die ausgetrocknete Fläche schien eine Ewigkeit zu dauern. Der Gang zur Hütte erschöpfte mich so sehr, dass ich mein eigentliches Vorhaben fast vergessen hatte, als ich schließlich dort war. Deshalb erschrak ich, als ich aus dem Innern der Hütte Stimmen vernahm. Die eine gehörte Mariko, die andere kannte ich nicht. Ich trat näher auf den Eingang zu, konnte aber keine einzelnen Worte verstehen. Ein paar Minuten blieb ich so stehen, unschlüssig, was ich tun sollte. Dann schob ich die Eingangswand auf und rief etwas. Die Stimmen verstummten. Ich wartete noch einen Augenblick, dann trat ich ein.

10. KAPITEL

Nach der Helligkeit des Tages draußen war das Innere der Hütte kühl und dunkel. Hier und da fiel grell ein Sonnenstrahl durch schmale Ritzen und ließ kleine Flecke auf der Tatami hervortreten. Der Geruch nach feuchtem Holz war so stark wie eh und je.

Es dauerte ein paar Sekunden, bis meine Augen sich an die Umstellung gewöhnt hatten. Auf der Tatami saß eine alte Frau, vor ihr Mariko. Als sie sich zu mir umdrehte, bewegte die alte Frau ihren Kopf mit großer Behutsamkeit, als fürchte sie, sich den Hals zu verletzen. Ihr Gesicht war schmal und von kalkiger Blässe überzogen, was mich zuerst sehr erschreckte. Sie mochte etwa siebzig Jahre alt sein, doch konnte die Gebrechlichkeit von Schultern und Hals ebenso von einer Krankheit wie vom Alter herrühren. Die Frau trug einen dunklen Kimono, wie er bei Trauer üblich ist. Sie betrachtete mich mit halb geschlossenen Augen, ohne sichtbare Anteilnahme.

»Guten Tag«, sagte sie schließlich.

Ich machte eine leichte Verbeugung und erwiderte ihren Gruß. Wir sahen uns ein paar Sekunden verlegen all.

»Sind Sie eine Nachbarin?«, fragte die alte Frau. Sie hatte eine bedächtige Art, die Worte auszusprechen.

»Ja«, sagte ich. »Eine Freundin.«

Sie betrachtete mich noch einen Moment, dann fragte sie: »Haben Sie eine Ahnung, wo die Frau, die hier wohnt, hingegangen ist? Sie hat das Kind hier ganz allein gelassen.«

Das kleine Mädchen hatte inzwischen den Platz gewechselt und saß nun neben der Fremden. Auf die Frage der alten Frau sah Mariko mich eindringlich an.

»Nein, ich habe keine Ahnung«, sagte ich.

»Merkwürdig«, sagte die Frau. »Das Kind weiß es anscheinend auch nicht. Ich frage mich, wo sie sein könnte. Ich kann nicht lange bleiben.«

Wieder sahen wir einander einige Zeit an.

»Sind Sie von weit hergekommen?«, fragte ich.

»Von ziemlich weit. Bitte, entschuldigen Sie meine Kleidung. Ich war gerade auf einer Beerdigung.«

»Ich verstehe.« Ich verbeugte mich erneut.

»Ein trauriges Ereignis«, sagte die alte Frau und nickte bedächtig vor sich hin. »Ein früherer Kollege meines Vaters. Mein Vater ist zu krank, er kann das Haus nicht mehr verlassen. Er hat mich geschickt, damit ich ihm an seiner Stelle die letzte Ehre erweise. Es war ein trauriges Ereignis.« Sie ließ ihren Blick durch die Hütte schweifen, wobei sie den Kopf wieder mit gleicher Vorsicht bewegte. »Sie haben keine Ahnung, wo sie ist?« fragte sie wieder.

»Nein, leider nicht.«

»Ich kann nicht lange warten. Mein Vater wird sich Sorgen machen.«

»Kann ich vielleicht etwas ausrichten?« fragte ich.

Die alte Frau antwortete eine Zeit lang nichts. Dann sagte sie: »Sie könnten ihr vielleicht sagen, dass ich hier war und nach ihr gefragt habe. Ich bin eine Verwandte. Mein Name ist Yasuko Kawada.«

»Yasuko-San?« Ich tat mein Bestes, um meine Überraschung zu verbergen. »Sie sind Yasuko-San, Sachikos Cousine?«

Die alte Frau verbeugte sich, wobei ihre Schultern leicht zitterten. »Wenn Sie ihr sagen würden, dass ich hier war und nach ihr gefragt habe. Sie haben keine Ahnung, wo sie sein könnte?«

Wieder verneinte ich. Die Frau nickte wieder vor sich hin.

»Nagasaki hat sich sehr verändert«, sagte sie. »Ich habe es heute nachmittag kaum wiedererkannt.«

»Ja«, sagte ich. »Es hat sich sehr verändert. Aber leben Sie denn nicht in Nagasaki?«

»Wir wohnen seit vielen Jahren in Nagasaki. Es hat sich sehr verändert, wie gesagt. Neue Gebäude sind entstanden, sogar neue Straßen. Es muss im Frühjahr gewesen sein, als ich das letzte Mal in der Stadt war. Und selbst seitdem sind neue Gebäude entstanden. Ich bin sicher, dass sie im Frühjahr noch nicht da waren. Ich glaube, ich war damals auch auf einer Beerdigung. Ja, es war Yamashita-Sans Beerdigung. Eine Beerdigung im Frühling ist ganz besonders traurig. Sie sind eine Nachbarin, sagen Sie? Es freut mich sehr, Ihre Bekanntschaft zu machen.« Ihr Gesicht zitterte, und ich sah, dass sie lächelte. Ihre Augen waren sehr schmal geworden, und ihr Mund bog sich beim Lächeln nach unten statt nach oben. Es war mir unangenehm, am Eingang zu stehen, aber ich mochte nicht auf die Tatami treten, ohne dazu aufgefordert worden zu sein.

»Es freut mich sehr, Sie kennenzulernen«, sagte ich. »Sachiko spricht oft von Ihnen.«

»Sie spricht von mir?« Die Frau schien darüber nachzudenken. »Wir hatten sie erwartet, sie sollte bei uns wohnen.

Bei meinem Vater und mir. Vielleicht hat sie es Ihnen erzählt.«

»Ja.«

»Wir haben sie vor drei Wochen erwartet. Aber sie ist noch nicht gekommen.«

»Vor drei Wochen? Ich nehme an, da liegt ein Missverständnis vor. Ich weiß, sie ist darauf eingerichtet, jeden Tag umzuziehen.«

Die alte Frau ließ ihre Augen noch einmal durch die Hütte wandern. »Schade, dass sie nicht da ist«, sagte sie. »Aber wenn Sie ihre Nachbarin sind, bin ich sehr froh, Ihre Bekanntschaft gemacht zu haben.« Sie verbeugte sich abermals vor mir, dann sah sie mich wieder an. »Vielleicht können Sie ihr etwas ausrichten«, sagte sie.

»Gern.«

Die Frau schwieg eine Zeit lang. Schließlich sagte sie: »Wir hatten eine kleine Auseinandersetzung, sie und ich. Vielleicht hat sie es Ihnen sogar erzählt. Nur ein kleines Missverständnis, weiter nichts. Ich war sehr erstaunt, als ich am nächsten Tag feststellte, dass sie ihre Sachen gepackt und uns verlassen hatte. Ich war wirklich sehr erstaunt. Ich hatte sie nicht kränken wollen. Mein Vater sagt, es sei meine Schuld.« Sie hielt inne. »Ich hatte sie nicht kränken wollen«, wiederholte sie.

Ich war nie auf den Gedanken gekommen, dass Sachikos Onkel und ihre Cousine nichts von ihrem amerikanischen Freund wussten. Weil ich keine passende Antwort wusste, verbeugte ich mich abermals.

»Ich habe sie vermisst, das muss ich gestehen«, fuhr die alte Frau fort. »Mariko-San habe ich auch vermisst. Ihre Gesellschaft war mir eine Freude, und es war dumm von mir, die Beherrschung zu verlieren und solche Dinge zu sagen.« Sie schwieg wieder, wandte ihr Gesicht Mariko zu und dann wieder mir. »Mein Vater vermisst sie auch, auf seine Art. Er kann hören, wissen Sie. Er kann hören, wie viel stiller es im Haus ist. Neulich fand ich ihn morgens wach, und er sagte, es erinnere ihn an ein Grabmal. Genau wie ein Grabmal, sagte er. Es würde meinem Vater sehr guttun, wenn er sie wieder bei sich hätte. Vielleicht kommt sie ihm zuliebe zurück.«

»Ich werde Sachiko-San bestimmt ausrichten, wie Ihre Meinung dazu ist«, sagte ich.

»Auch um ihretwillen«, sagte die alte Frau. »Es ist nicht gut, wenn eine Frau allein ist, ohne einen Mann, der sie führt. Daraus kann nur Schaden entstehen. Mein Vater ist krank, aber er ist nicht in Lebensgefahr. Sie sollte jetzt zurückkommen, und sei es nur zu ihrem eigenen Wohl.« Die alte Frau begann ein Tuch aufzubinden, das neben ihr lag. »Sehen Sie, was ich mitgebracht habe«, sagte sie. »Nur ein paar Jacken, die ich gestrickt habe, weiter nichts. Aber es ist gute Wolle. Ich wollte sie ihnen geben, wenn sie zurückkämen, aber nun habe ich sie heute mitgebracht. Zuerst habe ich eine für Mariko gestrickt, dann dachte ich, ich kann ebensogut eine für ihre Mutter stricken.« Sie hielt eine Jacke in die Höhe, dann sah sie das kleine Mädchen an. Ihre Mundwinkel bogen sich wieder nach unten, als sie lächelte.

»Die sehen wundervoll aus«, sagte ich. »Sie haben sicher lange daran gearbeitet.«

»Es ist gute Wolle«, wiederholte die Frau. Sie wickelte die Strickjacken wieder in das Tuch. »Ich muss jetzt zurück. Mein Vater wird sich Sorgen machen.«

Sie stand auf und trat von der Tatami herunter. Ich half ihr in ihre Holzsandalen. Mariko war an den Rand der Tatami getreten, und die alte Frau strich dem Kind leicht über den Kopf.

»Vergiss nicht deiner Mutter auszurichten, was ich dir gesagt habe, Mariko-San. Und wegen deiner Kätzchen brauchst du dir keine Sorgen zu machen. Im Haus ist Platz genug für sie alle.«

»Wir kommen bald«, sagte Mariko. »Ich richte es Mutter aus.«

Die alte Frau lächelte wieder. Dann verbeugte sie sich vor mir. »Es freut mich, Ihre Bekanntschaft gemacht zu haben. Ich kann nicht länger bleiben. Meinem Vater geht es nicht gut.«

★ ★ ★

»Ach, Sie sind es, Etsuko«, sagte Sachiko, als ich am selben Abend noch einmal zu ihrer Hütte kam. Dann meinte sie lachend: »Machen Sie doch nicht so ein erstauntes Gesicht. Sie haben doch nicht erwartet, dass ich ewig hierbleiben würde?«

Kleidungsstücke, Decken und zahlreiche andere Gegenstände lagen auf der Tatami verstreut. Ich antwortete etwas Passendes und setzte mich so, dass ich nicht im Wege sein würde. Neben mir auf dem Boden bemerkte ich zwei prachtvolle Kimonos, die ich nie an Sachiko gesehen hatte. Ich sah auch – mitten auf dem Boden, in einen Pappkarton gepackt – ihr kostbares Teeservice aus hellem Porzellan.

Sachiko hatte die Trennwände weit auseinandergeschoben, um das letzte Tageslicht in die Hütte zu lassen. Trotzdem wurde es rasch dunkel, und die Strahlen der untergehenden Sonne, die über die Veranda hereinfielen, erreichten kaum noch die entlegene Ecke, in der Mariko saß und ihrer Mutter stumm zusah. In ihrer Nähe rauften sich spielerisch zwei Kätzchen, ein drittes hielt das kleine Mädchen in ihren Armen.

»Ich nehme an, Mariko hat es Ihnen erzählt«, sagte ich zu Sachiko. »Sie hatten heute Besuch. Ihre Cousine war hier.«

»Ja. Mariko hat es mir erzählt.« Sachiko fuhr fort, ihren Koffer zu packen.

»Sie brechen morgen auf?«

»Ja«, sagte sie mit einem Anflug von Ungeduld. Dann seufzte sie und sah mich an. »Ja, Etsuko, wir brechen morgen auf.« Sie legte etwas in eine Ecke ihres Koffers.

»Sie haben so viel Gepäck«, sagte ich schließlich. »Wie wollen Sie das alles tragen?«

Eine Weile antwortete Sachiko nicht. Dann sagte sie, während sie mit Packen fortfuhr: »Das wissen Sie doch ganz genau, Etsuko. Wir laden es ins Auto.«

Ich schwieg. Sie holte tief Luft und sah durchs Zimmer zu mir herüber.

»Ja, wir verlassen Nagasaki, Etsuko. Ich versichere Ihnen, ich hatte die feste Absicht, zu Ihnen zu kommen und mich zu verabschieden, sobald ich fertig gewesen wäre. Ich wäre nicht fortgegangen, ohne Ihnen zu danken. Sie waren überaus liebenswürdig. Übrigens, was das Darlehen betrifft, das Geld wird Ihnen mit der Post zurückgeschickt. Bitte, machen Sie sich deswegen keine Sorgen.«

»Wohin gehen Sie?«, fragte ich.

»Nach Kobe. Alles ist jetzt entschieden, ein für alle Mal.«

»Nach Kobe?«

»Ja, Etsuko, nach Kobe. Und anschließend nach Amerika. Frank hat alles arrangiert. Freuen Sie sich nicht für mich?« Sie lächelte kurz und wandte sich ab.

Ich schaute ihr zu. Mariko sah ihr ebenfalls zu. Das Kätzchen auf ihrem Arm zappelte, weil es zu den anderen beiden auf der Tatami wollte, aber das kleine Mädchen hielt es fest.

Neben ihr in der Ecke des Zimmers sah ich die Gemüsekiste, die sie an der *kujibiki*-Bude gewonnen hatte. Mariko hatte die Kiste anscheinend in ein Häuschen für ihre Kätzchen verwandelt.

»Übrigens, Etsuko, der Haufen da drüben«, Sachiko deutete hinüber, »das sind Sachen, die ich hier lassen muss. Ich hatte keine Ahnung, dass es so viel ist. Einiges davon ist von guter Qualität. Bitte, machen Sie Gebrauch davon, wenn Sie wollen. Ich möchte Sie natürlich nicht kränken. Es ist nur, weil einiges von guter Qualität ist.«

»Aber Ihr Onkel?«, fragte ich. »Und Ihre Cousine?«

»Mein Onkel?« Sie zuckte die Achseln. »Es war nett von ihm, mich in sein Haus einzuladen. Aber leider habe ich jetzt andere Pläne. Sie haben keine Ahnung, Etsuko, wie erleichtert ich bin, dass ich diese Hütte verlasse. Jetzt ist endgültig Schluss mit diesem Elend.« Sie blickte wieder zu mir herüber und lachte. »Ich sehe Ihnen an, was Sie denken, Etsuko. Ich versichere Ihnen, Sie irren sich. Diesmal lässt er mich nicht im Stich. Morgen in aller Frühe kommt er mit seinem Wagen. Freuen Sie sich nicht für mich?« Sachikos Blick wanderte über das am Boden verstreute Gepäck, dann seufzte sie. Sie stieg über einen Haufen Kleider, kniete sich neben den Karton mit dem Teeservice und begann, Holzwolle hineinzustopfen.

»Hast du es dir überlegt?«, fragte Mariko unvermittelt.

»Wir können jetzt nicht darüber sprechen, Mariko«, sagte ihre Mutter. »Ich bin beschäftigt.«

»Aber du hast gesagt, ich kann sie behalten. Weißt du das nicht mehr?«

Sachiko rüttelte sachte an dem Pappkarton, das Porzellan klapperte noch. Sie sah sich um, entdeckte ein Stück Tuch und riss es in Streifen.

»Du hast gesagt, ich kann sie behalten«, wiederholte Mariko.

»Mariko, denk doch mal einen Augenblick nach. Wie können wir die Tiere alle mitnehmen?«

»Aber du hast gesagt, ich kann sie behalten.«

Sachiko seufzte und schien einen Moment über etwas nachzudenken. Sie blickte auf das Teeservice hinunter, die Tuchstreifen in den Händen.

»Du hast es gesagt, Mutter«, beharrte Mariko. »Weißt du es nicht mehr? Du hast gesagt, ich kann sie behalten.« Sachiko sah ihre Tochter an, dann ging ihr Blick hinüber zu den Kätzchen. »Jetzt ist alles anders«, sagte sie matt. Plötzlich trat ein ärgerlicher Ausdruck in ihr Gesicht, und sie warf die Tuchstreifen hin. »Mariko, wie kannst du dauernd an diese Tiere denken? Wie sollen wir sie denn mitnehmen? Nein, wir müssen sie hierlassen.«

»Aber du hast gesagt, ich kann sie behalten.«

Sachiko sah ihre Tochter einen Moment böse an. »Kannst du nicht mal an was anderes denken?« Sie senkte ihre Stimme fast zum Flüstern. »Bist du nicht alt genug, um zu sehen, dass es noch andere Dinge gibt als diese schmutzigen Tiere? Du musst jetzt mal ein bisschen erwachsen werden. Du kannst nicht ewig so sentimental sein. Es sind doch bloß – bloß *Tiere,* verstehst du das nicht, Kind? Verstehst du das nicht?«

Mariko starrte ihre Mutter an.

»Wenn du möchtest, Mariko-San«, warf ich ein, »kann ich von Zeit zu Zeit kommen und sie füttern. Später finden sie vielleicht von selbst ein Zuhause. Mach dir keine Sorgen.«

Das kleine Mädchen wandte sich an mich. »Mutter hat gesagt, ich kann die Kätzchen behalten.«

»Sei nicht so kindisch«, herrschte Sachiko sie an. »Du stellst dich absichtlich dumm, wie du es immer tust. Was ist schon an den dreckigen kleinen Tieren dran?« Sie stand auf und ging zu Mariko in die Ecke hinüber. Die Kätzchen auf der Tatami wichen zurück, Sachiko blickte auf sie hinunter, dann holte sie tief Luft. Völlig ruhig kippte sie die Gemüsekiste auf die Seite, sodass die Schiebefensterchen aus Drahtgitter oben waren, griff sich ein Kätzchen, und dann das andere und warf sie in die Kiste. Sie drehte sich zu ihrer Tochter um. Mariko hielt das letzte Kätzchen fest umklammert.

»Gib es her«, sagte Sachiko.

Mariko hielt das Kätzchen fest. Sachiko trat vor und streckte die Hand aus. Das kleine Mädchen wandte sich ab und sah mich an.

»Das ist Atsu«, sagte sie. »Möchten Sie ihn sehen, Etsuko-San? Das ist Atsu.«

»Gib das Tier her, Mariko«, sagte Sachiko. »Verstehst du nicht, es ist nur ein Tier. Begreif das doch, Mariko. Bist du wirklich noch so klein? Es ist nicht dein kleines Baby, es ist bloß ein Tier, genau wie eine Ratte oder eine Schlange. Gib es jetzt her.«

Mariko starrte ihre Mutter an. Dann ließ sie das Kätzchen langsam vor sich auf die Tatami. Das Kätzchen zappelte, als Sachiko es vom Boden aufhob. Sie warf es ebenfalls in die Gemüsekiste und schob das Drahtgitter zu.

»Du bleibst hier«, sagte sie zu ihrer Tochter und nahm die Kiste auf die Arme. Im Vorbeigehen sagte sie zu mir: »Es ist so albern, es sind doch nur Tiere, was soll's?«

Mariko stand auf und schien ihrer Mutter folgen zu wollen. Sachiko drehte sich am Eingang um und sagte: »Tu, was ich dir gesagt habe. Bleib hier.«

Mariko blieb ein paar Sekunden am Rand der Tatami stehen

und blickte auf die Türöffnung, wo ihre Mutter verschwunden war.

»Warte hier auf deine Mutter, Mariko-San«, sagte ich.

Das kleine Mädchen wandte sich mir zu und sah mich an. Im nächsten Augenblick war sie auf und davon.

* * *

Ein paar Minuten rührte ich mich nicht. Schließlich stand ich auf und zog meine Sandalen an. Von der Türöffnung aus sah ich Sachiko unten am Wasser stehen, die Gemüsekiste zu ihren Füßen. Sie schien ihre Tochter nicht zu bemerken, die wenige Meter hinter ihr stand, genau an der Stelle, wo der Boden steil abfiel. Ich verließ die Hütte und ging zu Mariko.

»Gehen wir ins Haus, Mariko«, sagte ich sanft.

Die Augen des kleinen Mädchens blieben auf seine Mutter gerichtet, sein Gesicht war vollkommen ausdruckslos. Ein Stück weiter unten kniete Sachiko sich vorsichtig ans Ufer und zog die Kiste etwas näher zu sich heran.

»Lass uns hineingehen, Mariko«, sagte ich wieder, aber das kleine Mädchen beachtete mich nicht. Ich ließ sie stehen und ging die schlammige Böschung hinab, dorthin, wo Sachiko kniete. Die Strahlen der untergehenden Sonne fielen durch die Bäume am anderen Ufer, und das Schilfgras, das am Wasserrand wuchs, warf lange Schatten auf die schlammige Erde. Sachiko hatte ein Grasbüschel gefunden, auf das sie sich kniete, aber auch das war von Schlamm bedeckt.

»Können wir sie nicht freilassen?«, fragte ich leise. »Man kann nie wissen. Vielleicht nimmt sie jemand zu sich.«

Sachiko blickte durch das Drahtgitter in die Gemüsekiste. Sie schob ein Fensterchen auf, zog ein Kätzchen heraus und machte die Kiste wieder zu. Sie hielt das Kätzchen mit beiden Händen, betrachtete es kurz, sah dann zu mir hoch. »Es ist nur ein Tier, Etsuko«, sagte sie, »mehr nicht.«

Sie tauchte das Kätzchen ins Wasser und hielt es dort fest. Ein paar Sekunden verharrte sie so und starrte ins Wasser, beide Hände unter der Oberfläche. Sie trug einen leichten Sommerkimono, und die Zipfel der Ärmel berührten das Wasser.

Dann sah Sachiko zum erstenmal über die Schulter zu ihrer Tochter hinüber, ohne die Hände aus dem Wasser zu nehmen. Unwillkürlich folgte ich ihrem Blick, und einen Augenblick lang starrten wir beide zu Mariko hinauf. Das kleine Mädchen stand oben auf der Böschung und beobachtete uns mit ausdruckslosem Gesicht. Als ihre Mutter sich umwandte, bewegte Mariko kaum merklich den Kopf. Dann stand sie ganz still, die Hände hinter dem Rücken.

Sachiko zog die Hände aus dem Wasser und starrte auf das Kätzchen, das sie noch immer festhielt. Sie hob es nahe an ihr Gesicht, und Wasser rann ihr über Handgelenke und Arme.

»Es lebt noch«, sagte sie matt. Dann, zu mir gewandt: »Schauen Sie sich das Wasser an, Etsuko. Wie schmutzig es ist.« Angewidert warf sie das vor Nässe triefende Kätzchen in die Kiste zurück und schloss sie. »Die Dinger zappeln so«, murmelte sie und hielt die Handgelenke hoch, um mir die Kratzspuren zu zeigen. Irgendwie waren auch Sachikos Haare nass geworden. Erst ein Tropfen, dann noch einer, fielen aus einer dünnen Strähne, die ihr ins Gesicht hing.

Sachiko rutschte ein Stück nach vorn und stieß die Gemüsekiste über den Uferrand. Die Kiste kippte um und landete im Wasser. Um zu verhindern, dass sie schwamm, beugte Sachiko sich vor und drückte sie nach unten. Das Wasser reichte fast bis zur Hälfte des Drahtgitters. Sachiko drückte die Kiste noch weiter ins Wasser und gab ihr schließlich mit beiden Händen einen Stoß. Die Kiste schwamm ein Stück, tanzte auf und ab und begann, weiter zu sinken. Sachiko stand auf, und wir beobachteten beide die Kiste. Sie schwamm ein Stück, geriet in die Strömung und bewegte sich nun schneller flussabwärts.

Etwas bewegte sich hinter mir, und ich drehte mich um. Mariko war ein paar Meter am Ufer entlanggelaufen bis zu einer Stelle, wo das Ufer ins Wasser vorsprang. Dort stand sie und beobachtete, immer noch mit ausdruckslosem Gesicht, die schwimmende Kiste. Die Kiste verfing sich im Schilf, kam wieder frei und setzte ihre Reise fort. Mariko fing wieder an zu laufen. Sie lief ein Stück am Ufer entlang, blieb dann wieder stehen, um die Kiste zu beobachten. Inzwischen war nur noch eine kleine Ecke von ihr an der Oberfläche zu sehen.

»Das Wasser ist so schmutzig«, sagte Sachiko. Sie hatte das Wasser von ihren Händen geschüttelt. Sie drückte die Zipfel ihrer Kimonoärmel aus und wischte sich den Schlamm von den Knien. »Gehen wir wieder hinein, Etsuko. Die Insekten sind unerträglich.«

»Sollten wir nicht gehen und Mariko holen? Es wird gleich dunkel.«

Sachiko drehte sich um und rief nach ihrer Tochter. Mariko war jetzt etwa fünfzig Meter von uns entfernt und blickte immer noch aufs Wasser. Sie hörte anscheinend nicht, und Sachiko zuckte die Schultern. »Sie kommt schon zurück«, sagte sie. »Ich muss jetzt zu Ende packen, bevor das Licht ganz weg ist.« Sie ging die Böschung hinauf zur Hütte.

* * *

Sachiko zündete die Laterne an und hängte sie an einen niedrigen Holzbalken. »Machen Sie sich keine Sorgen, Etsuko«, sagte sie. »Sie wird rechtzeitig zurück sein.« Sie bahnte sich einen Weg durch die Gegenstände, die über die Tatami verstreut waren, und setzte sich, wie früher oft, vor die offenen Trennwände. Der Himmel hinter ihr war fahl und blass geworden.

Sie begann wieder zu packen. Ich setzte mich auf die andere Seite des Zimmers und beobachtete sie.

»Was haben Sie jetzt für Pläne?«, fragte ich. »Was wollen Sie anfangen, wenn Sie in Kobe sind?«

»Es ist alles arrangiert, Etsuko«, sagte sie, ohne aufzusehen. »Keine Sorge. Frank hat sich um alles gekümmert.«

»Aber warum Kobe?«

»Er hat Freunde dort. Beim amerikanischen Stützpunkt. Man hat ihm einen Posten auf einem Frachter verschafft, und er wird binnen Kurzem in Amerika sein. Dann schickt er uns das nötige Geld, und wir kommen nach. Er hat an alles gedacht.«

»Soll das heißen, er verlässt Japan ohne Sie?« Sachiko lachte. »Man muss geduldig sein, Etsuko. Sobald er in Amerika ist, kann er arbeiten und Geld schicken. Das ist die vernünftigste Lösung. Ist er erst einmal in Amerika, findet er viel leichter Arbeit. Es macht mir nichts aus, ein wenig zu warten.«

»Ich verstehe.«

»Er hat sich um alles gekümmert, Etsuko. Er hat uns eine Unterkunft in Kobe beschafft und dafür gesorgt, dass wir die Überfahrt für ungefähr die Hälfte des normalen Preises bekommen.« Sie seufzte. »Sie haben keine Ahnung, wie froh ich bin, dass ich hier wegkomme.«

Sachiko fuhr fort zu packen. Das fahle Licht von draußen

fiel auf ihre eine Gesichtshälfte, doch ihre Hände und die Ärmel fingen den Schimmer der Laterne ein. Es war ein seltsamer Effekt.

»Meinen Sie, dass Sie in Kobe lange warten müssen?«, fragte ich.

Sie zuckte mit den Schultern. »Ich fasse mich in Geduld, Etsuko. Man muss geduldig sein.«

In dem trüben Licht konnte ich nicht erkennen, was sie zusammenlegte. Es bereitete ihr anscheinend Schwierigkeiten, denn sie faltete es mehrmals auseinander und wieder zusammen.

»Jedenfalls, Etsuko«, fuhr sie fort, »warum hätte er sich all die Mühe gemacht, wenn er es nicht absolut ehrlich meinte? Warum hätte er sich meinetwegen so viel Mühe machen sollen? Sie kommen mir manchmal so misstrauisch vor, Etsuko. Sie sollten sich für mich freuen. Zu guter Letzt klappt doch noch alles.«

»Ja, natürlich. Ich freue mich für Sie.«

»Wirklich, Etsuko, es wäre ungerecht, jetzt an ihm zu zweifeln, nachdem er sich all die Mühe gemacht hat. Es wäre sehr ungerecht.«

»Ja.«

»Und Mariko wäre dort glücklicher. Amerika ist ein viel besseres Land für ein heranwachsendes Mädchen. Dort könnte sie alles Mögliche mit ihrem Leben anfangen. Sie könnte Geschäftsfrau werden. Oder Malerei studieren und Künstlerin werden. Das ist in Amerika viel leichter, Etsuko. Japan ist kein Land für ein Mädchen. Was kann sie hier schon erwarten?«

Ich gab keine Antwort. Sachiko sah mich an und lachte leise.

»Versuchen Sie zu lächeln, Etsuko«, sagte sie. »Am Ende wird alles gut.«

»Ja, sicher.

»Natürlich wird alles gut.«

»Ja.«

Sachiko packte noch eine Minute weiter. Dann kamen ihre Hände zur Ruhe, und sie blickte quer durchs Zimmer zu mir herüber, das Gesicht eingefangen von dieser seltsamen Mischung des Lichts.

»Ich nehme an, Sie halten mich für eine Närrin«, sagte sie leise. »Stimmt's, Etsuko?«

Ich sah sie überrascht an.

»Mir ist klar, dass wir Amerika vielleicht nie zu sehen bekommen«, sagte sie. »Und selbst wenn – ich weiß, wie schwierig alles sein wird. Glauben Sie, ich wüsste das nicht?«

Ich gab keine Antwort. Wir starrten einander nur an.

»Aber was soll's?«, meinte Sachiko. »Was spielt es schon für eine Rolle? Warum soll ich nicht nach Kobe gehen? Was habe ich zu verlieren, Etsuko? Im Haus meines Onkels – das ist nichts für mich. Ein paar leere Zimmer, das ist alles. Ich könnte dort in einem Zimmer sitzen und alt werden. Sonst gibt es dort nichts. Nur leere Zimmer, das ist alles. Das wissen Sie selbst, Etsuko.«

»Aber Mariko«, sagte ich. »Was wird aus Mariko?«

»Mariko? Sie kommt schon zurecht. Sie wird es müssen.« Sachiko sah mich immer noch, die eine Seite ihres Gesichtes im Schatten, durch das trübe Licht hindurch an. Dann sagte sie: »Glauben Sie, ich bilde mir auch nur eine Minute ein, dass ich ihr eine gute Mutter bin?«

Ich schwieg. Plötzlich lachte Sachiko.

»Was reden wir da?«, sagte sie und begann wieder zu packen. »Alles wird gut, seien Sie dessen sicher. Ich schreibe Ihnen, wenn ich in Amerika bin. Vielleicht kommen Sie uns sogar eines Tages besuchen, Etsuko. Sie könnten Ihr Kind mitbringen.«

»Ja.«

»Vielleicht haben Sie dann schon mehrere Kinder.«

»Ja«, sagte ich verlegen lachend. »Man kann nie wissen.«

Sachiko seufzte und hob beide Hände. »Es ist noch so viel zu packen«, murmelte sie. »Ich muss einfach einiges zurücklassen.«

Ich saß ein paar Minuten da und sah ihr zu.

»Wenn Sie es wünschen«, sagte ich schließlich, »kann ich mal nach Mariko schauen. Es ist ziemlich spät.«

»Das strengt Sie nur an, Etsuko. Ich packe jetzt fertig, und wenn sie dann noch nicht zurück ist, können wir sie zusammen suchen gehen.«

»Ach, das kann ich schon. Ich sehe mal, ob ich sie finde. Es ist schon fast dunkel jetzt.«

Sachiko blickte auf und zuckte dann die Schultern. »Am besten nehmen Sie die Laterne mit«, sagte sie. »Es ist sehr rutschig am Ufer.«

Ich stand auf und nahm die Laterne vom Balken. Die Schatten wanderten durch die Hütte, als ich mit dem Licht zur Türöffnung ging. Beim Hinausgehen warf ich einen Blick zu Sachiko zurück. Ich sah nur ihre Silhouette vor der offenen Trennwand, der Himmel hinter ihr war fast nachtschwarz.

* * *

Insekten folgten meiner Laterne auf dem Weg am Fluss entlang. Dann und wann verfing sich ein Tier darin, und ich musste stehen bleiben und die Laterne ruhig halten, bis es wieder hinausgefunden hatte.

Bald darauf kam ich zu der Holzbrücke am Ufer. Während ich sie überquerte, hielt ich einen Moment inne, um den Abendhimmel zu betrachten. Ich erinnere mich, dass mich auf der Brücke ein seltsam friedliches Gefühl überkam. Ich stand ein paar Minuten dort, über das Geländer gebeugt, und lauschte dem Rauschen des Flusses unter mir. Als ich mich schließlich umwandte, sah ich meinen eigenen, von der Laterne geworfenen Schatten auf den Brettern der Brücke.

»Was machst du hier?«, fragte ich, denn die Kleine kauerte direkt vor mir am gegenüberliegenden Geländer. Ich ging auf sie zu, bis ich sie im Schein der Laterne deutlicher sehen konnte. Sie betrachtete still die Innenseite ihrer Hände.

»Was ist mit dir? Warum sitzt du hier?«

Die Insekten schwirrten um die Laterne. Ich stellte sie vor mich auf den Boden, und das Gesicht des Kindes wurde nun stärker erhellt. Nach langem Schweigen sagte sie: »Ich will nicht weggehen. Ich will morgen nicht weggehen.«

Ich seufzte. »Aber es wird dir gefallen. Jeder fürchtet sich ein wenig vor dem Neuen. Es wird dir drüben gefallen.«

»Ich will nicht weggehen. Und ich mag ihn nicht. Er ist wie ein Schwein.«

»So etwas darfst du nicht sagen«, sagte ich ärgerlich. Wir sahen uns einen Moment an, dann blickte sie wieder auf ihre Hände.

»So etwas darfst du nicht sagen«, wiederholte ich etwas ruhiger. »Er hat dich sehr gern, er wird dir wie ein Vater sein. Alles wird gut, das verspreche ich dir.«

Das Kind sagte nichts. Ich seufzte wieder.

»Auf jeden Fall«, fuhr ich fort, »wenn es dir dort nicht gefällt, können wir jederzeit zurückkommen.«

Diesmal sah sie fragend zu mir auf.

»Ja, ich verspreche es«, sagte ich. »Wenn es dir dort nicht gefällt, kommen wir sofort zurück. Aber wir müssen es versuchen und müssen abwarten, ob es uns dort gefällt. Es gefällt uns ganz bestimmt.«

Das Kind sah mich eindringlich all. »Warum hältst du das?« fragte sie.

»Das? Es hat sich nur in meiner Sandale verfangen, weiter nichts!«

»Warum hältst du es?«

»Ich habe es dir doch gesagt. Es hat sich um meinen Fuß verfangen. Was ist mit dir?« Ich lachte. »Warum siehst du mich so an? Ich will dir doch nichts tun.«

Ohne den Blick von mir abzuwenden, stand sie langsam auf.

»Was ist mit dir?«, wiederholte ich.

Das Kind fing zu rennen an, seine Schritte dröhnten auf den Brettern. Am Ende der Brücke blieb sie stehen und sah argwöhnisch zu mir herüber. Ich lächelte ihr zu und hob die Laterne auf. Das Kind fing wieder an zu laufen.

Der Halbmond war über dem Wasser aufgegangen, und ein paar stille Augenblicke blieb ich auf der Brücke stehen und betrachtete ihn. Einmal meinte ich, Mariko in der Dunkelheit am Flussufer entlang in Richtung der Hütte rennen zu sehen.

11. KAPITEL

Anfangs war ich überzeugt, dass jemand an meinem Bett vorbei und aus meinem Zimmer gegangen sei und die Tür leise geschlossen habe. Als ich dann richtig wach war, wusste ich, dass ich es mir nur eingebildet hatte.

Ich lag im Bett und lauschte auf weitere Geräusche. Ganz offensichtlich hatte ich Niki nebenan gehört. Sie hatte sich während ihres Besuchs immer wieder beklagt, dass sie schlecht schliefe. Möglicherweise waren gar keine Geräusche dagewesen, und ich war aus Gewohnheit zu so früher Stunde aufgewacht.

Von draußen drangen Vogelstimmen herein, aber mein Zimmer lag noch im Dunkel. Nach ein paar Minuten stand ich auf und nahm meinen Morgenrock. Als ich meine Tür öffnete, war das Licht draußen sehr blass. Ich trat auf den Treppenabsatz und warf beinahe instinktiv einen Blick ans andere Ende des Flurs auf Keikos Tür.

Einen Moment war ich sicher, dass ich einen Laut aus Keikos Zimmer gehört hatte, einen leisen, deutlichen Laut, durch den Gesang der Vögel hindurch. Ich stand still und lauschte, dann ging ich auf die Tür zu. Es folgten noch mehr Geräusche, und da merkte ich, dass sie von unten kamen, aus der Küche. Ich blieb einen Moment auf dem Treppenabsatz stehen und ging dann hinunter.

Niki kam aus der Küche und fuhr zusammen, als sie mich sah.

»Ach Mutter, hast du mich erschreckt.«

Im trüben Licht der Diele sah ich ihre schmale Gestalt, in einem hellen Morgenrock, eine Tasse in beiden Händen.

»Entschuldige, Niki. Ich dachte, du bist vielleicht ein Einbrecher.«

Meine Tochter holte tief Luft, wirkte aber immer noch erschrocken. Dann sagte sie: »Ich hab schlecht geschlafen. Da dachte ich, ich kann mir ebenso gut Kaffee machen.«

»Wie spät ist es?«

»Gegen fünf, schätze ich.«

Sie ging ins Wohnzimmer und ließ mich am Fuß der Treppe stehen. Ich trat in die Küche, um mir ebenfalls einen Kaffee zu machen, und ging dann zu ihr. Niki hatte die Vorhänge im Wohnzimmer aufgezogen und saß rittlings auf einem Stuhl mit ungepolsterter Lehne. Sie sah mit abwesendem Blick in den Garten hinaus. Graues Licht fiel vom Fenster auf ihr Gesicht.

»Was meinst du, ob es wieder regnen wird?«, fragte ich. Sie zuckte die Schultern und blickte weiter aus dem Fenster. Ich setzte mich an den Kamin und beobachtete sie.

Sie seufzte matt und sagte: »Ich kann nicht gut schlafen. Ich habe dauernd diese bösen Träume.«

»Das ist beunruhigend, Niki. In deinem Alter dürftest du keine Probleme mit dem Schlafen haben.«

Sie sagte nichts und sah weiter in den Garten.

»Was hast du für Träume?«, fragte ich.

»Ach, böse Träume eben.«

»Böse Träume wovon, Niki?«

»Einfach böse Träume«, sagte sie, plötzlich gereizt. »Was spielt es für eine Rolle, wovon sie handeln.«

Wir schwiegen eine Weile.

Dann sagte Niki, ohne sich umzudrehen: »Ich finde, Dad hätte sich ein bisschen mehr um sie kümmern sollen, nicht? Er hat sie meistens überhaupt nicht beachtet. Das war wirklich nicht fair.«

Ich wartete, ob sie noch etwas sagen würde. Dann sagte ich: »Aber es ist doch verständlich. Er war schließlich nicht ihr richtiger Vater.«

»Aber es war wirklich nicht fair.«

Draußen war es fast Tag geworden. Ein einzelner Vogel zwitscherte irgendwo nahe am Fenster.

»Dein Vater war manchmal ziemlich idealistisch«, sagte ich. »Weißt du, damals hat er wirklich geglaubt, wir könnten ihr hier ein glückliches Leben bieten.«

Niki zuckte mit den Schultern. Ich beobachtete sie noch eine Weile, dann sagte ich: »Aber weißt du, Niki, ich habe es immer gewusst. Ich habe immer gewusst, dass sie hier nicht glücklich sein würde. Trotzdem habe ich mich entschlossen, sie hierherzubringen.«

Meine Tochter schien einen Moment darüber nachzudenken. »Sei nicht albern«, sagte sie, sich zu mir umdrehend, »wie hättest du das wissen können? Und du hast alles für sie getan. Du bist die Letzte, der man einen Vorwurf machen kann.«

Ich schwieg. Ohne Make-up sah ihr Gesicht sehr jung aus.

»Außerdem«, sagte sie, »muss man manchmal ein Risiko eingehen. Du hast genau das Richtige getan. Du kannst nicht einfach zusehen, wie dein Leben dahingeht.« Ich setzte meine Kaffeetasse ab und sah an Niki vorbei in den Garten hinaus. Nichts deutete darauf hin, dass es regnen würde. Der Himmel war klarer als an den vorangegangenen Tagen.

»Es wäre dumm gewesen«, fuhr Niki fort, »wenn du alles hingenommen hättest und geblieben wärst, wo du warst. Du hast wenigstens etwas getan.«

»Das ist wahr. Jetzt lass uns nicht mehr darüber sprechen.«

»Es ist dumm, wenn Leute ihr Leben einfach vergeuden.«

»Lass uns nicht mehr darüber sprechen«, sagte ich energischer. »Es hat keinen Sinn, das alles noch einmal aufzurühren.«

Wir saßen eine Weile, ohne zu sprechen, dann stand ich auf und ging näher ans Fenster.

»Heute morgen sieht es viel besser aus«, sagte ich. »Vielleicht kommt die Sonne heraus. Dann könnten wir einen Spaziergang machen, Niki. Das würde uns sehr guttun.«

»Vielleicht«, murmelte sie.

Als ich aus dem Wohnzimmer ging, saß meine Tochter immer noch rittlings auf ihrem Stuhl, das Kinn auf eine Hand gestützt, und sah mit abwesendem Blick in den Garten hinaus.

Als das Telefon läutete, saßen Niki und ich gerade in der Küche beim Frühstück. Es hatte in den vorangegangenen Tagen oft für sie geläutet, und so war es ganz selbstverständlich, dass sie an den Apparat ging. Als sie zurückkam, war ihr Kaffee kalt geworden.

»Wieder deine Freunde?«, fragte ich.

Sie nickte, dann setzte sie den Wasserkessel auf.

»Mutter«, sagte sie, »ich muss heute nachmittag zurück. Du hast doch nichts dagegen?« Sie stand da, eine Hand am Henkel des Kessels, die andere auf der Hüfte.

»Natürlich nicht. Es war sehr schön, dich hier zu haben, Niki.«

»Ich komme dich bald wieder besuchen. Aber jetzt muss ich wirklich zurück.«

»Du brauchst dich nicht zu entschuldigen. Es ist sehr wichtig, dass du jetzt dein eigenes Leben führst.«

Niki wandte sich ab und wartete, bis das Wasser kochte. Die Fenster über dem Spülbecken waren ein wenig beschlagen, aber draußen schien die Sonne. Niki goss sich Kaffee ein und setzte sich an den Tisch.

»Ach, übrigens, Mutter«, sagte sie. »Ich habe dir doch von meiner Freundin erzählt, die das Gedicht über dich schreibt.«

Ich lächelte. »Ach ja, deine Freundin.«

»Sie hätte gern, dass ich ihr ein Foto oder so etwas mitbringe. Von Nagasaki. Hast du eins? Eine alte Postkarte oder so was?«

»Ich denke, ich könnte etwas für dich finden. Wie absurd«, ich lachte, »was kann sie nur über mich schreiben?«

»Sie ist wirklich eine gute Schriftstellerin. Sie hat eine Menge durchgemacht, weißt du. Deshalb habe ich ihr von dir erzählt.«

»Ich bin überzeugt, sie schreibt ein wunderbares Gedicht, Niki.«

»Nur eine alte Postkarte, irgendwas in der Art. Bloß dass sie sehen kann, wie es mal war.«

»Na ja, Niki, das ist nicht so einfach. Man muss darauf sehen können, wie *alles* war?«

»Du weißt schon, was ich meine.«

Ich lachte wieder. »Ich sehe nachher mal nach.«

Niki hatte eine Scheibe Toast mit Butter bestrichen, aber jetzt kratzte sie die Butter wieder herunter. Meine Tochter war von Kind an mager gewesen, und die Vorstellung, dass sie Angst hatte, dick zu werden, amüsierte mich. Ich sah ihr einen Moment zu.

»Trotzdem«, sagte ich schließlich, »es ist schade, dass du heute abreist. Ich wollte dir gerade vorschlagen, dass wir heute abend ins Kino gehen.«

»Ins Kino? Was läuft denn?«

»Ich weiß nicht, welche Filme im Augenblick gespielt werden. Ich hatte gehofft, du wüsstest mehr darüber.«

»Ach ja, Mutter, es ist eine Ewigkeit her, seit wir zusammen im Kino waren, nicht? Ich glaube, seit meiner Kindheit waren wir nicht mehr dort.« Niki lächelte, und für einen kurzen Augenblick wurde ihr Gesicht kindlich. Dann legte sie ihr Messer hin und sah auf ihre Kaffeetasse. »Ich geh auch nicht mehr oft ins Kino«, sagte sie. »In London laufen eine ganze Menge Filme, aber wir gehen selten hin.«

»Wenn es dir lieber ist, könnten wir ja auch ins Theater gehen. Der Bus fährt jetzt direkt bis zum Theater. Ich weiß nicht, was zurzeit gespielt wird, aber das können wir ja herausfinden. Ist das die Zeitung von hier, da hinter dir?«

»Mutter, gib dir keine Mühe. Es hat keinen Sinn.«

»Ich glaube, sie spielen manchmal ganz gute Stücke. Ziemlich moderne. Es steht sicher in der Zeitung.«

»Es hat keinen Sinn, Mutter. Ich muss heute zurück. Ich würde gern noch bleiben, aber ich muss wirklich zurück.«

»Natürlich, Niki. Du brauchst dich nicht zu entschuldigen.« Ich lächelte sie über den Tisch hinweg an. »Ich muss schon sagen, es ist für mich eine große Beruhigung, dass du gute Freunde hast, mit denen du gern zusammen bist. Du kannst sie jederzeit mit hierherbringen.«

»Ja, Mutter, danke.«

* * *

Das unbenutzte Zimmer, in dem Niki geschlafen hatte, war klein und kahl. An jenem Morgen flutete Sonnenlicht herein.

»Geht das für deine Freundin?«, fragte ich von der Türschwelle her.

Niki packte gerade ihren Koffer, der auf dem Bett stand, und warf einen kurzen Blick auf den Kalender, den ich gefunden hatte. »Wunderbar«, sagte sie.

Ich trat ins Zimmer. Vom Fenster aus sah ich unten den Obstgarten und die adretten Reihen der dünnen, jungen Bäume. Der Kalender, den ich in der Hand hielt, hatte ursprünglich für jeden Monat eine Fotografie gehabt, aber bis auf die letzte waren alle abgerissen. Einen Augenblick lang betrachtete ich das verbliebene Bild.

»Gib mir nichts Wichtiges«, sagte Niki. »Wenn du nichts hast, macht es auch nichts.«

Ich lachte und legte das Bild zu ihren anderen Sachen aufs Bett. »Es ist nur ein alter Kalender, weiter nichts. Ich habe keine Ahnung, warum ich ihn aufgehoben habe.«

Niki schob sich eine Haarsträhne hinters Ohr, dann packte sie weiter.

»Ich nehme an«, sagte ich schließlich, »dass du vorhast, vorläufig weiter in London zu leben.«

Sie zuckte die Schultern. »Ja, ich bin dort ganz zufrieden.«

»Du musst alle deine Freunde von mir grüßen.«

»Gut, mach ich.«

»Und David auch. So heißt er doch, nicht?«

Sie zuckte wieder die Schultern, sagte aber nichts. Sie hatte drei Paar Stiefel mitgebracht und mühte sich nun, sie in ihren Koffer zu bekommen.

»Ich nehme an, Niki, du hast noch keine Heiratspläne?«

»Weshalb sollte ich heiraten wollen?«

»Ich habe ja nur gefragt.«

»Weshalb sollte ich heiraten? Was hätte das für einen Sinn?«

»Du hast vor, einfach so weiter – in London zu leben, ja?«

»Also, weshalb sollte ich heiraten? Das ist so albern, Mutter.« Sie rollte den Kalender zusammen und packte ihn weg. »Also, Frauen sind wirklich manchmal stupide. Sie glauben, das Leben besteht nur aus Heiraten und einen Haufen Kinder kriegen.«

Ich sah ihr weiter zu. Dann sagte ich: »Aber am Ende, Niki, bleibt einem nicht viel anderes übrig.«

»Herrgott, Mutter, es gibt so vieles, was ich tun könnte. Ich will nicht irgendwo festsitzen mit einem Mann und einem Haufen plärrender Kinder. Wie kommst du überhaupt plötzlich darauf?« Der Deckel ihres Koffers ging nicht zu. Sie drückte ihn ungeduldig herunter.

»Ich wollte nur wissen, was du für Pläne hast, Niki«, sagte ich lachend. »Deshalb brauchst du doch nicht so gereizt zu sein. Du musst selbstverständlich tun, was dir passt.«

Sie öffnete den Deckel wieder und rückte ein paar Gegenstände zurecht.

»Wirklich Niki, du brauchst nicht so gereizt zu sein.«

Diesmal gelang es ihr, den Deckel zu schließen. »Gott weiß, warum ich so viel mitgebracht habe«, murmelte sie.

»Was erzählst du den Leuten, Mutter?«, fragte Niki. »Was sagst du, wenn sie dich fragen, wo ich bin?« Meine Tochter hatte beschlossen, erst nach dem Mittagessen abzureisen, und wir gingen draußen durch den Obstgarten hinter dem Haus. Die Sonne schien noch, aber die Luft war kühl. Ich sah Niki verwirrt an.

»Ich sage einfach, dass du in London lebst, Niki. Ist das etwa nicht die Wahrheit?«

»Doch, doch. Aber fragen sie nicht, was ich dort mache? Wie neulich die alte Mrs. Waters?«

»Ja, manchmal fragen sie. Ich sage ihnen, du lebst mit deinen Freunden zusammen. Wirklich, Niki, ich hatte keine Ahnung, dass du so viel darauf gibst, was die Leute von dir denken.«

»Tu ich auch nicht.«

Wir gingen langsam weiter. An vielen Stellen war die Erde sumpfig geworden.

»Ich nehme an, es passt dir nicht, Mutter, nicht wahr?«

»Was passt mir nicht, Niki?«

»Meine ganze Art. Es gefällt dir nicht, dass ich so dahinlebe. Mit David und so.«

Wir waren am Ende des Obstgartens angelangt. Niki trat hinaus auf einen schmalen, gewundenen Feldweg und ging zu dem Holzgatter eines Feldes hinüber. Ich folgte ihr. Das mit Gras bestandene Feld war groß und stieg allmählich an. Auf der Kuppe hoben sich zwei schlanke Platanen gegen den Himmel ab.

»Ich schäme mich nicht deinetwegen, Niki«, sagte ich. »Du musst leben, wie du es für richtig hältst.«

Meine Tochter blickte über das Feld. »Früher hatten sie hier Pferde, nicht?« sagte sie und legte die Arme auf das Gatter. Es waren nirgends Pferde zu sehen.

»Weißt du, es ist seltsam«, sagte ich. »Ich erinnere mich, als ich das erste Mal heiratete, gab es viele Auseinandersetzungen, weil mein Mann nicht mit seinem Vater zusammenleben wollte. Das war nämlich in Japan damals noch üblich.«

»Ich wette, du warst erleichtert«, meinte Niki, ohne die Augen von dem Feld abzuwenden.

»Erleichtert? Weswegen?«

»Dass du nicht mit seinem Vater zusammen wohnen musstest.«

»Im Gegenteil, Niki. Ich wäre glücklich gewesen, wenn er

bei uns gewohnt hätte. Er war übrigens Witwer. Sie ist gar nicht so schlecht, die alte japanische Lebensweise.«

»Das kannst du jetzt gut sagen. Ich wette, damals hast du nicht so gedacht.«

»Aber Niki, das verstehst du wirklich nicht. Ich hatte meinen Schwiegervater sehr gern.« Ich sah sie einen Moment an. Schließlich lachte ich. »Vielleicht hast du recht. Vielleicht war ich erleichtert, dass er nicht zu uns gezogen ist. Ich weiß es nicht mehr.« Ich strich über das Holzgatter. An meinen Fingern blieb etwas Feuchtigkeit haften. Ich merkte, dass Niki mich beobachtete, und hielt ihr meine Hand hin. »Es gibt immer noch Frost«, sagte ich.

»Denkst du noch viel an Japan, Mutter?‹

»Ja, schon.« Ich wandte mich wieder dem Feld zu. »Da sind noch ein paar Erinnerungen.«

Bei den Platanen waren zwei Ponys aufgetaucht. Einen Augenblick standen sie still, Seite an Seite im Sonnenschein.

»Der Kalender, den ich dir heute morgen gegeben habe«, sagte ich. »Das ist eine Ansicht vom Hafen in Nagasaki. Heute morgen habe ich mich daran erinnert, wie wir einmal einen Ausflug dorthin gemacht haben. Die Hügel über dem Hafen sind sehr schön.«

Die Ponys schritten langsam hinter die Bäume. »Was war so Besonderes daran?«, fragte Niki.

»Besonderes?«

»An dem Tag, den ihr am Hafen verbracht habt.«

»Ach, daran war gar nichts Besonderes. Es ist mir nur wieder eingefallen, das ist alles. An dem Tag war Keiko so glücklich. Wir sind mit der Seilbahn gefahren.« Ich lachte und wandte mich Niki zu. »Nein, es war nichts Besonderes daran. Nur eine glückliche Erinnerung, weiter nichts.« Meine Tochter seufzte.

»Hier draußen ist alles so still«, sagte sie. »Ich kann mich gar nicht daran erinnern, dass es hier früher auch so still war.«

»Ja, nach London muss es einem hier still vorkommen.«

»Ich nehme an, es ist manchmal ein bisschen langweilig für dich so ganz allein hier draussen.«

»Aber ich genieße die Ruhe, Niki. Ich finde immer, hier draußen ist das wahre England.«

Ich kehrte dem Feld den Rücken zu und blickte einen Moment zum Obstgarten hinter uns.

»Die Bäume waren alle noch nicht da, als wir hierherzogen«, sagte ich schließlich. »Nur Felder. Man konnte von hier aus das Haus sehen. Ich weiß noch, Niki, als dein Vater mich das erste Mal hierherbrachte, dachte ich, wie typisch englisch hier alles aussah. All die Felder, und auch das Haus. Es war genauso, wie ich mir England immer vorgestellt hatte, und ich war so froh.«

Niki atmete tief und ging von dem Gatter weg. »Wir sollten jetzt lieber umkehren«, sagte sie. »Ich muss bald los.«

Als wir durch den Obstgarten zurückgingen, bewölkte sich der Himmel.

»Ich habe neulich darüber nachgedacht«, sagte ich, »ob ich das Haus jetzt vielleicht verkaufen sollte.«

»Verkaufen?«

»Ja. Vielleicht in ein kleineres ziehen. Es ist nur so eine Idee.«

»Du willst das Haus verkaufen?« Meine Tochter warf mir einen betroffenen Blick zu. »Aber es ist wirklich ein hübsches Haus.«

»Aber es ist so groß jetzt.«

»Es ist wirklich ein hübsches Haus, Mutter. Es wäre ein Jammer.«

»Mag sein. Es war nur so eine Idee, Niki, weiter nichts.«

Ich hätte sie gern zum Bahnhof begleitet – es sind nur ein paar Minuten zu Fuß –, aber der Gedanke schien sie verlegen zu machen. Sie brach kurz nach dem Mittagessen auf, seltsam befangen, als ginge sie ohne meine Einwilligung. Es war grau und windig geworden, und ich stand in der Tür, während Niki die Auffahrt hinunterging. Sie trug dieselben eng anliegenden Kleider, in denen sie gekommen war, und der Koffer machte ihren Gang ein wenig schleppend. Als sie am Tor war, sah sie sich um und schien überrascht, dass ich noch in der Tür stand. Ich lächelte und winkte ihr zu.

[illegible] Lese bis 4 Mai 2018